DESEO

AF274829

ANNE OLIVER

ASUNTOS DE DORMITORIO

Editado por Harlequin Ibérica.
Una división de HarperCollins Ibérica, S.A.
Avenida de Burgos, 8B - Planta 18
28036 Madrid
www.harlequiniberica.com

© 2025 Harlequin Ibérica, una división de HarperCollins Ibérica, S.A.
N.º 564 - 29.5.25

© 2008 Anne Oliver
Asuntos de dormitorio
Título original: Business in the Bedroom

© 2008 Anne Oliver
Recuerdo de un beso
Título original: Pregnant by the Playboy Tycoon
Publicadas originalmente por Harlequin Enterprises, Ltd.
Estos títulos fueron publicados originalmente en español en 2010

I.S.B.N.: 978-84-1074-532-2
Depósito legal: M-3617-2025
Impreso en España por: BLACK PRINT
Fecha impresión para Argentina: 25.11.25
Distribuidor exclusivo para España: LOGISTA
Distribuidores para Argentina: Interior, DGP, S.A. Alvarado 2118.
Cap. Fed./Buenos Aires y Gran Buenos Aires, VACCARO HNOS.

MIXTO
Papel
FSC® C159065

Capítulo Uno

Según su horóscopo, aquél era su día de suerte. Y con una casa llamada Capricornio, estaba segura de que no podía equivocarse.

Pero sí.

Abigail miró la destartalada casa, comparándola con la fotografía que tenía en la mano. El desportillado cartel que colgaba en el porche, torcido y moviéndose con la brisa, dejaba claro que estaba en el sitio indicado.

Era una típica casa de Queensland, construida sobre cuatro pilares para evitar posibles inundaciones. Desde el deteriorado porche podía ver una fabulosa panorámica de la playa, las plantas tropicales que la rodeaban dándole un aire fresco y exuberante.

Con varias capas de pintura, algo de tiempo y energía… no, corrección, *mucho* tiempo y energía, podría volver a ser la casa encantadora que debía haber sido una vez. Pero tendría que decirle cuatro cosas al agente inmobiliario que se la había alquilado gracias a una fotografía que debía haber sido tomada años atrás.

¿Y dónde se había metido el agente inmobiliario, por cierto? Habían quedado allí…

Abigail miró su reloj y, de repente, tuvo una horrible premonición.

Aquella casa en la Costa Dorada de Queensland debía ser la sede de su nuevo salón de masajes, Buenas Vibraciones.

Pero en aquel momento las «vibraciones» parecían llegar desde dentro y no eran precisamente de las buenas. Eran las vibraciones de un martillo o una taladradora eléctrica y ella no había empezado aún con las reformas...

Abigail cerró los ojos y respiró profundamente. «Tranquilízate», se dijo, intentando visualizar una niebla azul.

Pero no sirvió de nada.

−¿Se puede saber qué pasa aquí? −murmuró, subiendo los escalones del porche y empujando la puerta...

Para detenerse en medio de lo que parecía una casa en demolición. Abby apretó el contrato de alquiler que tenía en la mano. Un contrato firmado que decía que aquella casa sería suya desde el día siguiente.

El suelo estaba lleno de escayola, cemento y trozos de papel pintado arrancados de la pared. Olía a madera nueva y moho antiguo, para nada como debía oler un centro de aromaterapia. Todo era marrón, beige y gris.

El normalmente alegre tintineo de la pulsera que llevaba en el tobillo sonaba fuera de lugar mientras iba de un lado a otro, buscando al responsable de los martillazos.

−¿Hola? ¿Hay alguien ahí?

No hubo respuesta, sólo el sonido de una sierra eléctrica, una taladradora o algo parecido.

Abriéndose paso entre los escombros, Abby encontró una escalera de mano apoyada en una pared… y un agujero en el techo. Y a través del agujero podía oír la música de un transistor.

Tendría que conformarse con interrogar al albañil, pensó, golpeando la pared.

—¿Perdone? ¿Oiga?

El sonido de la taladradora ahogaba sus gritos, de modo que se quitó las sandalias, se subió un poco la falda…

Pero entonces oyó una palabrota, seguida de unos pasos sobre su cabeza. Una pierna muy masculina apareció en lo alto de la escalera y luego otra. Las dos bronceadas y cubiertas de vello. Los muslos no eran menos impresionantes y desaparecían bajo unos vaqueros cortos…

Abby tragó saliva mientras esas piernas descendían por la escalera, seguidas de un firme trasero. Le pareció ver una cicatriz en el muslo izquierdo que desaparecía bajo el pantalón antes de dar un paso atrás para volver a ponerse las sandalias. Ese movimiento debió llamar su atención porque el desconocido giró la cabeza para mirarla.

Unos ojos de un azul profundo se clavaron en ella, la clase de ojos que atravesaban la ropa de la mujer y la veían desnuda. Pero los de aquel hombre no se apartaron de su cara. Aun así, Abby tuvo la sensación de que sabía que debajo del vestido llevaba unas braguitas rojas.

–¿Quería algo? –la voz, ronca y masculina, se deslizó cálidamente por su espalda.

Nerviosa, Abby tiró de su falda. Estaba allí porque había alquilado la casa. Él, por otro lado, con sus impresionantes bíceps, parecía más un entrenador personal que otra cosa.

–Estoy buscando al propietario de la casa.

El hombre sonrió, con una sonrisa traviesa que lo hacía parecer más joven.

–Pues lo ha encontrado.

–¿Usted?

¿Aquel hombre tan guapo? Abby se aclaró la garganta, nerviosa. Asombroso… incluso midiendo un metro setenta y ocho tenía que levantar la cabeza para mirarlo a la cara. Treinta y pocos años, pelo oscuro, pómulos de escándalo. Y esa nariz, un poco torcida, era parte de su encanto.

Pero ella no estaba allí para quedarse prendada de nadie.

–Señor…

–Zachary Forrester –dijo él, ofreciéndole su mano.

Tenía un apretón firme, decidido… y sorprendentemente breve. Pero notó que tenía callos en las manos y el contacto, no sabía por qué, la hizo sentir un escalofrío.

–Abigail Seymour… Abby. Señor Forrester –Abby miró el documento que tenía en la mano. Zachary Forrester no era el nombre que aparecía en el contrato de alquiler.

–Si es usted de la aseguradora…

–¿Le parezco un agente de seguros? –suspiró ella–. No, soy la nueva inquilina de su casa.

–Yo no he puesto esta casa en alquiler.

–¿Cómo que no?

–No tengo intención de alquilarla, señorita Seymour.

–Mire, señor Forrester, no entiendo nada.

Él sonrió de nuevo, mostrando unos hoyitos por los que Abby hubiera querido pasar un dedo.

–Pues ya somos dos. ¿Seguro que no se ha equivocado de casa?

–Estoy en la casa Capricornio, ¿no? –Abby le mostró el documento–. Y, según este contrato, puedo instalarme mañana mismo.

Zak Forrester metió la mano en el bolsillo de sus vaqueros…

«Mantén los ojos por encima del cinturón, Abby».

Pero no llevaba cinturón y la vista era muy tentadora: un ombligo perfecto, una piel bronceada. Cuando levantó los ojos lo vio poniéndose unas gafas de vista cansada.

–Buenas Vibraciones –leyó, con una sonrisa en los labios.

Abby se estiró todo lo que pudo.

–¿Le parece gracioso, señor Forrester? Porque le aseguro que no lo es.

–No, a mí tampoco me parece gracioso –dijo él entonces, poniéndose serio–. Ésta es una residencia privada. ¿Qué clase de negocio es el suyo… señorita Seymour?

–¿Qué quiere decir? –replicó ella, notando que,

gracias a la maldición de las pelirrojas, estaba poniéndose colorada–. He alquilado esta casa... tengo aquí el contrato de alquiler firmado por la agencia.

–Pero yo no lo he firmado.

–Sí, bueno... –Abby intentó tranquilizarse, pero era imposible.

–Lo siento mucho, señorita Seymour, pero me temo que la han engañado –dijo él entonces, señalando la firma en el documento–. Ésta no es mi firma y puedo demostrarlo, de modo que no es un documento legal.

¿El contrato de alquiler no era legal? Abby tuvo que parpadear varias veces. ¿Y dónde estaba el dinero de los dos primeros meses de alquiler... y la fianza?

–Pero yo lo firmé de buena fe y... necesito este sitio y lo necesito ahora mismo.

–¿Cómo encontró la propiedad?

–A través de Internet. No tenía ni idea de que fuese un engaño...

–Evidentemente.

El tonito superior molestó a Abby. Evidentemente, Zachary Forrester era abogado, además de albañil en sus horas libres.

Pero él seguía leyendo la letra pequeña del contrato, la que ella no había leído. ¿Quién se molestaba en poner letra pequeña en un contrato ilegal?

Había firmado el contrato ella sola, sin pedirle consejo a un abogado. Sería tonta... Aurora le hubiera dicho que lo comprobase antes de enviar dinero alguno y con toda la razón, pero Abby había querido darle una sorpresa a la mujer que había sido su madre, su mentora y su amiga durante los últimos diez años.

Desde que sufrió una embolia Aurora estaba muy frágil y, por eso, Abby estaba decidida a encontrar una casa lejos del clima húmedo y frío de Victoria donde pudiesen vivir tranquilamente. Y se había enamorado de la fotografía de aquella casita…

Pero allí estaba, en el paraíso de los surfistas, con un contrato de alquiler ilegal, una furgoneta de segunda mano llena de botes de pintura y suministros para su salón de masajes y sin dinero. Y sin un sitio en el que vivir.

–No me diga que les ha dado dinero a estos sinvergüenzas.

Abby intentó tomar el contrato, pero él no lo soltaba.

–¿Cuánto dinero ha pagado? Es posible que aún pueda anular el cheque.

–No, pagué en efectivo, en Melbourne. Me ofreció un descuento si pagaba en efectivo…

–¿Puede describir a ese tipo? Le hará falta cuando hable con la policía.

–Sí, claro.

¿Cómo era, rubio… con barba? Un tipo normal y corriente. Habría millones de hombres como él en Australia.

–Siento haberlo molestado, señor Forrester.

–Espere un momento. ¿Se va a marchar así?

–¿Qué espera que haga?

–¿Qué piensa hacer?

–Voy a denunciarlo a la policía y luego… no sé, ya veré.

«Pero sin que tú me estés mirando».

El universo seguía ahí, al alcance de su mano, sólo tenía que encontrar su sitio en él. Y ese sitio era la Costa Dorada de Queensland.

Un móvil empezó a sonar en ese momento y Forrester lo sacó del bolsillo.

–Dime, Tina, cariño.

«Tina, cariño» debió decir algo gracioso porque aquellos labios firmes y sensuales se curvaron en una sonrisa. Sin embargo, cuando la miró a ella la sonrisa desapareció.

–No, no, tenemos tiempo. Sí, hasta luego –dijo, antes de colgar–. ¿No es usted de por aquí?

–No, he llegado de Victoria esta mañana. Pero no se preocupe por mí, ya me las arreglaré.

–Tengo una botella de agua mineral en la nevera portátil… o café helado, si lo prefiere.

Muy tentador, ya que no había comido nada desde el desayuno. Pero tenía problemas más urgentes que saciar su sed con un hombre tan atractivo a su lado. Aquél no era problema suyo, de modo que Abby volvió a colocarse el bolso al hombro.

–Gracias, pero no necesito nada. Y «Tina, cariño» le espera.

Zak Forrester sonrió de nuevo.

–Bautizan a su hijo dentro de un par de horas y yo soy el padrino.

–Ah, pues enhorabuena. Yo me marcho.

–Señorita Seymour… Abby –dijo Zak entonces–. Espera un segundo.

Abby tropezó con algo en ese momento y, sin poder sujetarse a nada, empezó a mover los brazos…

–¡Cuidado!

Dos grandes manos la sujetaron por la cintura cuando estaba a punto de caer al suelo. La vergüenza era más fuerte que el dolor mientras levantaba el pie para mirar el tornillo que la había hecho resbalar.

–Este sitio es un peligro.

–Lo siento. Estoy haciendo las reformas yo solo y… ¿te has hecho daño?

–No, estoy bien.

O lo estaría si se apartaba y la dejaba respirar.

–Vamos a echar un vistazo a ese tobillo.

–No…

–Sólo para comprobar que no es nada –insistió él, tomándola en brazos para sentarla sobre una mesa de trabajo.

Con los pies colgando, sin saber cómo, Zachary Forrester se colocó delante de ella y Abby tuvo que hacer un esfuerzo para no desmayarse.

–¿Qué pie es?

–Sólo me lo he torcido, no es nada. Se me pasará en dos minutos…

–¿Qué pie? –insistió él.

–El derecho.

Zachary le quitó la sandalia y levantó el pie, con cuidado. Aquel hombre tenía unas manos maravillosas, pensó tontamente. Y, de cerca, podía ver que tenía algunas canas en las sienes.

Por supuesto, él eligió ese momento para levantar la cabeza… y sus ojos se oscurecieron de manera perceptible al encontrarse con los suyos.

Abby apartó la mirada. Aquel hombre la ponía nerviosa. Más que eso, el roce de sus callosas manos en la suave piel del tobillo la hacía sentir un cosquilleo muy desafortunado.

En medio del silencio casi podía oír los latidos de su corazón, el ruido distante de la radio y las olas en la playa. Estaba teniendo un momento Cenicienta o algo parecido.

–Tengo una bolsa de hielo en la nevera.

–No, en serio…

–Sí, en serio. Suelo llevarla, por si acaso.

Cuando se apartó un poco, Abby no pudo dejar de fijarse en el bulto que se marcaba bajo sus vaqueros y tuvo que tragar saliva.

Como masajista, debería estar acostumbrada al cuerpo humano, pero no estaba acostumbrada a *ese* cuerpo humano ni a cómo la afectaba. Un poco mareada, tuvo que hacer un esfuerzo para mantener la mirada clavada en la pared.

–Aquí está –Zachary puso la bolsa de hielo en el tobillo hinchado.

–Gracias –Abby se concentró en visualizar una niebla de color melocotón, imaginando su energía curativa entrando en su piel. Pero no era capaz de concentrarse. Esos dedos largos y fuertes… en fin, eran más interesantes. Pero irguió la espalda, en un gesto de desafío.

«Cierra los ojos, Abigail Seymour».

Zak se sentía como el Príncipe Azul. Salvo que, después de comprobar que no tenía nada roto porque no quería encontrarse con una demanda, aquel príncipe tenía que apartar las manos del tentador tobillo y de la más tentadora pulserita.

Abigail Seymour no era su princesa.

Se había quedado perplejo cuando la vio porque no esperaba encontrarse con una pelirroja espectacular mirándole el trasero cuando bajaba la escalera.

En aquel momento tenía los ojos cerrados y parecía perdida en sus pensamientos, pero sabía que sus ojos eran de color gris, como el mar cuando había tormenta.

Y se preguntó cómo serían nublados por la pasión.

¿Por qué se le había ocurrido pensar eso? Porque no lo había hecho en mucho tiempo, se dijo. Tanto trabajo y nada de diversión...

Vestía como una chica de los setenta, claro que seguramente era la moda, con una falda de color magenta y un top rojo. Parecía haber intentado controlar su pelo, sujeto en un moño, pero varios mechones se habían soltado y los demás parecían a punto de hacerlo.

Tenía pecas en la nariz y algunas otras en las mejillas. Apenas llevaba maquillaje y olía a gel de baño y a algo más exótico, una misteriosa esencia floral. ¿Incienso? Tal vez. Llevaba un trío de anillos en la mano derecha y una aguamarina suspendida de un colgante al cuello.

Como si se hubiera percatado de su escrutinio, ella abrió los ojos entonces.

–Ya no me duele.

Pero cuando intentó mover el pie, Zak lo sujetó.

–Unos minutos más –le dijo–. Victoria está muy lejos de aquí, ¿por qué quieres abrir un negocio en la costa?

–Cuando quieres algo tienes que arriesgarte pero, evidentemente, no siempre es fácil –suspiró Abigail, encogiéndose de hombros.

Al echar los hombros hacia delante, Zak pudo ver que debajo de la blusa llevaba un sujetador rojo de encaje y su corazón se aceleró.

Y estuvo a punto de soltar una carcajada. Si ver un sujetador lo ponía así de nervioso, definitivamente llevaba fuera de circulación demasiado tiempo.

¿Qué querría aquella chica?, se preguntó. ¿Sólo abrir un negocio? Eso podría hacerlo en Melbourne. ¿Instalarse en la playa, un cambio de vida?

O una tórrida aventura amorosa.

Zak tuvo que aclararse la garganta.

–Señor Forrester…

–Zak.

–Zak, vas a llegar tarde al bautizo y yo tengo que irme.

–No hemos terminado… pero me temo que tendrá que esperar –dijo él, mirando el reloj antes de volver a ponerle la sandalia.

14

Cuando la tomó por la cintura para bajarla de la mesa ella torció el gesto.

–Puedo hacerlo yo sola, gracias.

Estaba tiesa como un palo pero, como sin darse cuenta, levantó las manos para ponerlas sobre sus hombros. Y Zak podría jurar que sentía cada dedo sobre su piel, una presión que se negaba a llamar placentera. Placer era algo que no tenía por qué sentir nunca más.

–¿Dónde te alojas? –le preguntó.

–¿Por qué quieres saberlo?

–Por si tengo que ponerme en contacto contigo. Con un poco de suerte la policía podría encontrar al sinvergüenza que se ha quedado con tu dinero.

Claro que eso no iba a pasar. El tipo debía haber desaparecido sin dejar rastro. Y eso lo enfurecía. Especialmente al ver un brillo de esperanza en los ojos grises.

–¿Tú crees que podrían encontrarlo?

–No –contestó Zak. Le daba pena, pero ésa era la verdad–. Y quiero una fotocopia de ese contrato.

–¿Para qué?

–¿No crees que debería tener una copia de algo que incumbe a mi propiedad?

–Sí, claro –murmuró Abby, sacando papel y bolígrafo del bolso–. Éste es el número de mi móvil.

–¿Quieres el mío? –Zak sacó la cartera del bolsillo y le dio una tarjeta–. En caso de que tuvieras algún problema.

Abby miró la tarjeta.

–¿«Construcciones y reformas Forrester y Centro Ca-

15

pricornio»? Ah, veo que eres un hombre muy ocupado –sonrió Abby–. ¿Tienes algo de tiempo en tu agenda para pasarlo bien?

Zak apretó los labios. La prefería cuando no estaba sonriendo. «Pasarlo bien» con Abigail Seymour conjuraba todo tipo de imágenes y ninguna de ellas era adecuada.

–Si el móvil estuviera apagado puedes ponerte en contacto conmigo en el número de la oficina.

–Muy bien.

Zak miró hacia la ventana y, al ver una vieja furgoneta con matrícula de Victoria, sacudió la cabeza, incrédulo.

–¿Has venido en ese cacharro? ¿Sola?

Ella sacó las llaves del bolso, con un tintineante llavero de cristal.

–¿Por qué no?

–Yo no lo hubiera hecho.

–Algunos no podemos elegir. Además, esa furgoneta aún puede hacer muchos kilómetros.

Zak se negaba a analizar la atracción que sentía por aquella chica, por su exótica fragancia, por el tintineo de la pulsera que llevaba en el tobillo.

–Te llamaré –se oyó decir a sí mismo–. Más tarde –añadió–. Y si necesitas algo no dudes en llamarme.

Luego se quedó observando mientras la vieja furgoneta se alejaba dejando a su paso una nube de humo. «Algunos no podemos elegir».

Pero no se merecía que aquel canalla la hubiese robado. ¿Cómo podía ser tan ingenua como para alquilar algo a través de Internet sin comprobarlo siquiera?

Suspirando, Zak volvió a entrar en la casa y miró alrededor. Ni siquiera sabía qué clase de negocio quería montar, pero nada de aquello era culpa suya.

«No te involucres», le dijo una vocecita. Pero, maldita fuera, ya estaba involucrado. Después de todo, era su propiedad, y eso significaba que la llamaría más tarde, para ver si podía hacer algo por ella. Y para conseguir una fotocopia del documento.

Zak sacó el papel que le había dado y comprobó que, además de su nombre y número de teléfono, había dibujado una carita sonriente. Sí, era una chica alegre y despreocupada, desde luego.

¿Haría el amor de la misma forma?

Enfadado consigo mismo, intentó apartar esas imágenes de su mente. Abby Seymour no era su tipo de mujer. No se parecía en absoluto a Diane, de modo que no había nada de qué preocuparse.

Capítulo Dos

–¿Dónde te habías metido? –le espetó Tina Hammond en la puerta de la iglesia–. Y oliendo a… –Tina arrugó su patricia nariz y luego arqueó una ceja–. Algo exótico. ¿Qué perfume es ése?

Zak se inclinó para darle un beso en la frente.

–Empiezas a hablar como una esposa celosa, cariño.

–Sólo estaba probando –rió ella, dándole un golpecito en la mejilla–. Ya me queda poco.

–Te darás cuenta de que vais a hacer las ceremonias al revés, ¿no?

–Las cosas han salido así –su vestido de seda crujió cuando levantó los brazos para ajustarle el nudo de la corbata. El gesto, tan femenino, era algo que Zak ya casi tenía olvidado–. ¿La propietaria de ese perfume tan exótico va a venir al bautizo?

–No, por favor.

Tina inclinó a un lado su rubia cabeza.

–Has venido solo, ¿verdad? Ya te dije que podría buscar a alguien para ti…

–No es necesario –la interrumpió Zak, apretando su mano–. Bueno, ¿dónde está mi ahijado?

–Con Nick –Tina lo tomó del brazo para acercarse a su futuro marido, que tenía a Daniel en brazos.

Zak acarició el pelito del niño de ocho meses, charló un momento con todo el mundo y luego ocupó su puesto en la iglesia.

Pero mientras el sacerdote daba comienzo al servicio religioso no podía dejar de pensar en aquel día, seis años antes, cuando él había estado en aquel mismo sitio, bajo la luz esmeralda, amarilla y roja de las vidrieras, haciendo sus votos matrimoniales.

Tina se parecía tanto a Diane, las dos bajitas y rubias, bien educadas, elegantes. Los tres eran inseparables durante la época del colegio, pero había sido Diane quien le robó el corazón a medida que la niñez daba paso a la adolescencia y luego a la vida adulta.

Tina trabajaba cuatro días a la semana en la oficina de Zak, pero él sabía que su verdadero amor era ser madre. Y ahora que Diane se había ido, ese instinto maternal parecía extenderse a él.

Zak se movió en el banco, inquieto, mientras el sacerdote hablaba de la familia. Se encontraba incómodo en aquellas reuniones por los silencios, por los gestos de conmiseración, las invitaciones a cenar. Pero aquélla era una reunión que no había podido evitar.

Casi todos los invitados habían conocido a su mujer y sabían que había estado a punto de perder la vida junto con ella.

Pero no sabían nada de sus pesadillas o del sentimiento de culpa que lo asaltaba cada noche.

Porque no conocían toda la historia…

–No estabas sola en ese hotel de Singapur –había

acusado a Diane, una hora después de que llegase de su último viaje de trabajo.

No había esperado hasta que estuvieran solos. Había tenido que enfrentarse con ella en la fiesta de cumpleaños de un amigo…

Error número uno.

Diane acababa de llegar de Singapur y estaban en la verja de entrada de la casa, la noche fresca y perfumada con el aroma de las buganvillas.

–Y tampoco me dijiste a qué hora llegaba tu vuelo –siguió Zak–. ¿Ha venido contigo en el avión? ¿Es de aquí? ¿Lo conozco?

–Te estás poniendo paranoico –dijo ella, apartando la mirada.

Zak se dio cuenta entonces de que olía a alcohol. Había estado bebiendo.

–No estoy paranoico –murmuró, tomándola del brazo–. Voy a llevarte a casa. Tenemos que solucionar esto de una vez.

–¡Suéltame!

–Si no vas a contarme la verdad, nuestro matrimonio ha terminado –dijo él. Y el silencio que siguió a esa frase resonó como un disparo–. Pero de todas formas voy a llevarte a casa.

–No te dije el número de mi vuelo porque no quería que te perdieras la fiesta.

–Sí, seguro.

–Estás loco. La voz que oíste era la televisión…

En aquel momento lo único que podía oír eran los latidos de su corazón, llenos de miedo.

–No soy idiota, Diane.

El error número dos fue soltarla para sacar las llaves del coche y, con los nervios, dejarlas caer sin querer entre unos arbustos.

Cuando quiso darse cuenta, Diane ya había subido a su coche.

La localizó un kilómetro después y la siguió durante unos veinte minutos, maldiciéndola y maldiciéndose a sí mismo cien mil veces. Y entonces llegaron al puente...

Demasiado tarde para escuchar la versión de Diane, para descubrir si había estado equivocado. Horriblemente equivocado.

—¿Zak? —la voz de Tina lo devolvió al presente—. Se supone que ahora debes levantarte.

—Lo siento —se disculpó él, levantándose del banco. Y esperando ser mejor padrino que marido.

—¿Cómo van las reformas? —le preguntó Nick Langotti durante la merienda que siguió al bautizo.

Hasta unas semanas antes, Zak había estado viviendo en un apartamento del edificio que había comprado un año después de la muerte de Diane, mientras su empresa se dedicaba a reformarlo.

—La cocina está más o menos terminada y también los dos dormitorios... el resto es una zona de guerra. Pero hasta que el Centro Capricornio esté más establecido tengo que ir despacio. Y aún me queda un local por alquilar.

—¿Vas a hacer el anuncio que te recomendó la agencia de publicidad?

–Si encuentro a una modelo adecuada…

El rostro de Capricornio, alguien que pudiese proyectar la imagen profesional que él pretendía, alguien que supiera pasarlo bien después del trabajo.

–No creo que eso sea un problema.

–Tengo una cita en una agencia de modelos mañana para elegir a la candidata.

Nick levantó las cejas, burlón.

–¿Quieres que vaya contigo para echarte una mano?

–¿A quién vas a echarle una mano?

Con el sexto sentido de todas las esposas, o las que estaban a punto de convertirse en esposas, Tina se materializó a su lado justo en ese momento.

Hora de marcharse, decidió Zak, antes de que el resto de los invitados se acercasen para ofrecerle té y simpatía.

Pero se iría andando. El paseo de media hora hasta su casa despejaría su mente y sería la mejor manera de evitar que Tina le presentase a alguna de sus amigas.

Desesperado por estar solo, Zak se quitó la corbata, que guardó en el bolsillo de la chaqueta.

Estar con esa familia le recordaba lo que él no tenía. En su casa no había cosméticos sobre la encimera del lavabo, ni galletas caseras, ni pañales… aunque Diane nunca había sido muy doméstica. Trabajaba muchas horas, de modo que no tenía tiempo para más.

Sobre la mesa de su cocina había herramientas en lugar de flores frescas y las únicas galletas eran las que compraba en el supermercado.

Zak se dio cuenta entonces de que en lugar de seguir por el paseo marítimo estaba en la playa... en traje de chaqueta. Observó el cielo, de un azul casi lavanda al atardecer, escuchando el rítmico roce de las olas sobre la arena.

Y cuando miró hacia delante se quedó helado.

No era la arena blanca ni el agua de color azul turquesa lo que llamaba su atención sino una mujer. Una mujer a quien parecía darle igual quién estuviera mirando, alguien que vivía la vida y disfrutaba de las cosas.

Una falda de color violeta y azul acariciaba sus tobillos, revelando que era humana y no una sirena. Con una blusa de color turquesa y un pañuelo con todos los colores del arco iris atado a la cintura parecía una gitana.

Ella miró por encima de su hombro, un movimiento seductoramente inocente que dejó a Zak paralizado, sin aire en los pulmones.

Abigail Seymour.

Se había soltado el pelo... en todos los sentidos. Kilómetros de rizos rojos se movían con la brisa. Y cuando levantó una mano para apartárselo de la cara, Zak tuvo que contener el aliento.

Debería darse la vuelta sin decir nada, ir a casa y darse una ducha fría. No quería que esa imagen apareciera en sus sueños por la noche.

Y lo más turbador de todo era que Diane nunca lo había excitado como lo excitaba aquella chica.

Ella se acercó al agua un poco más, levantando su falda. ¿No le importaba que la gente que paseaba por la playa se parase para admirar a una pelirroja de casi metro ochenta metiéndose en el mar, jugando con el agua… casi como si estuviera bailando con las olas?

Era un sorprendente contraste de curvas y colores, recortada contra los rascacielos de la ciudad…

De repente, se le encendió la bombilla.

Zak no se dio cuenta de que se dirigía hacia ella, pero acababa de decidir que Capricornio tenía una cara. Y un cuerpo. No le hacía falta una agencia de modelos, necesitaba a aquella chica. Y si para eso tenía que mojar sus caros zapatos italianos, lo haría.

Ya casi podía verla reclinada en una de las lujosas camas del hotel, ese cabello espectacular extendido sobre la almohada, una negligé de seda pegándose a sus curvas… incluso a unos metros de ella podía oler su perfume, mezclándose con el olor del mar.

Abby dejó que la arena acariciase sus pies mientras se acercaba al agua. El mar siempre aliviaba su estrés, el signo de una verdadera Piscis. Había pasado el rato en un cibercafé, intentando encontrar alguna pista del canalla que se había llevado su dinero, pero también había buscado información sobre Construcciones y Reformas Forrester y el Centro Capricornio para comprobar que Zak era quien decía ser.

Y no le había mentido. Por lo que había leído, era un constructor muy respetado en la ciudad.

Pero lo más interesante era que el Centro Capricornio tenía locales en alquiler, un tema que pensaba sacar cuando volviese a ver a Zak.

–¡Abby!

Ella se volvió, sorprendida al oír su voz. ¿Desde cuándo había estado observándola Zak Forrester?, se preguntó. Con su traje de chaqueta gris y sus zapatos italianos parecía el empresario de éxito del que hablaban en Internet, nada que ver con el chico de los vaqueros cortos.

Y tuvo que sonreír al ver que las olas mojaban sus zapatos.

–Hola, Zak.

–¿Has hablado con la policía?

–Sí, se lo he contado todo.

«Aunque no valdrá de nada».

–He estado pensando y me gustaría hacerte una proposición –dijo él entonces.

–¿Una proposición? –repitió Abby.

–¿Te gustaría recuperar el dinero que has perdido?

–¿Y eso dependería de…?

–Que me hicieras un favor –contestó Zak–. ¿Por qué no negociamos mientras tomamos un café… o mejor durante la cena? ¿Has cenado?

–No –contestó ella.

–Conozco un buen restaurante cerca de aquí.

–¿Y esa cena sería un asunto de negocios o algo personal?

–Puedes llamarlo una entrevista informal –sonrió Zak–. Yo te contaré mi idea y tú puedes contarme qué clase de negocio pensabas montar en mi casa. ¿Te parece?

–Muy bien, de acuerdo.

Cuando iba a sujetarse el pelo con una goma, él puso una mano en su brazo.

—No, déjatelo suelto.

La soltó enseguida, como si lamentara haberse tomado esa libertad.

—Si no te importa compartir mesa con esta masa de rizos —sonrió Abby—. Pero antes de nada, y para que no haya malentendidos, ¿hay alguna señora Forrester o alguna novia a la que tengas que explicar por qué llegas tarde a casa?

—No —se limitó a decir Zak, apartando la mirada—. Sólo hay un pequeño problema, que he venido andando hasta la playa. ¿Tú has venido en tu furgoneta?

—¿Te refieres al viejo cacharro que tú has despreciado esta mañana?

Zak tuvo que sonreír.

—Esa misma.

Abby intentó contener los latidos de su corazón. Le pasaba cada vez que sonreía porque esos hoyitos la volvían loca. No conocía de nada a aquel hombre, pero a veces había que fiarse del instinto y su instinto le decía que Zak Forrester era de fiar.

Zak miró las cajas y las bolsas de basura llenas de cosas que había en la furgoneta, pero no dijo nada y ella no se molestó en dar explicaciones.

—Ya se lo contaré, señor Forrester —sonrió.

Zak le indicó cómo llegar a su restaurante favorito, un sitio donde preparaban bien la comida, la servían rápido y el precio era adecuado.

Pero no era la vista del mar lo que lo tenía entretenido aquella noche, sino Abby. El bajo mojado de su falda y los pies descalzos iban bien con aquel ambiente informal. Su mujer se hubiera quedado de piedra, por eso nunca la había llevado allí. Diane no salía de casa sin zapatos de tacón y maquillaje, al contrario que Abby.

Pero allí, con su camisa blanca y su pantalón sastre, era él quien parecía fuera de lugar.

–¿Qué te apetece? –le preguntó cuando Paul, el camarero, se acercó a la mesa. Él sabía lo que le apetecía, pero no estaba en la carta. ¿Habría cometido un error llevándola a cenar cuando un café en la oficina habría sido lo más sensato?

Ella lo miró, con esos ojos grises tan luminosos.

«Sí, un gran error».

–Quiero *linguini* con frutos del mar, por favor.

–¿Vino?

–No, un vaso de agua con una cucharadita de vinagre de manzana y otra de miel… puede servirme eso, ¿verdad?

–Sí, claro –contestó Paul, mirándola con cara de sorpresa.

–Yo tomaré un filete de ternera con verduras. Y una cerveza –dijo Zak, dejando la carta sobre la mesa–. ¿Por qué bebes esa cosa tan rara?

–Es un tónico natural. Después de lo que me ha pasado hoy necesito animarme –sonrió Abby–. Lo tomo dos veces al día, así mantengo cierto equilibrio.

Zak empezó a jugar con el salero y el pimentero. Equilibrio, sí. El equilibrio de unos ojos preciosos, unos hombros perfectamente alineados, unos labios fabulosos, un par de pechos firmes que parecían medias lunas apoyados en sus brazos mientras miraba alrededor.

—Pero tú… —empezó a decir— tienes que cambiar el color de tu dormitorio. Sufres de insomnio y dolores de espalda.

Zak la miró, perplejo. Sólo su médico sabía de sus dolores de espalda y las pesadillas que lo perseguían desde el accidente. ¿Cómo podía saberlo ella?

Claro que le gustaría llevarla a su dormitorio y pedirle consejos sobre decoración. Y ver si podía ayudarlo con el insomnio.

Zak se movió en la silla, incómodo. ¿Qué le estaba pasando?

—No tiene nada que ver con el color de las paredes. Es el estrés de reformar mi casa mientras tengo que llevar dos negocios. Y me dedico a levantar cosas pesadas, además.

—Ya me he dado cuenta —murmuró ella, mirando sus anchos hombros—. Conferencias y turismo, ¿no? ¿Y qué tiene eso que ver conmigo?

El camarero volvió en ese momento con las bebidas y una cesta de pan y Zak tomó un trago de cerveza para mojarse el gaznate.

—El centro Capricornio necesita promoción y me gustaría contratarte a ti.

—¿A mí? ¿Para qué?

—Necesitamos una modelo. Un fotógrafo te haría fotografías en la playa… con algo parecido a lo que llevas puesto ahora o tal vez un bañador. Y otras fotografías en el centro de conferencias, con un traje de chaqueta.

—Yo no tengo un traje de chaqueta.

—Eso no importa. Yo compraré la ropa que haga falta. Piénsalo, Abby. Recuperarías el dinero que te robó ese canalla a cambio de un par de horas de trabajo posando como modelo. Es muy sencillo. Habrá un maquillador profesional, un estilista… lo que tú quieras.

—Me gusta mi aspecto, gracias. Y me gusta cómo visto.

—Sí, claro —asintió él—. Eres muy atractiva, por eso he pensado que serías ideal para la sesión de fotos.

—No quiero que me pagues —dijo ella entonces.

—¿Ah, no?

—No, lo que quiero es que me alquiles el local que está libre en el Centro Capricornio.

Zak la miró, perplejo. No, imposible. Él no sabía nada sobre su negocio. ¿Y cómo demonios sabía ella de sus locales?

—Lo he visto en Internet.

—Es que ya se lo tengo prometido a otro cliente, lo siento —mintió Zak—. Además, ni siquiera me has dicho a qué te dedicas o qué clase de negocio quieres montar.

—Soy masajista terapéutica, de modo que quiero abrir un salón de masajes, justo lo que tu Centro necesita. ¿Te han hecho alguna vez la carta astral? —le preguntó Abby entonces—. Por cierto, tu signo es Tauro.

—¿Tú crees en esas cosas?

Que hubiera adivinado su signo era un poco extraño.

Abby sonrió, con esa sonrisa que hacía que se le erizase el vello de la nuca.

–No te gustan los cambios, Zak. Te gustan las cosas sensuales de la vida y lo de los masajes te atrae, lo veo en tus ojos. Pero también eres un hombre práctico y estás preguntándote si debes arriesgarte con una desconocida que es un poco rara... o alternativa para ti –Abby hizo una pausa–. ¿Qué tal lo estoy haciendo?

«Sabes leer a la gente, nada más».

–Eso no significa que mi carácter esté marcado por un montón de estrellas en el cielo.

–Tienes una casa y un Centro con el nombre de un signo del zodíaco... deberías ser más abierto –sonrió ella–. Pero te perdono porque sé que los Tauro sois personas muy testarudas.

–Podrías tener razón, pero te lo digo desde ahora: este Tauro no se rinde fácilmente.

–Me alegro por ti, pero si no estás de acuerdo con mis sugerencias no llegaremos a ningún sitio.

Paul apareció con sus platos y comieron en silencio. Abby parecía muy interesada en la comida y Zak se preguntó cuándo habría comido decentemente por última vez.

–Háblame de tu negocio –le dijo cuando terminaron.

–Buenas Vibraciones ofrece un acercamiento holístico a los masajes. Es un bálsamo para el cuerpo, la mente y el espíritu. También incluyo aromaterapia y música en mis sesiones. Creo que el valor de la experiencia depende del ambiente que se cree y me gustaría decidir también de qué color serán las paredes...

–Un momento…

–Déjame terminar –lo interrumpió ella–. Los colores afectan a todo lo que nos rodea. Este restaurante, por ejemplo. Los manteles rojos y la madera clara dan una sensación de bienestar, de bienvenida. La vista de las palmeras y el mar invita a la relajación… ¿me entiendes?

Zak se echó hacia atrás en la silla, preparado para escuchar.

–Sí, claro, sigue.

–Las vibraciones invisibles del color nos ayudan en la vida. Buenas Vibraciones trata al cliente en todos los aspectos de la relajación e incorpora servicios que aportan serenidad, como la aromaterapia y el masaje –Abby sonrió mientras jugaba con su servilleta–. Me han dicho que mi técnica de masajes es mágica.

–¿Ah, sí?

–Piénsalo un momento. Yo podría atender a turistas y hombres de negocios después de una larga y aburrida conferencia.

Zak estaba pensando, pero se perdió en el brillo de sus ojos, en el entusiasmo de su voz. Estaba preguntándose cómo sería sentir las manos de Abby en su espalda, llena de cicatrices…

Y no podía evitar excitarse cada vez que ella levantaba un hombro de esa manera tan fascinante.

Pero era cierto que los clientes podrían agradecer un servicio de masajes o aromaterapia, particularmente si estuviera justo en el Centro.

–Podría funcionar, pero alquilar un local no es barato.

–Y tampoco lo son mis masajes –sonrió Abby, inclinándose para tomar su bolso–. ¿Nos vamos?

Zak intentaba controlarse, pero la ausencia de una mujer en su vida parecía pesarle ahora más que nunca.

Cuando por fin pudo respirar se dio cuenta de que ella había tomado su bolso y se dirigía tranquilamente hacia la puerta. Aquélla había sido una cena de trabajo, se decía. Y ésa era su relación con Abigail Seymour.

Entonces, ¿por qué seguía con la mirada clavada en su trasero, en las largas piernas silueteadas bajo la tela de la falda, preguntándose qué camisón le quedaría mejor?

Suspirando, Zak sacó la tarjeta de crédito. Debería haber contratado a una modelo profesional, pensó. Porque ahora tendría que estar en la sesión de fotos, tendría que tomar decisiones sobre qué ropa debía llevar Abby… o no llevar.

Excitado como nunca, sacudió la cabeza. ¿En qué lío se había metido?

Capítulo Tres

Zak se puso muy serio mientras le indicaba cómo llegar al Centro y Abby no se molestó en mirarlo porque no necesitaba distracciones.

Para aliviar la tensión puso la radio y se concentró en el paisaje. Había oscurecido y una luna dorada se levantaba sobre el Pacífico, pasando frente a unos rascacielos que no había en Victoria. Un sitio de lujo para gente de vacaciones y hombres de negocios.

Pero aquél no era un cuento de hadas, Zak no era un príncipe y ella necesitaba un local.

–Ya hemos llegado –dijo él, señalando un edificio blanco con balcones a la calle.

Abby tomó el camino flanqueado de hibisco y aparcó bajo un pórtico cubierto, mirando el cartel dorado del Centro Capricornio.

Un grupo de pinos separaba el edificio de la playa, pero desde allí podía ver las olas brillando bajo la luna.

Cuando llegaron al vestíbulo decidió que la paleta de colores era perfecta: crema con toques de verde esmeralda y rosa en el tapizado de los sofás, madera brillante en el suelo y la escalera. Una serie de espejos reflejaban la luz de las lámparas, dando una sensación de espacio.

Le llegó el aroma de la colonia de Zak mientras atravesaban el vestíbulo. Iba a oler esa colonia en sus sueños, pensó… si podía dormir.

—En la primera planta están las oficinas, los locales, las salas de conferencias y el restaurante. Y en la planta de arriba hay tres suites. No es un sitio grande, pero yo no quería un sitio grande, quería un sitio exclusivo.

—¿Y dónde está el local que me interesa?

—Aquí —Zak la llevó por un pasillo y abrió una puerta de cristal esmerilado.

Incluso antes de que encendiera la luz, a través de la ventana pudo ver los pinos que separaban el edificio de la playa.

Era un local precioso, con las paredes pintadas en tonos pastel y la moqueta de color ciruela.

—Tu decorador sabía lo que hacía —murmuró—. Me haría falta un biombo y una mesa ahí…

Pero se estaba dejando llevar por el entusiasmo, pensó. Aún no había aceptado la proposición de Zak y él no había dicho que le alquilaría el local.

—Antes de aceptar me gustaría saber qué le estoy recomendando a mis clientes.

—Tengo muchas cartas de mis clientes, pero tu equipo y tú tendréis una sesión gratuita…

—Eso no será necesario —la interrumpió Zak.

—Por lo que veo, parece que a ti te haría falta una sesión de relajación.

—Muy bien —dijo él por fin—. Podemos firmar un

contrato de alquiler por tres meses. A cambio de una serie de fotografías para promocionar el Centro.

–No lo lamentarás.

–¿Y la camilla de masajes?

–Está en la furgoneta.

A pesar de ser una profesional, en su mente se formó una imagen de Zak Forrester desnudo… no, eso no era nada profesional.

–Yo pondré estanterías y todo lo que necesites.

–Muy bien. Pero lo quiero por escrito.

Zak asintió con la cabeza.

–Me alegra saber que eres tan cauta. Haré que redacten el contrato y te lo enviaré… un momento, no me has dicho dónde te alojas.

–No, es verdad –sonrió Abby. Y no pensaba decírselo–. Pero volveré mañana a primera hora, si te parece bien. Te aseguro que vendré, Zak –añadió, al ver su expresión incrédula–. Este día ha empezado tan mal y ahora… gracias, de verdad –dijo luego, echándole los brazos al cuello y plantándole un inocente beso en los labios.

Pero no había nada puro o inocente en cómo respondió el cuerpo de Zak. Sus labios quemaban, todos sus órganos internos parecían haberse desplazado. Sus brazos parecían los *linguini* que había tomado en la cena mientras daba un paso atrás para mirarlo.

–¿Siempre eres tan entusiasta? –le preguntó.

–Me temo que sí –suspiró Abby, dando un paso atrás porque aquella boca era una tentación–. Bueno, nos vemos mañana… además, tú pareces cansado.

Zak no respondió, pero sus ojos se habían oscurecido. Y Abby podía sentir esos ojos clavados en su espalda.

—Toma una manzanilla —le sugirió, volviéndose en la puerta—. Pero ahora que lo pienso… no, será mejor que tomes una tila.

Abby aparcó la furgoneta en el camping y dejó escapar un suspiro.

—Bienvenida a casa —murmuró, mirando un edificio de apartamentos cercano y deseando poder dormir en una buena cama esa noche.

En lugar de eso estaba en un camping, rodeada de tiendas de campaña, sin una cama y sin electricidad.

Pero una vez que hubiera firmado el contrato podría quitar todas las cosas que llevaba en la furgoneta y dormir en la parte de atrás. No era una situación ideal, pero tendría que acostumbrarse.

Enseguida sacó el móvil para llamar a Aurora. Había querido esperar antes de llamarla, con la esperanza de tener alguna buena noticia que darle…

Al oír su voz, tan familiar, al otro lado se le hizo un nudo en la garganta. Aurora significaba para ella mucho más que ninguna otra persona en el mundo. Cuando su marido, Bill, y ella habían acogido en su casa a la adolescente rebelde que había sido, no tenía ni idea de que su vida iba a dar un vuelco.

—Hola, Rory, soy yo.

—Abby, gracias a Dios. Estaba preocupada.

—Es que he estado muy liada. Pero antes de nada, ¿cómo te encuentras?

–Bien, bien. ¿Y tú? ¿Has conseguido el trabajo que esperabas?

–Sí –contestó Abby–. Es un local en un edificio muy elegante. Y se llama Capricornio. Tiene mucho potencial.

Abby no le había contado la verdad, que quería abrir su propio negocio y que esperaba poder llevarla allí con ella en cuanto estuviese instalada.

–¿Capricornio? Bueno, ésa es una buena señal –Aurora hizo una pausa–. Ya sé que ahora vives tu vida, pero a lo mejor podría ir a verte cuando me encuentre mejor y quedarme unos días contigo.

También ella la echaba de menos y no quería que creyese que había aceptado un trabajo en Queensland sólo porque quería cambiar de paisaje. Pero si le decía la verdad y las cosas salían mal, Aurora insistiría en ayudarla económicamente y Abby se negaba a aceptar dinero. *Ella* tenía una deuda con su madre de acogida, no al revés.

–No será para siempre, Rory, sólo hasta que me haya instalado. Y luego te traeré aquí, conmigo.

–Sí, claro. ¿Quién es tu jefe, cómo es y cuál es su signo del zodiaco?

Su jefe. Lo más parecido a un jefe debía ser... Zak. El corazón de Abby dio un salto cuando la imagen del hombre que ponía sus hormonas en estado alerta apareció en su mente. Aún podía oler su colonia, podía sentir el calor de sus labios.

–Se llama Zak Forrester y es Tauro.

–Ah.

–¿Cómo que «ah»?

–Nada, cariño. Que si es Tauro será muy trabajador, práctico y obstinado.

«Y alto, guapísimo y sexy».

–Obstinado desde luego –asintió Abby–. Particularmente en lo que se refiere a las terapias alternativas.

Y a las pelirrojas entusiastas.

–No dejes que te intimide.

Casi le daban ganas de reír. Era ella quien lo había intimidado a pesar de todo.

–No lo haré. Adiós, Rory, te llamaré mañana.

Abby abrió los ojos al notar los primeros rayos de sol en la cara. Le dolía el cuello de dormir sentada... no, le dolía todo, descubrió cuando intentó incorporarse en el asiento.

Las hojas de las frondosas palmeras se rozaban lánguidamente unas contra otras y había niños jugando en la piscina del camping... y algún sádico estaba haciendo beicon.

Ah, lo que daría por un trozo de beicon, pensó, sacando del bolso un plátano excesivamente maduro, una barrita de muesli y una botella de agua mineral.

Mientras tomaba tan escaso desayuno buscó en su maleta algo que no hubiera que planchar y eligió un pantalón vaquero corto y un top de color naranja.

Pero cuando iba hacia las duchas sonó su móvil.

–¿Sí?

–Buenos días.

Abby tragó el plátano a toda prisa al oír la voz de Zak.

–Buenos días.

–¿Interrumpo tu desayuno?

–No, no, ya estaba terminando.

–¿Has cambiado de opinión?

–No. ¿Y tú?

–No, ya he redactado el contrato. Lo firmaremos primero y luego iremos de compras.

–Ah –murmuró ella. Era lógico que Zak quisiera ir personalmente, al fin y al cabo era su dinero. Pero la idea de probarse un bañador delante de Zak Forrester la hacía sentir escalofríos.

–Ya te dije que yo pagaría la ropa.

–Sí, claro. Pero ya me dejas el local gratis…

–Es parte del trato. ¿Dónde quieres que vaya a buscarte?

Abby sonrió. Estaba haciendo todo lo posible por averiguar dónde se alojaba, pero no pensaba decírselo.

–Será mejor que nos encontremos en el Centro. De todas formas, tengo que dejar allí mis cosas.

–El local está cerrado, será mejor que nos encontremos en mi casa. Es allí donde tengo el contrato –sonaba un poco abrupto, como si no le hiciera gracia que fuera a su casa–. Nos vemos allí en una hora. Ayer dejé mi coche en casa de un amigo y tengo que ir a buscarlo.

–Muy bien.

–Firmaremos el contrato y luego iremos a dejar tus cosas en el local.

No estaba allí.

Abby volvió a llamar, pero no hubo respuesta. Seguramente aún no habría vuelto de recoger su coche, pensó, aprovechando la oportunidad para echar un vistazo a la parte trasera de la casa.

Los ventanales, que iban del techo al suelo, estaban tapados con papel de periódico y en el porche trasero había un sofá, una mesa y dos sillas bajo la que debía ser la ventana de la cocina porque había un tiesto con perejil sobre el alféizar.

¿Un hombre que cocinaba? Abby se acercó a la ventana y, haciendo pantalla con las manos, se sorprendió al ver una moderna cocina con las paredes pintadas de amarillo. Había platos sucios en el fregadero y la mesa parecía más una mesa de trabajo que otra cosa…

De repente, sintió que se le erizaba el vello de la nuca. Notó una mirada deslizándose por su espalda y sus piernas e instintivamente tiró del bajo del pantalón antes de darse la vuelta.

–Hola, Zak –lo saludó, como si no hubiera estado espiando en su cocina.

Él llevaba un polo blanco que se ajustaba a su torso y pantalones de color caqui. Y estaba tan guapo como con el traje de chaqueta.

–Siento haberte hecho esperar… pero la verías mejor desde el interior –dijo él, sarcástico.

Aquel hombre tenía que relajarse un poco, pensó Abby.

–Lo siento –se disculpó, poniendo una mano en su brazo–. No debería haber cotilleado, pero como no venías y no tenía nada que hacer…

–No me importa –dijo Zak, quitándose las gafas de sol.

Aquel día sus ojos eran del color del mar y ella querría hundirse en esas aguas tan misteriosas. Porque eso eran: misteriosas. Frías un momento, ardientes un segundo después. Sí, le gustaría descubrir el enigma que era Zak Forrester.

–Entra, por favor.

–Gracias.

Al pasar a su lado lo rozó ligeramente con el hombro, lo suficiente como para que la temperatura de su cuerpo aumentase unos cuantos grados.

–Cuando haya terminado con las reformas esto será el salón –le dijo, apartando un montón de tornillos del suelo–. También hay una habitación en la parte de atrás que antes era un estudio de pintura, pero esa reforma tendrá que esperar un poco.

–¿Qué piensas hacer con él?

–Aún no lo sé. La cocina está por aquí…

–Y has convertido el porche en un sitio en el que puedes comer y relajarte mientras disfrutas del sol.

Los músculos faciales de Zak se relajaron en una semblanza de sonrisa mientras tomaba la tetera.

–Me temo que no tengo mucho tiempo para relajarme. ¿Café o té?

–Café, gracias.

Mientras él sacaba las tazas del armario, Abby se dedicó a explorar un poco, pasando las manos sobre la encimera de granito, admirando los tiestos de terracota, la fragancia del café…

Entonces vio una invitación de boda sobre la mesa.

Nick y Tina tienen el placer de invitar a Zak Forrester y acompañante a su enlace matrimonial…

¿Quién sería la afortunada acompañante?, se preguntó. Pero eso era demasiado personal y ella no tenía por qué saberlo.

–¿Te gusta cocinar? –le preguntó, tomando un libro de cocina de una estantería: *Cocina para amantes*.

Con unas fotografías muy seductoras.

El regalo de una mujer llamada Diane, comprobó Abby por la dedicatoria, fechada unos años antes. Vaya, vaya, de modo que Zak Forrester tenía un lado juguetón. Se preguntó entonces si Diane sería su novia, si solía cocinar para ella y qué harían después de cenar…

–No tengo mucho tiempo últimamente.

Cuando la vio con ese libro en la mano, la atmósfera, que un segundo antes había sido relajada, se cargó de tensión sexual.

–Pero te gusta hacerlo porque tienes muchos libros de cocina.

Zak se aclaró la garganta.

–Si quieres, puedes ver el resto de la casa mientras se hace el café. Yo voy a buscar el contrato.

–Sí, claro –Abby dejó el libro en su sitio–. Aunque no me importaría nada que me invitases a cenar algún día. Para ver qué tal cocinas.

Zak le dio la espalda a la chica que lo ponía tan nervioso, intentando convencer a su cuerpo para que se portase de manera normal.

Esperó, escuchando sus pasos y el tintineo de la pulsera que llevaba en el tobillo…

«Cálmate», se dijo. Aquello no debía ocurrir. No iba a ocurrir.

Pero ya había ocurrido.

Estaba tan duro como la encimera de granito. Afortunadamente, Abby no se había dado cuenta. Creía haberse librado de aquel libro y de los recuerdos…

«Animará nuestra vida sexual», le había dicho Diane el día de su tercer aniversario.

Ver a Abby mirando esas fotografías había animado la mañana, desde luego. Y podría jurar que lo de invitarla a cenar lo había dicho con segunda intención.

Pero Diane estaba muerta y su sentimiento de culpa era el precio que tenía que pagar. Sentimiento de culpa, pesadillas, terribles visiones del accidente y la decisión de vivir solo el resto de su vida.

De modo que aquella atracción inexplicable, que había despertado a la vida en cuanto vio a Abby Seymour, debía terminar de una vez por todas.

Pero tenía que llevarla de compras aquel día. Se había comprometido a usarla como modelo para el Centro y tenía que hacerlo, fueran cuales fueran sus sentimientos.

Tendría que respirar su perfume durante todo el día, verla con esos pantalones cortos y esas piernas interminables…

—Estoy impresionada, Zak Forrester.

Zak cerró los ojos. Cuando decía su nombre con ese tono tan bajo, tan suave, se ponía enfermo. La voz de Abby le hacía cosas a su cuerpo. Cosas que recordaba y que quería olvidar. Afortunadamente, ella no se daba cuenta.

—El café está listo —le dijo, limpiando unos granitos de café de la encimera—. ¿Cómo lo tomas?

—Con leche y sin azúcar.

—Yo también —Zak levantó la mirada—. Bueno, a ver si nos ponemos de acuerdo con la ropa.

—Es tu dinero, son tus fotos, tú decides.

Él sonrió, intentando relajarse un poco. Al menos no ponía problemas. Sencillo, brillante.

Capítulo Cuatro

No era ni sencillo ni brillante.

¿Por qué había tomado las palabras de Abby al pie de la letra? Debería haber imaginado que todas las mujeres eran iguales en lo que se refería a ir de compras.

Al final, llegaron a un compromiso para ahorrar tiempo: él elegiría la ropa que le parecía adecuada para la sesión de fotos, intentando no imaginar cómo le quedaría, y Abby se la probaría en el Centro. Salieron de las tiendas con suficiente ropa, zapatos y accesorios como para llenar una habitación. Todo con su tarjeta de crédito.

Posponiendo lo inevitable, Zak la dejó eligiendo atuendos en una de las suites del Centro y se dedicó a llevar sus cajas al local.

Pero cuando entraba en el pasillo de oficinas encontró a Tina de rodillas en el suelo, sacando papeles de una caja.

–¿No te había dicho que no te molestases en venir hoy?

–Hola, Zak –lo saludó ella–. Mi madre ha insistido en quedarse con Danny y a mí me hacía falta airearme un poco.

–Ayer fue un gran día y es un honor que me hayas convertido en padrino de tu hijo.

–Espero que pienses lo mismo cuando cumpla los dieciocho –rió ella, apartándose el flequillo de la cara.

–Seguro que sí –sonrió Zak, intentando imaginar dónde estaría cuando su ahijado tuviera esa edad–. Iba a hacerlo yo mismo, pero ya que estás aquí, ¿te importaría llamar al fotógrafo y concertar una cita para mañana? Ah, y un maquillador y un peluquero también.

–¿Ya has conseguido una modelo?

–Sí… bueno, no es una modelo profesional… es más bien, una masajista.

–¿Una masajista?

–Hace masajes alternativos. Le he alquilado un local durante unos meses, para ver cómo va.

–No pareces muy contento. ¿Por qué?

¿Cómo podía explicárselo?

–Seguimos negociando… al menos con la ropa que llevará durante la sesión fotográfica.

–¿Y cómo es?

–Alta, delgada, pelirroja. Hemos estado de compras y creo que no hemos dejado nada en las tiendas de Queensland.

–Ah, ya veo. ¿Es guapa?

–Es alternativa, hippy, no sé… lleva una pulserita en el tobillo y cree en la astrología y todas esas cosas.

–¿De las que se ponen pachulí? –exclamó Tina.

–No, no, más bien esencia de amanecer o algo así –sonrió Zak.

–Y baila desnuda bajo la luna llena, seguro –rió su amiga–. O sea, que no es tu tipo para nada.

–No, no lo es –contestó él, tal vez con demasiada rapidez.

–¿La conoces desde hace mucho tiempo?

–No, la conocí ayer.

–Ah, eso explica el perfume que llevabas en el bautizo.

–Es que resbaló y…

–Y tú la rescataste, claro. Cuéntamelo todo.

Pero mientras le explicaba la situación, la expresión de Tina se volvió seria.

–No sé yo… ten cuidado, Zak. Por muy inocente que parezca.

Entonces se le ocurrió algo. Mientras sacaba las cajas de la furgoneta, que parecían estar llenas de piedras, Abby podría haber desaparecido con miles de dólares de mercancía.

No, imposible. Él creía conocer a las personas y estaba seguro de que Abby no era una delincuente. Claro que desde que conoció a aquella chica su cerebro no funcionaba de manera normal.

–Tendré cuidado. Y ahora perdóname, pero tengo cosas que hacer.

¿Quién era la mujer que la miraba desde el espejo? Abby estudió la imagen que tenía delante, perpleja. Parecía una ejecutiva de verdad. Claro que con un traje de chaqueta azul, blusa blanca y zapatos de tacón cualquier mujer lo parecería.

Entonces buscó otro atuendo entre el montón de ropa que habían llevado al Centro. ¿Un traje formal, un vestido o un camisón sugerente?

Zak le había dicho que eligiera sus favoritos, ¿pero cómo iba a elegir entre tantas cosas? Y en la lujosa suite se sentía como una estrella de cine.

Abby tomó un camisón blanco de una firma muy conocida. La seda caía sobre su piel como una cascada...

–¿Qué te parece, Zak? –sonrió, imaginándolo desnudo en la cama, con la cabeza apoyada en un codo, mirándola con ojos de deseo–. ¿Cómo le quitas la ropa a una mujer? –se preguntó en voz alta–. ¿Prefieres hacerlo lenta y lánguidamente o rápida y frenéticamente? ¿O un striptease erótico? O a lo mejor eres de los que arrancan la ropa...

Abby se sentó en la cama, pensativa.

–¿Qué clase de hombre eres, Zak Forrester?

Hacía tiempo que no se acostaba con nadie. Sus relaciones habían sido siempre cortas y no demasiado agradables porque ninguno de sus novios había estado a la altura de su ideal. Deseaba tanto ser amada que había dejado que el primer hombre que le prestó un poco de atención entrase de lleno en su vida...

Pero él no estaba interesado en ella, en lo que pensaba, en sus sueños, en su historia familiar. Sólo le interesaba el sexo y, como una ingenua, Abby había creído que eso era pasión.

Nunca volvería a ser tan confiada.

Pero en cuanto al Zak Forrester de los ojos azules

y la encantadora nariz torcida se refería, tenía la impresión de que podría olvidar esa mala experiencia.

Tal vez cuando Buenas Vibraciones estuviera funcionando y pudiese pagar un apartamento no tendría que verlo tan a menudo. Y no tendría la tentación de pensar en él e imaginar todo tipo de escenarios prohibidos en los que Zak Forrester era el protagonista.

«Por favor, cálmate de una vez».

Él tenía su propia vida y ella estaría trabajando. Además, por las noches tendría que hacerle compañía a Aurora… era maravilloso sentirse necesitado. Ella sabía muy bien lo que era sentirse sola viviendo con familias de acogida a las que no les importabas un bledo y sólo te tenían en casa por el dinero que les daba el Estado.

Un golpecito en la puerta hizo que se levantara de un salto. Abby miró alrededor, buscando algo para taparse, pero seguían llamando, cada vez con más urgencia…

–¡Ya voy! –gritó, antes de abrir la puerta–. Hola, Zak. ¿Qué ocurre?

Él la miró de arriba abajo, su mirada como un incendio. No contestó y Abby se dio cuenta de que respiraba con cierta dificultad.

–Disculpa, no debería haber reaccionado así…

–¿Así cómo?

–No deberías abrir la puerta en camisón, Abby

–Sólo podías ser tú y dijiste que querías verme con la ropa que eligiera. ¿Qué te parece el camisón?

Zak apartó la mirada.

–Creo que deberías ponerte ropa interior.

Abby se miró al espejo y comprobó que sus pezones se marcaban claramente bajo la seda. Y el triángulo oscuro entre sus piernas...

–Lo siento, pero tú mismo elegiste este camisón, yo soy sólo la modelo. Y, en mi opinión, llevar ropa interior, incluso un tanga, lo haría parecer vulgar. Tendremos que usar algo más oscuro –Abby tomó la primera prenda que encontró y se la puso por encima–. Voy a probarme el negro...

–Elige lo que mejor te parezca. Pero te espero mañana aquí a las ocho en punto.

–Muy bien.

–Llévate todo lo que quieras probarte y deja aquí el resto de la ropa. Podemos usar esta habitación para el maquillaje y todo lo demás.

Abby aparcó la furgoneta en el camping, de muy mal humor. El cielo estaba cubierto de nubes, pero hacía mucho calor.

La idea de quedarse en la furgoneta soportando una tormenta no era muy apetecible. La idea de dormir allí noche tras noche menos apetecible aún. Pero al menos ahora tenía espacio en la parte de atrás para tumbarse.

Llamó a Aurora para preguntarle cómo estaba, pero tuvo que ser una llamada rápida porque estaba quedándose sin batería. Luego, tomando la bolsa del supermercado, se dirigió a la cocina comunitaria del camping.

–Ahora entiendo por qué no querías que viniera a buscarte.

Abby se volvió, perpleja. Zak estaba detrás de la furgoneta, con una mano apoyada en la ventanilla.

–¿Qué haces aquí?

–Quería pedirte disculpas por haber sido tan brusco… te he seguido y aquí estoy.

–Sí, ya lo veo. Pero no has venido a pedirme disculpas, has venido porque querías saber dónde me alojaba –replicó Abby, enfadada–. No confías en mí.

–Eso no es verdad…

–Admítelo, Zak. Yo valoro la sinceridad por encima de todo.

–En eso estamos de acuerdo, también yo valoro la sinceridad. Y la verdad es que estaba preocupado por ti. ¿Cuánto tiempo pensabas quedarte durmiendo en la furgoneta? Pero si ni siquiera tienes electricidad…

–Había pensado levantar una tienda de campaña…

–¿Pensabas vivir en una tienda de campaña… durante cuánto tiempo?

–El tiempo que hiciera falta.

–Pues olvídate de eso. Vamos, sube a la furgoneta.

–¿Qué?

–Sube, vienes a casa conmigo.

–¿A tu casa? Gracias por la oferta, pero es evidente que no me quieres allí.

–Tengo una habitación libre y al menos podrás ducharte y hacerte una cena decente.

–Yo me he metido en esto y…

–O vienes a mi casa o no hay trato –la interrumpió Zak.

—Me necesitas para la sesión de fotos –le recordó Abby.

Y ella necesitaba el local.

—Vamos, sube a la furgoneta y sígueme.

—Vamos a dejar esto bien claro: yo no necesito caridad. Si me alojo en tu casa, pagaré alquiler de alguna forma… limpiando, haciendo la comida o pintando paredes, me da igual. Y sólo hasta que gane lo suficiente como para alquilar un apartamento –Abby se cruzó de brazos, muy seria–. ¿Estás de acuerdo o no?

Zak dejó escapar un suspiro de resignación.

—Muy bien, de acuerdo.

Capítulo Cinco

Zak no la quería en su casa, en la mesa de su cocina, entre sus sábanas, usando sus toallas, pero ¿qué otra cosa podía hacer?

Después de aparcar en la entrada la vio bajar de la furgoneta, toda piernas y pelo rojo, y sintió una punzada de deseo que lo recorrió de arriba abajo. ¿Durante cuánto tiempo sería su invitada?

Debía estar loco.

Tenía un cuarto de baño, *su* cuarto de baño, en *su* dormitorio, y ella tendría que pasar por su dormitorio para usarlo. De modo que las reformas del segundo cuarto de baño eran su prioridad a partir de aquel momento… a menos que quisiera ducharse con la imagen de una Abby desnuda y cubierta de jabón…

No lo había pensado bien, se dijo. Había visto cómo vivía y, sin reflexionar, le había ofrecido su casa.

La vio en ese momento sacando dos maletas con ruedas de la furgoneta… ¿pensaba vivir indefinidamente con la ropa que llevaba en esas maletas? ¿Y dormir en una furgoneta?

Había hecho bien, pensó entonces. Era su obligación moral ofrecerle alojamiento a alguien que había sido timada por un sinvergüenza.

–Yo puedo empujar un par de maletas con ruedas –protestó Abby cuando intentó ayudarla.

–Como quieras. Y ya sabes dónde está la habitación, así que puedes empezar a instalarte. Hay toallas y sábanas en el armario. También hay un lavabo en el estudio, pero me temo que por ahora tendremos que compartir cuarto de baño.

Ella se detuvo, indecisa.

–Ah.

«A mí tampoco me gusta la idea».

–Bueno, ya nos arreglaremos. Yo me ducho muy rápido.

–Si no te sientes cómoda, yo puedo mudarme a la habitación de invitados y tú puedes ocupar mi dormitorio.

–No, de eso nada. Pero gracias –Abby hizo esa cosa que hacía con el hombro y sonrió de nuevo–. Menos mal que hay una habitación de invitados o tendríamos un serio problema.

Él ya tenía un problema.

–Aún no has cenado, claro.

–No, pero tengo verduras para hacer una ensalada. Sólo…

–Muy bien, tú haces la ensalada y yo pongo un par de filetes a la barbacoa.

Cenaron en la mesa del porche mientras la lluvia caía sobre el tejado, refrescando el aire, el olor de la tierra mojada mezclándose con el de la barbacoa. Zak siempre comía en el porche, en parte porque la mesa de la cocina siempre estaba llena de cosas, pero sobre todo porque le gustaba estar al aire libre.

Cuando empezó a anochecer encendió unas velas antimosquitos que colocó sobre la barandilla. Eran funcionales, nada más, pero la luz de las velas le daba un aire romántico a la cena.

–¿Más vino?

–Gracias.

Después de llenar su copa, Zak se apoyó en el respaldo de la silla. Había querido excusarse después de cenar diciendo que tenía que terminar de empapelar alguna pared o algo parecido, pero no encontraba fuerza de voluntad para apartarse.

Había olvidado cuánto le gustaba relajarse tomando una copa de vino en el porche, charlando con alguien. Aunque ese alguien no fuera la compañía más sensata si quería pegar ojo esa noche. Pero, por el momento, era suficiente con relajarse y disfrutar de la compañía.

–Es un sitio precioso. En Victoria estaríamos dentro, delante de una chimenea.

–Yo he vivido en Queensland toda mi vida, pero imagino que una chimenea debe ser muy agradable. ¿Había chimenea en tu casa?

–No, ahora no suspiró Abby, mirando las velas–. Pero cuando era pequeña sí. Una vez, mi madre organizó una merienda para mi hermana pequeña y para mí delante de la chimenea. Tostamos pan usando un tenedor muy largo… ahora que lo pienso, seguramente debió ser porque nos habían cortado la luz.

Zak la miró, sorprendido. En realidad, no sabía nada sobre aquella chica.

–¿Vives con tu familia?

–He vivido hasta ahora con una madre de acogida. Había esperado poder traérmela aquí, pero... sufrió una embolia hace algunos meses y no soporta el frío, así que pensé que un clima más cálido le sentaría bien.

–¿Quién cuida de ella ahora?

–Ha contratado a una señora que la atiende –pensativa, Abby apoyó los brazos en la mesa, su fenomenal escote iluminado por la luz de las velas–. Puede permitírselo, pero no me gusta dejarla con extraños.

–¿Por qué no le pediste que viniera a ayudarte con tu negocio?

–Había pensado estar aquí unos meses para ver cómo me iba... y ahora no quiero decirle que he fracasado antes de empezar.

–No has fracasado, Abby –sonrió Zak–. ¿Has dicho que es tu madre de acogida?

–Sí, mi madre biológica murió cuando yo tenía cuatro años y no conocí a mi padre.

–Pero antes has mencionado a una hermana.

–No la he visto desde que mi madre murió. Nos separaron entonces para llevarnos a diferentes casas de acogida –Abby sacudió la cabeza, como si estuviera saliendo de un sueño–. Bueno, vamos a dejarlo. No quiero aburrirte con la historia de mi vida. Voy a lavar los platos...

–No, yo lo haré.

Los dos fueron a tomar el cuenco de la ensalada al mismo tiempo y sus dedos se rozaron. Pero él se apartó como si lo hubiera quemado.

–¿Zak? –sonrió Abby, tomando algo del cuenco–.

Abre la boca, no pienso desperdiciar un estupendo tomate cherry.

Sus labios parecieron abrirse por voluntad propia, pero apenas lo saboreó, tan nervioso estaba.

Ella rió, sus ojos brillando a la luz de las velas.

–Pareces asustado. ¿Qué creías que iba a hacer?

Estaba tan cerca, con los labios entreabiertos, que se preguntó cómo sería besarla.

No se dio cuenta de que se encontraban a medio camino, no se dio cuenta de que estaba moviéndose, inclinando un poco la cabeza… pero entonces Abby lo besó.

Y él le devolvió el beso.

Rozando sus labios, jugando con su lengua, poniendo una mano en su nuca para estar más cerca.

Aquello era una estupidez increíble.

Zak se apartó de la tentación. Podía oír el sonido de la lluvia golpeando el tejado… ¿o era la sangre latiendo en sus oídos? No, estaba seguro de que su sangre no estaba cerca de sus oídos en aquel momento sino mucho más abajo.

Se miraron el uno al otro durante un segundo, sin decir nada.

–Oye, que sólo ha sido un beso –empezó a decir Abby. Y Zak se sintió como un idiota–. Tienes que relajarte. Yo soy una persona… física, me gusta tocar a la gente, es parte de mi trabajo, además. No te lo tomes como algo personal.

–Muy bien –dijo él. Era difícil no tomárselo como algo personal cuando aún tenía en la boca el sabor de sus labios–. Yo voy a terminar aquí… tú puedes ducharte si quieres.

–De acuerdo –Abby se levantó para ir a la cocina, pero se detuvo en la puerta–. Tenemos que compartir las tareas.

–Como quieras.

–Y sobre ese beso… si así te sientes mejor, olvida que ha pasado.

En cuanto desapareció, Zak dejó escapar un suspiro. ¿Que lo olvidase? Imposible. Luego pensó en la conversación que habían tenido antes del beso. Y debía admitir que Abby no era la clase de chica irresponsable y frívola que había pensado.

Aunque eso no la hacía menos peligrosa.

Zak sabía que estaba ahogándose…

El agua negra, salada, entraba en su boca, dejándolo sin aire. Se hundía y movía las manos, buscando con desesperación. Tenía que encontrar a Diane…

Tocó su mano por la ventanilla del coche, pero entonces vio una explosión de luz ante sus ojos. Y oyó algo… tal vez un trueno. Estaba en el fondo del mundo y sus tímpanos iban a explotar, le quemaban los pulmones. ¡Diane! Los dedos de Diane se le escapaban y estaba solo en la oscuridad, ahogándose…

Flotando, aceptando esa luz blanca.

Gritos… frío… ¡Diane! ¡No!

Zak luchó contra el sueño para volver a la realidad. No era su mujer, con el pelo dorado y los ojos de color miel. La que estaba frente a él era una mujer de pelo rojizo y ojos de color plata…

Se incorporó de un salto, temblando y cubierto

de sudor, respirando profundamente para que los latidos de su corazón volviesen al ritmo normal.

–Sólo ha sido un sueño –murmuró en la oscuridad, dejándose caer de nuevo sobre la almohada, totalmente despierto ahora.

No tenía control sobre su subconsciente, pero sí podía controlar las horas que pasaba despierto.

A pesar de la falta de sueño durante los últimos días, Abby despertó al amanecer. Aún medio dormida, miró la pared, pintada de color azul, el edredón de un azul más profundo y los muebles, pocos y elegantes. Desde luego, Zak se tomaba cierto interés por la decoración.

Y la ponía... nerviosa. No, más que eso. Lo había besado por la noche, sin pensar, sin darse cuenta de lo que estaba haciendo.

Pero se estaba portando muy bien con ella, mejor que nadie, aparte de Rory y Bill, de modo que estaba en deuda con él. Y pensaba pagar esa deuda ayudándolo a relajarse un poco. Porque le hacía falta relajarse. Por alguna razón, siempre parecía estar tenso, como si no fuera capaz de disfrutar de la vida.

Y ella haría que se relajase aunque tuviese que atarlo.

–Buenos días –Abby salió al porche con dos tazas de té en la mano. Había dejado de llover y el olor a tierra mojada era delicioso. Tan delicioso como ver a Zak en el sofá, tapado con una sábana.

Medio dormido, murmuró algo mientras se daba la vuelta, tirando de la sábana. No dormía con pijama sino en calzoncillos, que dejaban al descubierto una línea de vello oscuro que se perdía bajo el elástico…

Donde ella no debía mirar.

–Buenos días, Zak –repitió, tomando un sorbo de té.

–Buenos días, Abby –murmuró él, pestañeando–. ¿Ocurre algo?

–No, nada. ¿Te apetece dar un paseo?

–¿Un paseo a estas horas?

–¿Por qué no? Es el mejor momento del día. La hierba está tan verde que parece de color esmeralda y el aire tan fresco que da gusto. Nos está llamando, venga, vamos.

–No, lo siento, yo no oigo mi nombre –sonrió Zak–. ¿Y por qué huele a moras?

–Es un té de moras. Da mucha energía, así que es una buena forma de empezar el día –sonrió Abby, dejando la taza sobre la barandilla.

En lugar de dar un paseo por la playa como había pensado, bajó los escalones que daban al jardín con una manta que colocó sobre la hierba.

No pensaba dejarlo dormir. Si no podía convencerlo para que fueran a dar un paseo en lugar de trabajar veinticuatro horas al día, por lo menos evitaría que siguiera durmiendo en el porche. Aunque no entendía qué hacía allí en lugar de estar en su habitación.

Ya lo tenía calado. Si no era el Centro era su casa o la empresa de construcción. Algo lo había convertido en un adicto al trabajo.

Abby buscó el cristal color mar que llevaba al cuello,

cerró los ojos y consiguió que sus pensamientos se disolvieran como nubes de verano, dejando que esa sensación la envolviera como el primer sol de la mañana…

Hasta que la tranquilidad se convirtió en inquietud, haciendo que se le erizase el vello de la nunca.

Al abrir los ojos encontró a Zak mirándola desde el porche y todas las pacíficas células de su cuerpo se pusieron en estado de alerta. No lo había oído levantarse, pero ahora llevaba esos vaqueros cortados que mostraban la poderosa musculatura de sus piernas y una camiseta azul con las mangas cortadas también, mostrando unos igualmente impresionantes bíceps.

Abby se permitió a sí misma admirar aquel cuerpo atlético por un momento, imaginarse deslizando las manos por su torso…

Cuando Zak se acercó un poco más se preguntó si había tomado la decisión correcta al despertarlo. Tal vez debería haberlo dejado soñando. O teniendo pesadillas.

–Hola.

–¿Qué ha sido de tu paseo?

–He cambiado de opinión. He decidido meditar aquí y esperar a que despertases.

–Ah, la meditación –sonrió Zak –. Ése es un pasatiempo místico muy oriental.

–No hay nada de místico en ello. Cierra los ojos y abre tu mente, escucha lo que el universo te está diciendo, intenta visualizarlo.

Pero lo único que ella podía visualizar en aquel momento era a Zak tumbado a su lado, el sol calentando su piel, el roce de la hierba en su espalda, sus caricias... Abby apretó las piernas para controlar el cosquilleo.

—¿Y qué te dice hoy el universo?

—Que me concentre en Buenas Vibraciones y no deje que nada me distraiga.

«Tú, por ejemplo».

—¿Nunca has recibido mensajes confusos? ¿Como si fuera un mensaje para otra persona y no para ti? —Zak bajó del porche y se colocó a su lado.

—Eres un escéptico –suspiró ella–. Tienes que olvidarte de todo para poder meditar y tarde o temprano llegará. Pero intuyo que estás enfrentándote con alguna dificultad ahora mismo.

Zak la miró y el calor que vio en sus ojos pareció quemarla por dentro. «Sí, dificultades, que tú estás durmiendo en la habitación de invitados». Si lo hubiera dicho en voz alta no habría quedado más claro.

—No, estoy bien.

—Si tú lo dices… –Abby alargó una mano para tocar su mejilla, las yemas de sus dedos rozando el duro mentón masculino haciéndola sentir escalofríos–. Si mi estancia en tu casa va a hacer que la vida sea más difícil para ti, me iré. He pagado en el camping por una semana.

—No, te quedarás hasta que encuentres otro sitio donde alojarte, como habíamos acordado. Fin de la discusión.

Su tono, seco y remoto, hizo desaparecer el calor del sol y la serenidad de Abby.

—Muy bien.

—Muy bien –repitió Zak, sin mirarla–. El desayuno estará listo en diez minutos.

Capítulo Seis

Zak, apoyado en la pared de la sala de juntas, observaba trabajar al fotógrafo… arrugando el ceño cuando Carlo se acercó a Abby para ajustar el cuello de su blusa y levantar su barbilla para que mirase directamente a los ojos del modelo.

–Un poquito a la derecha, cariño. Mira a la cámara… perfecto.

Zak pensaba lo mismo. El pelo de Abby estaba elegantemente sujeto en un moño alto que dejaba al descubierto su largo cuello. Con el traje azul marino y la blusa blanca parecía una mujer de negocios y ésa era una buena imagen para su página Web, pensó. Una mujer de negocios sonriente que parecía disfrutar de un inofensivo flirteo durante las horas de trabajo.

El hecho de que el modelo fuese evidentemente gay no lo animaba demasiado. Especialmente cuando Carlo le dijo algo al oído y los dos se echaron a reír, sus cabezas rozándose. ¿Qué tenían los hombres gay que resultaba tan atractivo para las mujeres?

Y a partir de allí todo fue cuesta abajo.

Jorge, el modelo que Zak había elegido en una agencia la semana anterior, era el típico rubio cachas con un ego tan grande como sus hombros. La clase de hombre del que se enamoraban las mujeres, por eso lo había elegido.

Antes de conocer a Abby.

Irritado consigo mismo, se apartó de la pared. Aquello era una locura. La sesión de fotos era una buena oportunidad para vender el centro turístico, nada más.

–Vamos a la piscina –dijo Carlo entonces–. Abby, cariño, ponte el bañador negro.

Zak la vio dirigirse hacia la puerta y, por impulso, la siguió.

–Hola. ¿Pasa algo?

–No, sólo quería preguntarte si lo estabas pasando bien. Ya sé que no te entusiasmaba la idea…

–No, lo estoy pasando bien –sonrió Abby, poniendo una mano en su brazo, una costumbre suya, empezaba a darse cuenta. La había visto tocar a Carlo y a Jorge de la misma forma–. De hecho, es divertido ser otra persona.

Zak recordó entonces que había vivido en una casa de acogida. Su madre biológica había muerto, no conocía el paradero de su hermana… sí, tal vez para ella sería divertido ser otra persona durante un rato, pensó.

–¿Alguna cosa más?

–¿No necesitas ayuda?

No había querido decirlo de esa forma, particularmente mirándola de arriba abajo. Pero tuvo que hacer un esfuerzo para no imaginarse a sí mismo quitándole la chaqueta y desabrochando los botones de la blusa…

–Creo que puedo encontrar el bañador yo sola –rió Abby.

Afortunadamente, pensó él mientras se alejaba.

Después de sufrir la tortura de ver a Abby en bañador, y en los brazos de aquel cachas, fueron al comedor para seguir con la sesión.

Y cuando ella entró en la habitación quince minutos después, Zak de repente tenía dificultades para respirar. No llevaba el vestido rojo que él había elegido sino uno de color esmeralda que iba perfectamente con su pelo.

Pero era el tentador escote lo que llamaba su atención; un escote sujeto por un lacito y que llegaba casi hasta el ombligo. Y el arco de sus pies dentro de esas sandalias doradas... de repente Zak tuvo una visión de esos tacones de aguja sobre sus hombros mientras hacían el amor...

–¡Cariño, estás preciosa! –exclamó Carlo, apartando el pelo de su cara–. Y ese color te sienta de maravilla. Ven, siéntate.

Zak se pasó la lengua por los labios resecos. Al menos así sus piernas quedaban escondidas bajo el mantel, pensó.

–Cerrad las cortinas, por favor. Y que alguien encienda una vela. Jorge, ofrécele una rosa...

La sesión de fotos continuó, pero la mente de Zak estaba en otro sitio. Se imaginaba a sí mismo llevándola a cenar a un lujoso restaurante, en una terraza, sobre la azotea de algún rascacielos para poder ver cómo la brisa movía su pelo y la luz de la luna reflejada en sus ojos.

Él no le daría una rosa… no, le daría un girasol. No sabía lo que el color amarillo simbolizaría para ella, pero para él simbolizaba la luz, la honestidad.

Su estilo de vida, su personalidad, no tenían nada que ver con todo aquello… Abby parecía ir donde la llevaba el viento mientras a él le gustaban las cosas que podía ver y tocar, poner las manos sobre ellas y entenderlas. Abby tenía una madre de acogida, él había crecido con tres hermanos y unos padres cariñosos. Cada uno vivía en una zona del país, pero cuando estaban juntos era como si nunca se hubieran separado.

—… vamos a la suite.

Zak se dio cuenta de que Abby ya había salido para cambiarse de ropa. Ahora tocaba la escena romántica. Vio al equipo, a Carlo y a Jorge salir del comedor y supo que no podría hacerlo. No podía ver a Abby reclinándose sobre una cama en camisón… por inocente que fuese la fotografía.

La idea hacía que su corazón latiese con un ritmo primitivo, un deseo que no tenía derecho a sentir. No quería sentir.

No. Tenía papeles que revisar, asuntos que examinar. Carlo lo tenía todo bajo control, además. Vería las fotografías cuando estuvieran hechas y aprobaría las que más le gustasen para su página Web.

Pero no podía seguir pasando por aquella tortura.

***

Mientras se quitaba el camisón y volvía a ponerse su falda y su blusa, Abby se preguntaba dónde habría ido Zak durante la última sesión.

Cada vez que la miraba… en fin, había tenido que hacer un esfuerzo para concentrarse en las instrucciones de Carlo.

Tenía que ir a buscar a Zak para decirle que habían terminado con la sesión fotográfica y luego iría a ver si habían llegado las estanterías para empezar a colocar sus cosas. Más tarde volvería caminando a casa y así se familiarizaría con la zona. Incluso podría limpiar un poco.

Zak le había dado una llave. Había sentido algo extraño cuando se la dio, mirándola a los ojos, como diciendo que darle una llave era algo demasiado íntimo, aunque necesario.

Cuando estaba llegando a su oficina oyó los gritos de un niño y, al abrir la puerta, vio a una mujer rubia intentando sujetar a un bebé con una mano y un montón de carpetas con la otra.

–Perdona que te moleste. Estaba buscando a Zak.

–En la otra oficina –dijo la rubia, mirándola de arriba abajo–. Yo soy Tina, por cierto.

–Hola, Tina. Entonces tú debes ser Daniel –sonrió Abby, acariciando la mejilla regordeta del niño–. Zak me contó lo del bautizo. Yo soy Abby Seymour…

–Ah, Abby –murmuró Tina, dejando las carpetas sobre una mesa–. La masajista terapéutica. Has aparecido de repente y has llegado al sitio indicado en el momento justo, ¿no?

–Pues sí, parece que sí –contestó ella un poco dolida por el tono menos que cordial–. Y Zak está siendo muy amable conmigo.

–Zak es así. El tipo de persona de los que algunos querrían aprovecharse.

–A mí me parece muy listo, no creo que se dejara.

En ese momento Daniel empezó a mover los bracitos, tirando al suelo las carpetas que Tina había dejado sobre la mesa.

–Yo las recojo –murmuró Abby–. Parece que tú tienes las manos llenas.

–La niñera ha llamado para decir que no podía cuidarlo a última hora, pero prometí ordenar la oficina…

–Si quieres, yo puedo tenerlo en brazos un momento –se ofreció Abby–. Me encantan los niños, especialmente los niños tan guapos como éste. ¿Cuánto tiempo tiene, siete meses?

–Ocho.

–Seguramente le estarán saliendo los dientes. Pobrecito.

–Sí, me temo que sí –Tina vaciló durante un segundo antes de poner al niño en sus brazos–. Sólo un momento, hasta que recoja todo esto.

Abby le ofreció el anillo de goma que llevaba colgado junto con el chupete, pero Daniel parecía más interesado en su pelo

–Podría llevarlo a dar un paseo.

–No –dijo Tina, bruscamente–. Es que no está acostumbrado a los extraños.

–Sólo iríamos al despacho de Zak para ver si ha vuelto. ¿Qué te parece, Danny? ¿Quieras ver a tu tío Zak?

–Bueno, la verdad es que nunca lo había visto tan

tranquilo con alguien a quien no conoce –suspiró Tina entonces–. Muy bien, de acuerdo. Es la puerta de al lado.

Abby encontró la puerta abierta, pero Zak no estaba allí. El ordenador estaba encendido y había una taza de café sobre la mesa, sus gafas de leer encima de una carpeta. De modo que pensaba volver.

O tal vez la había oído hablar con Tina y había salido corriendo.

–¿Qué te parece? ¿Tú crees que está intentando evitarme? –le preguntó a Danny. Y su corazón se derritió cuando el niño respondió con una sonrisa sin dientes.

–Bueno, ya estamos de vuelta. Sanos y salvos.

–Gracias –dijo Tina.

–De nada –Abby sacó el móvil del bolsillo con la mano libre para llamar a Zak.

–¿Qué?

–¿Después de un ladrido así debería temer que me mordieras?

–Sí, deberías temerlo. ¿Necesitas algo, Abby?

–No has visto la última sesión…

Estaba ocupado con el electricista.

–Ah, con el electricista, claro –Abby miró a Tina, que fingía estar ocupada con unas carpetas pero, evidentemente, estaba aguzando el oído–. ¿Por eso te has dejado una taza de café en el despacho?

–Sí, bueno…

Abby soltó una carcajada.

–Tengo aquí un niño que opina que su padrino trabaja demasiado y necesita un descanso. Así que tal vez querrías ayudar a su ocupada madre y llevarnos a dar una vuelta.

Después de colgar, Abby le hizo un guiño a Tina.

—Vendrá enseguida, ya lo verás.

—Eso estaría bien. Para mí y para Zak. Gracias.

—De nada.

—Creo que seré una de tus primeras clientes —le dijo Tina cuando Zak tomó a Danny en brazos cinco minutos después—. Me vendría bien un masaje en la espalda.

—La primera sesión es gratuita —sonrió Abby, contenta de haberse ganado su confianza.

Si pudiera hacer que Zak confiase en ella, pensó. Al verlo jugando con el niño su corazón se aceleró. Si había algo que la enterneciera era ver a un hombre que se dejaba estrangular con su propia corbata por un niño de ocho meses…

—Daniel y yo necesitamos un poco de aire fresco y un helado. ¿El niño puede tomar helado, Tina?

—Sí, le encanta.

—Pues vamos —Abby tomó a Zak del brazo para dirigirse a la puerta.

Él, que se sentía como si estuviera patinando sobre hielo, se preguntó cómo se había metido en aquel lío: un niño de ocho meses y una mujer del brazo, ninguno de los cuales era suyo.

—Vamos a la heladería de la esquina, la que tiene sombrillas amarillas —sugirió Abby.

Zak asintió con la cabeza. Le encantaba el calor de su mano, pero era algo que solía hacer, una costumbre, no significaba nada.

Debían parecer una familia dando un paseo, pensó. Era una sensación extraña y una en la que no quería pensar demasiado porque la herida aún sangraba. Su mujer estaba muerta, declarada culpable por él antes de que pudiera demostrar su inocencia. De modo que se había robado a sí mismo la posibilidad de ser padre.

Nunca volvería a comprometerse con otra mujer, de modo que no tendría hijos. Era su propia decisión, desde luego, pero eso no evitaba que le doliese en el alma.

–Espera un momento –dijo Abby entonces–. Se supone que deberías haber dejado tus problemas en la oficina.

–¿Qué?

–Durante los siguientes treinta minutos tienes que tomarte un descanso, ¿de acuerdo? Y no frunzas el ceño.

Zak tuvo que sonreír. Empezaba a descubrir que estaba en la naturaleza de Abby cuidar de los demás.

–Yo estaba pensando en un helado triple de chocolate.

Ella sonrió y, como siempre, fue como si saliera el sol.

–Yo lo quiero de vainilla.

Encontraron una mesa libre y Abby le quitó a Danny para ponerlo sobre sus rodillas y jugar con él como si hubiera nacido para el papel de madre.

Cuando llegaron los helados le dio a Daniel una cucharadita de vainilla y dejó que el niño jugase con su pelo a pesar de tener las manitas pegajosas. Era la antítesis de Diane, que no soportaba la suciedad y evitaba a los niños en lo posible. Y el cambio era refrescante, enternecedor. ¿Estaría enamorándose de aquella mujer? Zak intentó dejar de pensar en ello y concentrarse en su helado.

Daniel empezaba a quedarse dormido sobre su pecho y Zak se preguntó cómo sería apoyar la cabeza sobre esa suave pendiente y acariciar su pelo con los dedos, como hacía el niño. Ver a Abby comerse su helado era una experiencia sensual más interesante que el propio helado. Cómo metía la cucharilla entre sus labios, casi cerrando los ojos…

–Veo que te gustan mucho los helados.

–Sí, me encantan. Es una de las mejores cosas de la vida. ¿Quieres un poco?

Zak abrió los labios y tomó la cucharilla directamente de su boca.

–Ahora me toca a mí.

Cuando estaba a unos milímetros de sus labios Daniel decidió despertar y ponerse en acción, tirando la cucharilla de un manotazo y manchando la blusa de Abby.

–Espera… –Zak intentó limpiar el chocolate con una servilleta de papel. «Podría lamerlo», pensó. Pero se apartó inmediatamente–. Deberías haber tirado el de vainilla, que mancha menos, amiguito. Lo siento, Abby.

–No pasa nada –sonrió ella–. Pero me temo que debemos irnos. Alguien necesita que le cambien los pañales.

Cinco minutos después Daniel estaba de nuevo

con su agradecida madre y Zak acompañaba a Abby al vestíbulo.

–Tina te lo agradece mucho y yo también. Siento lo de la blusa.

–No importa, lo he pasado bien –Abby sonrió con esa sonrisa suya, pero no lo tocó esta vez y Zak se sintió un poco decepcionado.

–Yo también.

–Nos vemos en casa.

Lo había dicho con toda tranquilidad, como si fuera lo más normal del mundo, pero él se puso tenso. Eso era algo que sólo una esposa o una novia debería decir.

–Llegaré tarde –replicó abruptamente, volviéndose para ir al santuario de su oficina.

–¿Dónde estás, Zak?

¿Y por qué le importaba tanto?, se preguntó Abby, mientras guardaba los restos de la cena en la nevera. Que tuviera una habitación allí no le daba derecho a cuestionar el paradero de su anfitrión. Además, había dicho que llegaría tarde... aunque ella no había pensado que sería *tan tarde*.

Pero eran las once, hora de irse a la cama y no pensar en nada más.

Suspirando, se quedó mirando el cielo por la ventana abierta de su habitación. Aquella tarde se había mostrado tan agradable, tan sonriente que había visto otra cara de Zak Forrester.

Hasta que ella lo estropeó diciendo que se verían

en casa. Demasiado íntimo, demasiado pronto. Algo le había ocurrido en el pasado. Una mujer, estaba segura.

Zak caminaba a buen paso por la playa, observando cómo las olas tocaban la arena y retrocedían después. Desde la muerte de Diane solía pasear por la playa de noche, buscando la absolución que necesitaba, pero aquella noche apenas se fijaba en la luz de la luna sobre la superficie del agua o en el interminable baile de las olas.

Abby se le había metido en la piel y no sabía cómo controlar esa situación. «Sí lo sabes», pensó. Sacudiendo la cabeza, Zak empezó a correr, intentando borrar de su mente las imágenes de una sirena bailando en el agua unos días antes.

Disfrutaba del frío del agua en los pies descalzos. Casi sentía la tentación de desnudarse y tirarse de cabeza para ver si así lograba calmarse un poco. Pero hacer eso significaría enfrentarse con sus demonios.

De repente, su pulso se aceleró, su corazón latiendo como si quisiera salirse de su pecho. Casi podía sentir la presión estrangulándolo, el dolor en los oídos cuando se tiró detrás del coche y se hundió en las negras aguas, la acción instintiva condenándolo a una muerte casi segura.

Luchando contra el pánico que siempre acompañaba a esas imágenes, se apartó del agua para acercarse a las dunas intentando llevar aire a sus pulmones. «Respira: uno, dos, tres». Estaba vivo.

Vivo y solo.

Y ardiendo de deseo.

Siguió corriendo, sintiendo el sudor deslizándose por su espalda. Nunca se había considerado a sí mismo un hombre que evitaba las situaciones difíciles, pero aquella noche eso era lo que estaba haciendo. Saber que Abby estaba en su casa, ver la luz encendida de su dormitorio, había sido suficiente para que pisara el freno, diese marcha atrás y se alejara de la tentación.

Pero no quería que Abby se sintiera incómoda o poco bienvenida en su casa. La pobre había tenido que vivir con familias de acogida y quería que se encontrara a gusto, como en su propia casa.

Una casa, no un hogar. Un hogar, en opinión de Zak, era un sitio lleno de risas, de alegría, de niños. De amor. Significaba compartir, no simplemente hacer turnos para entrar en el baño y dividir las tareas. Un hogar era abrirse a otra persona, aceptar los buenos y los malos momentos.

Zak se detuvo, poniendo las manos sobre las rodillas para respirar un poco. ¿Estaba confundiendo un hogar con el amor o ambas cosas iban de la mano?

En cualquier caso, no iba a pasar. Otra vez no.

Capítulo Siete

Era casi medianoche, de modo que Abby estaría dormida.

Zak dejó escapar un suspiro de alivio al mirar la ventana de su habitación, ahora a oscuras. Eso era lo que quería, ¿no? Volver a casa y encontrarse solo.

Pero Abby había dejado la luz del porche encendida, una señal de bienvenida.

Un aroma desconocido flotaba en el aire y, después de encender la luz de la cocina se detuvo, sorprendido al verla tan limpia.

Abby había cocinado para él, descubrió al abrir la nevera... incluso había comprado una botella de champán, aunque no podía permitírselo. Zak miró entonces hacia el porche y vio que sobre la mesa había un plato, cubiertos y una copa. Seguramente había esperado cenar con él...

De repente, se sintió culpable. La pobre intentaba tener un detalle y él la pagaba evitándola. Y, siendo una mujer tan perceptiva, no tenía la menor duda de que se habría dado cuenta.

Suspirando, Zak sacó una cerveza de la nevera. Iban a tener que establecer ciertas normas, pensó. Gestos sencillos como dejar la luz encendida estaban bien. Probablemente. Tal vez. Cualquier otra cosa que los hiciese parecer una pareja… vino, la mesa puesta a la luz de la luna… no.

¿Quién había dicho que Abby estuviera pensando en una pareja?, se preguntó entonces, dejándose caer sobre una silla del porche. Seguramente habría cocinado para ella y habría guardado lo que sobrase en la nevera, como hacía todo el mundo. Y lo mismo con el vino. Era él quien pensaba en «parejas».

Abby estaba en la puerta de la cocina, apartándose el pelo de la cara mientras veía a Zak en el porche, mirando su botella de cerveza con el ceño fruncido. Verlo allí, tan solo, le tocó el corazón.

–No sabía que hubieras vuelto.

Zak volvió la cabeza para mirarla, pero enseguida volvió a concentrarse en su cerveza.

–¿O es que no podías dormir?

–No lo he intentado.

–Ha sido un día muy largo para ti.

–Aún no ha terminado.

Cuando la miró a los ojos el corazón de Abby dio uno de esos asombrosos saltos pero, de repente, los de Zak se habían convertido en un glaciar.

–Aún tengo trabajo que hacer.

–Podrías tomarte un descanso. Es muy tarde.

–Me prometí a mí mismo que trabajaría al menos una hora al día en la casa, pasara lo que pasara –Zak señaló hacia el salón con la botella–. Y necesitamos un sitio en el que relajarnos además de la cocina.

Abby podía sentir su rechazo, su contrariedad, a varios metros de distancia. Aquel hombre era una isla.

–Has hecho la cena –dijo luego–. Pero yo ya he comido una hamburguesa, debería habértelo dicho.

–No importa.

–Tal vez sería más fácil si cocinaras sólo para ti.

–No tiene importancia.

Después de decir eso volvió a su habitación y cerró la puerta. Y tomó una decisión mientras se quitaba el pijama. Si iba a ser un idiota, trabajando hasta que se cayera de sueño, ella estaría a su lado.

Zak estaba en medio del salón, mezclando pintura, cuando Abby apareció en pantalón corto y camiseta, comiéndose una manzana.

–¿Se puede saber qué haces?

–He venido a ayudar. ¿Quieres un poco?

Él negó con la cabeza, sin dejar de remover la pintura.

–Vete a la cama, Abby.

Ella se quedó de pie, a su lado, observando los músculos de su antebrazo y cómo la camiseta no llegaba al elástico del pantalón, dejando un trozo de piel al descubierto…

–¿No vas a quitar primero el resto del papel pintado?

–Sí.

–¿Entonces por qué mezclas la pintura ahora?

Zak cerró los ojos un momento.

–Quiero probar en un trozo de pared para ver si me gusta el color. ¿Por qué no haces lo que te digo y te vas a la cama?

–Yo también soy obstinada cuando es necesario. Deja que te eche una mano… pero dime qué tengo que hacer.

–No quiero… –Zak iba a levantarse, pero al hacerlo se manchó las zapatillas de pintura–. ¡Maldita sea!

–Vaya –sonrió Abby.

–Yo terminaré de quitar el papel porque hay que subirse a una escalera… y tú puedes pintar si quieres.

–¿No vas a usar un tono más oscuro para los marcos de las ventanas?

Zak dejó escapar un suspiro.

–Ahí está la pintura para los marcos de las ventanas, la del bote pequeño. La pintura de las paredes es la otra. Y hay que usar un rodillo no una brocha.

–Ah, ya –sonrió Abby, metiendo la brocha en el bote.

–¿Qué haces?

–Se llama pasarlo bien, Zak –Abby pintó su nombre en la pared y luego se pintó la palma de la mano para ponerla como firma.

Pero cambió de opinión al sentir una sólida presencia masculina detrás de ella. En lugar de poner la mano en la pared, la puso sobre su camiseta y cuando levantó la cara lo vio mirándola con expresión incrédula.

No dijo una palabra. El silencio de la noche parecía envolverlos a los dos y era imposible saber si estaba enfadado o divertido.

–Parece que te debo una camiseta.

Sin decir nada, Zak le quitó la brocha de las manos y la dejó en el suelo.

–Si empujas a un hombre…

–La cuestión es: hasta dónde.

Olía a sudor, a cerveza, a pintura… a hombre. Sin decir nada, Abby levantó un poco su camiseta, sintiendo el espasmo de un músculo bajo su mano.

–…te vas a quemar –dijo él.

¿Era su imaginación o Zak estaba acercándose? No, no era su imaginación. Estaba tan cerca que lo único que podía ver era el azul de sus ojos, sentir el calor que irradiaba su cuerpo.

–A mí me gustan las cosas calientes –dijo Abby, notando que su voz había sonado más ronca–. Me gustan los pimientos picantes, las saunas, tumbarme desnuda frente a una chimenea…

Zak buscó su boca de repente, sin paciencia, sin ternura, haciendo que un ardiente deseo despertase a la vida.

Oh, sí. Su sangre se convirtió en sirope y se apoyó en la pared porque no la sujetaban las piernas. Había sabido que sería así, potente y hambriento.

Abby dejó escapar un gemido mientras Zak abría sus labios con los suyos, exigiendo la entrada. Su lengua era rápida y astuta, llena de oscuros deseos y peligrosas delicias.

El universo se movió, las estrellas colisionaron.

Abby se apretó contra él, su pelvis rozando la dura excitación masculina mientras se agarraba a su camiseta.

Él deslizó la mano por su cintura para agarrar su trasero y apretarla contra él, levantándola luego para acariciar sus costados, bajo sus pechos. Abby dejó de pensar en nada salvo en Zak y en lo bien que se sentía con él.

Pero, de repente, él se apartó, mirándola con el ceño fruncido, como si no entendiera lo que había pasado.

–¿Por qué te paras? –le preguntó, con su habitual candor.

–Uno de los dos tiene que hacerlo.

–¿Por qué? A mí me gusta, a ti te gusta…

Sí, le gustaba. Mucho más de lo que debería. Quería hacerlo otra vez… eso y más. Quería quitarle la ropa y acariciarla por todas partes, perderse dentro de ella y olvidar el dolor del último año.

Pero no sería justo. No la utilizaría para ahogar sus penas.

–Créeme, no estamos hechos el uno para el otro –dijo Zak, volviéndose para tomar la brocha–. Vete a la cama, Abby. No tengo tiempo para distracciones.

Lo único que se podía oír en el silencio que siguió a esa frase era el ruido de las olas. Un silencio tenso que duró el tiempo suficiente como para darse cuenta de que sus palabras la habían ofendido.

–Tienes razón. Los adictos al trabajo no son mi tipo.

Dolida o humillada, tal vez las dos cosas, la vio salir del salón y cerrar la puerta.

Zak tiró la brocha sobre unos papeles de periódico. Si Diane hubiera vivido, si él supiera la verdad sobre lo que había estado ocurriendo a sus espaldas… o no, tal vez las cosas serían diferentes entre Abby y él.

Tal vez.

Dejándose caer en el suelo, apoyó la cara en las rodillas y recordó entonces que no le había devuelto el mensaje a Nick. Probablemente había llamado para preguntarle si iba a llevar a alguien a la boda. Zak podía imaginar la conversación…

—¿Algún problema? —le preguntaría su amigo.

—Podría ser.

—¿Tiene algo que ver con una masajista pelirroja que es buena con los niños y te mantiene despierto por las noches?

Bingo.

—Ha pasado un año, Zak. Ven con ella a la boda. Una noche con una mujer atractiva… todos sabemos que Diane y tú os queríais mucho, pero ella hubiera querido que salieras, que conocieras a alguien y fueras feliz…

Zak sintió un escalofrío. Nick no sabía nada sobre su matrimonio con Diane. No, decidió, mientras se levantaba para ir a su dormitorio. Iba a ir solo a la boda.

Tres horas de sueño no mejoraron su humor en absoluto. No podía dejar de pensar en Abby y en lo que podría haber ocurrido por la noche.

Sí, se sentía atraído por su espontaneidad, por su naturaleza abierta y generosa.

Por cómo besaba.

Oh, sí, la sensación de su boca contra la suya, satén y sol. Suspirando, Zak sacó los huevos de la nevera para hacer el desayuno. Revueltos, decidió.

«No pienses, es peligroso». Podía sentirse tentado de «pasarlo bien» otra vez.

En realidad, ni siquiera recordaba cómo pasarlo bien. Una cosa era segura: Abby no merecía que la hubiera echado del salón sin contemplaciones después de besarla.

Estaba poniendo beicon en la sartén cuando ella apareció en la cocina, con un vestido de color lavanda con piedrecitas en el corpiño y un bolero blanco de punto. Parecía fresca, relajada. ¿Cómo lo conseguía con unas horas de sueño?

–Buenos días –lo saludó, como si no se hubieran besado como locos unas horas antes.

–Buenos días. ¿Quieres desayunar?

–Sólo si has hecho desayuno para dos.

Zak asintió con la cabeza.

–¿Café? ¿O prefieres uno de esos bebedizos que tú haces?

–Café me parece bien.

Zak sacó dos tostadas del tostador.

–¿Tostadas?

–Por favor.

No dijeron nada más, el único sonido el roce del metal en el pan tostado mientras le ponían mantequilla. Zak encendió la radio para llenar el silencio con música y sacó los platos al porche.

–He estado pensando… y he decidido concentrarme en cosas prácticas. Ahora mismo necesito clientes más que tus problemas con la intimidad.

Zak, que había mordido una tostada, tuvo que hacer un esfuerzo para tragar.

–Sobre lo de anoche…

–No, es mejor que no hablemos de lo que pasó anoche –lo interrumpió ella–. Voy a ir al salón de masajes en cuanto termine de desayunar para colocarlo todo y no necesito más estrés, muchas gracias.

–Es domingo –dijo Zak–. Y no estás vestida para trabajar.

–Tú trabajas todos los días, ¿no? Y lo que decida ponerme para ir a trabajar es cosa mía.

En el fondo de sus ojos grises Zak vio una melancolía que no había visto antes y que le rompió el corazón. Esa mañana no era la chica que él conocía y él quería a la antigua Abby.

–Yo voy al valle Numinbah esta mañana. Podrías venir conmigo.

Las palabras salieron de su boca antes de que pudiera controlarlas. Alguien en la radio estaba cantando una canción sobre enamorarse de repente…

–Pero si estás muy ocupada…

–¿Está muy lejos?

–A menos de una hora de aquí. Tendrás tiempo de hacer lo que tengas que hacer por la tarde.

–En ese caso, iré contigo.

–Lo llaman «el verde detrás del oro» le dijo Zak mientras se dirigían al paraíso de los surfistas.

Y Abby entendió por qué cuando se detuvieron cerca del campo de golf de la montaña Tamborine para admirar las pendientes cubiertas de hierba que llegaban hasta el océano Pacífico.

Pero intentaba mantener cierta distancia. Cada vez que levantaba una mano para ponerla en su brazo, cada vez que sentía la tentación de tocarlo se contenía, recordando lo que le había dicho por la noche: «no estamos hechos el uno para el otro».

Poco después llegaron a Numinbah y, mientras Zak hablaba con el propietario de un restaurante local sobre unas reformas, Abby se dedicó a visitar el pueblo.

El viento que hacía tintinear un móvil y el olor a incienso la llevaron a una tienda New Age. Detrás del mostrador, una mujer con un vestido blanco miró a Abby y, reconociendo un espíritu afín, señaló un cartel que decía: *Lectura del futuro y carta astral, domingos de 10:00 a 16:00 horas.*

–¿Quiere que le lea el futuro?

–No, hoy no, gracias. Estoy esperando a una persona.

–¿Unos cristales de cuarzo entonces? ¿Una amatista?

–Son muy bonitos, pero me temo que no puedo permitírmelo –sonrió Abby, tomando uno de ellos. Era precioso y…

–Imaginaba que te encontraría aquí.

Sorprendida al oír la voz de Zak, Abby se volvió. Lo había visto menos de media hora antes y no había nada diferente en él ahora, pero su corazón dio un salto al verlo. Y su naturaleza de Piscis empezó a tejer sueños imposibles…

Estaba enamorándose de él.

Enamorándose de un hombre que no quería amar a nadie.

—Le gusta esa amatista —dijo la joven del mostrador—. No es su piedra, pero hace juego con su vestido.

—Sí, es verdad —asintió Zak.

—Pruébesela, a ver cómo le queda.

—No —Abby dio un paso atrás, cortada—. Sólo era un capricho…

Pero Zak ya había tomado la amatista y se acercaba para ponérsela. Estaba tan cerca que podía oler su colonia, un aroma tan familiar, tan excitante. Estaba levantando su pelo, rozando su cuello con los dedos…

Tan cerca que no podía mirar hacia otro sitio, pero no iba a responder a su sonrisa, ni siquiera cuando notó que se le formaban los dos hoyitos en las mejillas.

—Te queda muy bien —las yemas de sus dedos rozaron el pulso que latía en su cuello—. Nos la llevamos.

—Pero…

—Deja que te la compre, por favor.

—¿Seguro que no quiere que le lea el futuro? Podría hacérselo a los dos, les haría un precio especial.

—No, gracias —contestó Zak—. Hoy no. Es hora de comer.

Como si Abby pudiese comer ahora. Pero dejó que la llevase a una terraza donde escucharon el canto de las cigarras mientras disfrutaban del sol.

Al menos tuvo tiempo de calmarse y decidir que ese descubrimiento, que estaba enamorándose de él, no iba a cambiar su relación. La copa de vino ayudó y saber que al día siguiente Zak estaría muy ocupado, también.

—Si no te importa, voy a anotar una cosa —murmuró él, sacando el ordenador portátil de su funda.

–Sí me importa, la verdad.

–Sólo serán dos minutos. Además, se te está poniendo roja la nariz –Zak sacó un bote de crema solar de alguna parte y lo dejó sobre la mesa.

Abby levantó las cejas, sorprendida. Él debía estar acostumbrado al sol porque tenía la piel bronceada, de modo que lo había llevado para ella.

«Deja que se preocupe un poco por ti», pensó, abriendo el bote y poniéndose un poco de crema en la nariz.

–Trabajas demasiado.

–Tengo que reformar una casa –suspiró Zak–. Date la vuelta.

–¿Para qué?

–No puedes ponerte crema en los hombros.

Abby se levantó el pelo… y tuvo que contener el aliento al notar el roce de sus manos.

–No se puede estar trabajando todo el día –le dijo, intentando pensar en otra cosa–. ¿Toda tu familia trabaja tanto como tú?

–Mi padre lo hizo hasta que se retiró. Él levantó la empresa.

–Y luego tú te hiciste cargo.

–Mis hermanos no querían saber nada… se fueron a Sidney, así que sólo me quedé yo. No podía dejar que lo que mi padre había levantado trabajando toda la vida se viniera abajo.

–La familia es importante, sí.

Zak volvió a tapar el bote de crema y también guardó el ordenador.

–¿A qué se dedica tu madre de acogida?

–Puede que hayas oído hablar de Aurora. Tiene una columna de astrología en un periódico y a veces sale en televisión. Y mi padre de acogida tenía un salón de masajes terapéuticos.

–¿Ésa es la razón por la que tú te dedicas a eso?

–Sí –contestó Abby–. Su dedicación me inspiró. Hice varios cursos y trabajé como su ayudante. El pobre murió de un infarto hace unos años.

–Lo siento –dijo Zak–. ¿Y qué pasa con tu hermana? ¿No quieres encontrarla?

–Sí, claro, más que nada. Pero para eso hace falta dinero y después de tantos años… –Abby sacudió la cabeza, recordando con tristeza–. La verdad, no creo que sea posible.

–¿Tu madre de acogida no puede ayudarte?

–Lo haría, pero yo no quiero pedirle nada, así que nunca le he dicho que me gustaría encontrar a mi hermana. Me prometí a mí misma hace mucho tiempo que nunca le pediría dinero a nadie.

–¿Cómo se llama tu hermana?

–Hayley… bueno, entonces se llamaba así, pero no sé cómo se llamará ahora. Cuando gane millones con Buenas Vibraciones la buscaré.

–Hablando de Buenas Vibraciones, ¿tienes todo lo que necesitas para la inauguración de mañana?

Ella asintió con la cabeza.

–Tina será mi primer cliente. Y tengo un par de clientes más por la tarde.

–Ah, muy bien.

–Tina dice que necesita relajarse un poco antes de que empiecen los preparativos de la boda.

–Sí, claro, se casan dentro de una semana y media.

–Me ha dicho que tendrá lugar en una isla privada, al norte de aquí.

–Eso es.

–Y tú vas a ir, por supuesto.

–Por supuesto –Zak tomó su cerveza, evitando mirarla a los ojos.

–Eso está bien –murmuró ella, cuando lo que quería era saber si iba con alguien–. Así podrás relajarte.

–Desgraciadamente, tengo mucho trabajo con el Centro, pero sólo nos quedaremos una noche.

–Sí, una noche –asintió Abby, pensando que aquél era tan buen momento como cualquiera para decírselo–. Espero que no te importe, pero Tina también me ha invitado a la boda.

Capítulo Ocho

En los días previos a la boda, Zak estuvo muy ocupado con las reformas de la casa. Además de terminar el segundo cuarto de baño para que Abby pudiera usarlo, el salón había quedado muy agradable con muebles nuevos y una televisión de plasma. Un día hasta podría tener tiempo para verla.

Abby, invitada por Tina, iba a ir a la boda. Según ella, porque había una cancelación de última hora, pero Abby no sabía que era su decisión de ir solo a la ceremonia lo que había provocado que sobrase un sitio en la mesa.

Una de las ironías de la vida.

Aunque no la había visto mucho desde aquella noche en el salón, cuando los dos perdieron la cabeza, los recuerdos nunca estaban demasiado lejos. Si no estaba llenando el cuarto de baño de vapor con femeninos y tentadores aromas o haciendo algo en la cocina, se encontraba con su ropa interior colgando de la cuerda.

Incluso había organizado una merienda en la playa y Zak no había tenido corazón para decirle que no.

Desde el incidente con la pintura no había intentado tocarlo ni acercarse demasiado, pero estando juntos, viéndose todos los días en una situación peligrosamente parecida a la intimidad, se sentía… conectado como no le había ocurrido antes con nadie.

Abby era totalmente diferente a cualquier otra mujer y parecía conocerlo, a menudo mejor que él mismo. A veces, cuando lo miraba con esos ojos color de plata, le gustaría contarle lo que le había pasado, le gustaría hablarle de Diane. Querría enterrar el pasado y empezar de nuevo. Con Abby.

Pero eso era imposible.

Se lo debía a Diane. Ese sacrificio era su deber y su castigo.

Abby había llegado a la isla con el resto de los invitados, primero en minibús, luego en un yate de lujo que Nick y Tina habían alquilado. Pero Zak no estaba entre los invitados. Había contratado un helicóptero para ganar tiempo y se acercaba con su bolsa de viaje cuando llegaron.

Abby se apartó de los demás para saludarlo. Estaba serio, sus ojos escondidos tras unas gafas de sol, pero supo cuándo la había visto porque se le erizó el vello de los brazos. Estaba prácticamente sin aliento cuando llegó a su lado.

–¿Qué tal el viaje?

–Bien. ¿Y tú?

–No ha estado mal.

–Aparentemente, vamos a ser vecinos –Zak señaló un montón de casitas en la playa–. Tenemos los bungalós más cercanos al agua, números ocho y nueve.

«No podríamos estar más cerca sin compartir el mismo oxígeno».

Amy asintió con la cabeza. Desde el beso había intentado alejarse de Zak y concentrarse en Buenas Vibraciones, que empezaba a atraer clientes. Él parecía más contento, más cómodo, compartiendo espacio con ella, pero aquella noche…

Entonces decidió no pensar más. Estaban allí para asistir a una boda, no era una cita.

Cuando llegaron a los bungalós, construidos con madera de la zona, vio que eran muy sencillos, casi espartanos, y que sobre la cama colgaba una mosquitera de lino blanco.

–Si necesitas algo… –Zak señaló una puerta.

–¿El baño?

–No, me temo que es mi habitación.

Y no parecía muy contento.

–¿Has estado aquí antes?

Él asintió con la cabeza.

–Los servicios están fuera. La isla no es un destino turístico y sólo vienen veinte personas como máximo. El resto de los invitados dormirán en el yate, imagino.

–Ah, ya.

–Espero que lo pases bien mientras estás aquí –dijo Zak, tan serio y formal como el traje de chaqueta que estaba a punto de ponerse.

–¿Y tú? ¿Vas a relajarte un poco? –suspiró Abby,

sacando el vestido esmeralda de su bolsa de viaje. El vestido que había llevado durante la sesión de fotos.

–¿Vas a ponerte eso?

–Sólo es un vestido, Zak.

«Un vestido diseñado para que un hombre te lo quite muy despacio, centímetro a centímetro».

–¿Crees que debería ponerme esto? –le preguntó Abby, sacando las sandalias doradas–. ¿O la boda será en la playa?

–No, creo que es en una zona pavimentada…

–Si me caigo tú me sujetarás, ¿no? –sonrió ella entonces.

–Dudo que te caigas –dijo Zak, apretando el asa de su bolsa–. Bueno, llámame cuando te hayas vestido.

Abby contuvo un suspiro cuando abrió la puerta una hora después y lo vio poniéndose unos gemelos. El traje oscuro, con una camisa blanca, acentuaba lo bronceado de su piel.

–Ya estoy lista.

Él levantó la cabeza. El sol empezaba a ponerse, oscureciendo sus facciones y creando una especie de halo a su alrededor…

Pero tenía que dejar de pensar tonterías.

–Ese vestido… el color te sienta muy bien.

–Gracias.

–¿Nos vamos?

Cuando le ofreció su brazo, Abby tuvo que tragar saliva. Aunque dicho brazo estaba tan tenso como una piedra.

–¿Vamos a ir juntos?

–Si eso es lo que quieres…

Ella sonrió, animada. Tal vez, sólo tal vez, sus intentos de que Zak saliera de sí mismo estaban dando resultado.

–Sí, claro.

–Entonces vamos.

Podrían ser una pareja dando un romántico paseo por la playa, pensó, acariciando la tela de su traje sin darse cuenta.

Los últimos rayos del sol parecían rodear a los novios y los invitados. El cielo se había vuelto de un color rojo anaranjado que se reflejaba en el agua. Y Tina estaba radiante con un vestido de organza color melocotón que dejaba un hombro al descubierto.

Después de la ceremonia todos se acercaron al bufé en el porche de la residencia principal. La orquesta tocaba mientras Nick y Tina inauguraban el baile y pronto otras parejas se unieron a ellos.

–¿Quieres que probemos? –sonrió Abby, mientras Zak miraba a los bailarines con una botella de cerveza en la mano.

–Tal vez más tarde.

Sí, por su expresión quería decir mucho más tarde. Cuando la orquesta se hubiera ido seguramente. ¿Qué había sido del amable Zak que la llevó a la ceremonia dos horas antes?

–Si cambias de opinión, dímelo.

Decidida a disimular su decepción, Abby se mezcló con otros invitados, pero siempre buscando un par de ojos azules. A menudo Zak giraba la cabeza, pero ocasionalmente se quedaba mirándola durante unos segundos, como retándola. O retándose a sí mismo. Era como un juego.

En aquel momento, sin embargo, podía verlo al otro lado de la pista, sonriendo por algo que alguien había dicho, pero la sonrisa se esfumó cuando sus miradas se encontraron. Fue como si todos los invitados desaparecieran, dejándolos solos en la isla…

—¿Te acuerdas de mí? —oyó entonces una voz masculina a su lado.

Abby se dio la vuelta.

—Ah, sí, tú eres primo de Nick, ¿no? —se obligó a sí misma a sonreír, intentando no mostrar su irritación.

—Vince.

—Sí, claro, Vince. ¿Lo estás pasando bien, Vince?

—No podría estar mejor —contestó él, mirándola de arriba abajo con una sonrisita que no le gustó nada—. ¿Qué tal si bailamos un rato?

Abby sintió la tentación, sólo por un momento, de ver si así podía animar a Zak, pero la idea de que aquel hombre la tocara hizo que cambiase de opinión.

—¿Dónde está la chica con la que has venido?

—He venido solo. Vive el momento, digo yo —sonrió Vince, tomándose de un trago lo que quedaba de su cerveza—. ¿Qué tal si vivimos el momento, Abby?

Sin darse cuenta, ella dio un paso atrás.

—Gracias, pero le prometí a Zak el primer baile.

—¿A Zak? El problema de Forrester es que no sabe pasarlo bien —sonrió Vince, alargando una mano para tomarla por la cintura.

–Abby, ¿bailamos? –Zak se materializó a su lado de repente y, antes de que pudiera reaccionar, le había quitado la copa de la mano–. Hasta luego, Vince.

Aunque el roce de su mano era muy leve, su corazón bailaba a cada paso. El gesto era posesivo, protector. ¿Estaría celoso?

Alguien estaba encendiendo lámparas de queroseno entre las mesas y la orquesta empezó a tocar una música romántica. Los hombres se habían quitado las chaquetas y las corbatas…

Abby levantó la mirada.

–Demuéstrame que estoy equivocada, Zak. Empieza a pasarlo bien.

Maldito Vince. No pensaba dejar que le pusiera las manos encima. Aunque ella no fuera su pareja. Aunque no tuviera intención de bailar.

–Podríamos ir a dar un paseo por la playa –sugirió Abby.

Oh, sí, las posibilidades que eso conjuraba…

–¿Quién dice que no podemos hacer las dos cosas?

Zak deslizó una mano por su espalda hasta llegar a su nuca, bajo su pelo. Un error. Enseguida se dio cuenta de que estaba engañándose a sí mismo. No era sólo el baile o que quisiera dejarle claro a Vince que no lo quería cerca de Abby. Era un gesto posesivo.

Y él no tenía derecho a sentirse posesivo con Abby. Ni a acercarse tanto como para que sus pechos rozaran su camisa. Tan cerca como para ver el pulso latiendo en su cuello…

–Está funcionando –dijo ella, señalando hacia

Vince, que había pasado un brazo por el hombro de una morena.

Cuando se volvió para mirarlo, todo lo demás se esfumó. Caer en el hechizo de sus ojos grises no había sido su intención, pero las luces hacían brillar su piel como si fuera de oro y con los tacones estaban casi a la misma altura.

El sonido de la música parecía verberar en su entrepierna, pero Vince seguía mirándolos.

–Aléjate del primo de Nick –le aconsejó–. Es un mujeriego.

Abby sonrió.

–Qué va, es una cortina de humo.

–Tú no lo conoces.

–Lo conozco mejor de lo que tú crees –Abby sacudió la cabeza, haciendo que sus pendientes tintineasen–. Y sé cuidar de mí misma, no te preocupes.

–No lo dudo.

Zak lamentó haber dicho eso en voz alta porque no quería hacerla pensar que estaba celoso. No lo estaba, no podía estarlo. Volvió a poner la mano en la cintura de Abby, pero la dejó allí, resistiendo la tentación de acariciarla.

–Eso me gusta –murmuró ella, levantando una mano para ponerla en su nuca, haciendo pequeños círculos con los dedos en la base de su cráneo. Como si fuera lo más normal del mundo.

Lo miraba con un brillo de esperanza en los ojos que parecía decir: «estás cambiando y eso me gusta». También a él le gustaban los cambios. Le gustaba cómo le hacía sentir. Demasiado.

–Y creo que Tina lo aprueba.

Zak miró alrededor. Tenía razón, su amiga estaba mirándolos. No sólo ella, muchos invitados también. Y su evidente deseo amenazaba con convertirse en el próximo tema de conversación.

–Relájate –dijo Abby, deslizando un dedo por su cara–. ¿No crees que deberíamos darles algo de qué hablar?

Y entonces, de repente, lo sorprendió poniendo los labios en su mejilla, muy cerca de la boca.

Por el rabillo del ojo vio a Vince bailando con una amiga, esta vez una rubia, en la pista de baile.

Zak no se molestó en volver a mirar. El aroma de Abby parecía penetrar en cada poro de su cuerpo y, sin pensar, se inclinó hacia ella… pero se encontraron a medio camino. Y su boca ahora no era la boca tentativa que había rozado su mejilla sino una boca más firme, más ardiente. Y la vibrante energía que siempre la acompañaba se le traspasó con el beso.

Zak sintió que un gemido de deseo se formaba en su pecho, subiendo hasta su garganta. No quería sentir ese calor, esa tensión, aquel deseo que parecía atenazarlo… pero cuando se echó hacia atrás la mirada de Abby lo dejó sin aliento.

Y entonces dejó de pensar. No podía pensar en nada más que en ella. Y era estupendo.

Nada le había gustado tanto en mucho tiempo.

Zak absorbió su calor, que despertaba un deseo dormido durante mucho tiempo, y todas las fantasías que había imaginado desde que la conoció.

Ella lo tocaba con la seguridad de una amante, dejando que sus manos se deslizaran por su cuello y su espalda, haciendo una presión suave, excitante. Y Zak cedió ante su suave insistencia, ante el susurro de sus gemidos.

Alguna parte de su conciencia le recordaba que no debería hacer aquello, le advertía que ese placer sólo podía ser algo temporal.

Una locura temporal, quizá. Pero sólo una locura podía ser tan maravillosa.

Enredando los dedos en su pelo, Zak sujetó su cabeza para profundizar el beso. Sabía dulce y salada a la vez, como una manzana madura, una tentación que ningún hombre podría resistir.

Y ya no podía recordar por qué no debía hacerlo. La orquesta tocaba ahora algo más ligero, una salsa. Ardiente, como la mujer que se apretaba contra él, como las burbujas de lava que parecían flotar por sus venas.

Por fin, sin aliento, como si hubiera estado bailando él mismo la salsa, levantó la cabeza y la sacudió para comprobar si era el mundo el que había girado sobre su eje o era él. Pero lo único que veía era a Abby, el pelo sobre la cara, las mejillas ardiendo y los ojos brillando con el mismo fuego que debía haber en los suyos.

–Creo que sí hemos dado algo de qué hablar –rió, sin aliento.

Cierto, notó Zak, había mucha gente mirando, pero le daba igual.

–¿Y qué sugieres ahora?

¿Era un truco de la luz o Abby estaba imaginando

lo mismo que él: ellos dos desnudos en la cama, quemando las sábanas de una cama que estaba a unos metros de distancia?

–Dar un paseo –consiguió decir, tomando su mano para llevarla al camino rodeado de palmeras. Alejados de la gente.

Las carnales imágenes de los dos en la cama seguían persiguiéndolo. Y la pregunta del millón de dólares ahora era cómo iba a guardarse las manos y los labios para sí mismo durante el resto de la noche.

La oscuridad escondía una multitud de pecados y Zak la agradecía mientras paseaba con ella. Sus pantalones le parecían dos tallas más estrechos de lo normal y necesitaba el aire salado del mar para calmarse.

–Espera un momento –oyó una voz cuando se acercaba al bungaló. Sólo entonces se dio cuenta de que estaba tan concentrado en su propio predicamento que había dejado atrás a Abby.

–Lo siento, disculpa…

–No es fácil caminar por aquí con tacones –sonrió ella, apoyándose en su brazo.

–¿Por qué no te quitas las sandalias?

–Pura vanidad. Nunca había tenido unas sandalias tan bonitas y quería…

–Pues quítatelas ahora. Nadie puede verte.

–Tú puedes verme –dijo ella. La aterciopelada caricia de su voz lo excitó aún más, pero Abby se apoyó en su brazo para quitarse las sandalias–. El problema es que tengo los pies muy sensibles. Y cuando alguien me los toca…

–Estás sangrando –la interrumpió Zak para interrumpir la imagen de sí mismo acariciando sus pies desnudos. Pero arrugó el ceño al ver dos ampollas en sus dedos.

–No es nada –suspiró ella–. Lo que quiero saber es dónde vamos ahora.

–No puedes caminar por la arena con esas ampollas –dijo Zak, tomando las sandalias con un dedo.

–No, claro –Abby se colocó delante de él, tan cerca que podía notar su aliento en la cara.

Sus ojos parecían oscuros a la luz de la luna. Unos ojos que veían demasiado, que sabían demasiado.

Las sandalias escaparon de sus dedos y cayeron al suelo con un golpe seco, como una puerta cerrándose. Abby puso las manos sobre su torso, su calor quemándolo a través de la tela.

–Estás duro como una piedra –murmuró.

Y Zak supo por su tono y el brillo de sus ojos que sabía lo duro que estaba y dónde.

–Deja que te ayude...

¿Que lo ayudase?

¿Que lo ayudase a acariciarlo, a poner las manos en su torso, en su espalda o en otros sitios más peligrosos? Zak tuvo que contener una sensación muy parecida al miedo. Él siempre se había enorgullecido de su autocontrol...

Apartando la mirada de esos ojos tan solemnes y de los tentadores labios, miró unas luces que brillaban en alguna parte. Y se le ocurrió que aquella isla era un descanso. Un oasis en el desierto que era su vida emocional. Sólo por esa noche...

–Muy bien, no he dicho nada –Abby apartó las manos y se inclinó para recoger las sandalias.

De inmediato, la piel que había dejado de tocar se quedó helada. Y le habría gustado poder decirle que siguiera, recapturar ese momento, esa conexión.

–Volvamos a la fiesta.

Zak esperó hasta que Abby se irguió de nuevo y cuando la miró a los ojos había tomado una decisión: una noche.

–No.

Capítulo Nueve

Abby lo miró a los ojos, sorprendida. Y, de repente, una corriente de adrenalina aceleró su corazón. Con esa mirada le decía que por fin iban a hacer lo que los dos llevaban dos semanas queriendo hacer.

Notó que apretaba la mandíbula, que sus labios se abrían ligeramente. Y, sobre todo, la chispa ardiente que había en esos ojos azules.

Una chispa que la convirtió en una masa de deseo. Había pasado mucho tiempo desde la última vez que estuvo con un hombre. Pero estar en la esfera de la potente masculinidad de Zak, notando el olor de su piel y mirando esos ojos, era más íntimo que todo lo que hubiera compartido con cualquier otro hombre.

Había visto ese brillo en sus ojos otras veces, pero esta vez él no se apartó. Y le gustaría cerrar los ojos y apoyarse en su torso, derretirse sobre él.

Pero Zak no le dio tiempo. Una ironía, ya que parecían haber pasado las últimas semanas moviéndose a cámara lenta. Tomando su mano la llevó hacia los bungalós, olvidando sus pies doloridos. Aparentemente, una vez que tomaba una decisión era imposible pararlo.

La puerta estaba abierta. El aroma a hibisco era

muy profundo y Abby notó que Zak respiraba con cierta dificultad cuando se volvió para mirarla.

–Tal vez deberíamos… sé que tienes un problema con la intimidad. No sé quién era, pero debió hacértelo pasar muy mal, ¿no?

Él apretó los labios, sin decir nada.

–No tienes que hacer nada si no quieres hacerlo.

–¿No debería decir yo eso? –sonrió Zak entonces.

–Cualquiera diría que eres virgen –rió ella, nerviosa–. No lo eres, ¿verdad?

–No.

Dejando escapar un suspiro, Abby encendió la vela de lavanda que había dejado al lado de su cama.

–Si quieres que hablemos… también podemos hacerlo.

–¿Hablar? –repitió él, con voz ronca–. No, Abby, no quiero hablar –dijo entonces, cerrando la puerta.

–Siento hacer que te sientas incómodo…

–En muchos sentidos –sonrió Zak–. Cada vez que cierro los ojos lo único que puedo ver es a ti.

–Supongo que debería darte las gracias, ¿no?

–No lo sé.

–Ven, siéntate en la cama –dijo Abby, sacando de su bolsa de viaje un frasco de crema corporal–. Los aceites son mejores, pero esto servirá por ahora.

Cuando se volvió, Zak no se había movido de la puerta.

–Es terapia de relajación, yo creo que nos hace falta. Y dormirás mejor.

Él emitió un gruñido.

–¿Dormir?

–Más tarde –le prometió ella. Mucho más tarde, pensó, cerrando las contraventanas para dejar fuera el resto del mundo. Cuando se volvió Zak se había sentado en la cama, pero estaba rígido–. ¿Quieres un poco de agua?

–Gracias.

Abby se fijó en la tensión de su cuello mientras tragaba, en el movimiento de su nuez, en el rastro húmedo en su labio superior mientras dejaba el vaso sobre la mesilla.

–Bueno, ayúdame un poco, ¿no? Y no estés tan serio, se supone que ésta es una experiencia placentera.

Abby se inclinó para desabrochar los cordones de sus zapatos.

–¿Qué haces?

–Sólo voy a ponerte cómodo… –su pulso se aceleró mientras le quitaba los zapatos y los calcetines y acariciaba sus pies, grandes, de dedos masculinos…

Luego se puso un poco de crema y, usando las palmas de las manos, empezó a darle un masaje desde el empeine hasta los dedos, concentrándose en la tarea y nada más.

–Cierra los ojos y no pienses en nada. Relájate.

¿Que no pensara en nada? ¿Que se relajase? En otras circunstancias, Zak se hubiera reído, pero no estaba de humor para risas. O para hablar. Sólo podía pensar en el roce cálido de sus manos… o que no llevaba sujetador bajo el vestido. Si inclinaba la cabeza podría enterrar la cara en el dulce valle de sus pechos.

Cerrando los ojos, intentó concentrarse en el masaje, pero los abrió cuando Abby empezó a desabrochar los botones de su camisa. El suave roce de sus uñas sobre las tetillas lo dejó sin aire. ¿Intencionadamente?

–¿Qué estás haciendo?

Cuando la miró se dio cuenta de que ya no era Abby la masajista sino Abby la mujer… y estaba tan excitada como él.

–Te estoy quitando la camisa.

Su piel ardía al notar el roce de su aliento, su fragancia única y el casi olvidado aroma de una mujer que lo mareaba.

–Esto no está funcionando.

–Tienes razón –dijo ella, apartándose–. Tal vez en otro momento.

–No, sólo tenemos esta noche.

Sólo podían tener esa noche.

–Si eso es lo que quieres…

Abby cerró el bote de crema y lo dejó sobre la mesilla.

Pero ella no lo entendía. Aquella noche, la única que podía permitirse, no había terminado, sólo estaba empezando.

–Abby…

Zak alargó una mano para acariciar su cuello, tan suave como el mármol pulido, pero mucho más cálido.

–Estoy demasiado excitado para un masaje –le dijo, sin dejar de acariciarla. Quería besarla en el cuello y no quería parar ahí. Quería probar todos sus secretos escondidos, perderse dentro de ella y, sólo por una noche, olvidar el mundo, su vida, sus problemas y pensar que sólo existían ellos dos.

En cierto modo era un alivio que no pudiera verlo porque tenía la impresión de que su deseo por ella debía estar escrito en su cara y ésa era una vulnerabilidad que no podía permitirse. Abby no debía saber cuánto lo afectaba.

–No me has entendido –para demostrárselo, Zak puso los labios en su cuello, empujando la pelvis hacia ella. Sabía como había imaginado que sabría, una mezcla de dulce y salado.

–Al contrario, te entiendo muy bien –dijo Abby, dándose la vuelta–. Necesitas una mujer.

No, no necesitaba una mujer. Lo que necesitaba…
–Te necesito a ti, Abby.

La sincera admisión pareció quedar colgada en el aire, como un afrodisíaco, una aceptación mutua.

Sus ojos se encontraron y Zak contuvo el aliento al ver un brillo de lava ardiente en los iris plateados. Abby empezó a bajar la cremallera de sus pantalones y cuando rozó su erección con los nudillos pensó que iba a explotar.

Luego tiró del pantalón y miró hacia abajo, hacia el bulto que se marcaba bajo el calzoncillo.

–¿Quieres hacerlo tú o lo hago yo?

Sí… no. Si le quitaba el calzoncillo como le había quitado los pantalones, el asunto terminaría antes de haber empezado.

–No sería justo… yo sería el único que estaría desnudo.

–¿Y eso no te excita?

–Creo que sería justo decir que no necesito más emociones –bromeó Zak.

–Bueno –sonrió Abby, mirando hacia abajo–. ¿Y ahora qué?

¿Ahora qué? «Tranquilo, sólo vas a tener una posibilidad de hacer esto».

–Probaremos a mi manera.

Sin esperar respuesta, tiró de ella hacia la cama y, con manos temblorosas, la apretó contra sí hasta que su pelvis lo rozaba donde más lo necesitaba, su vestido de seda una caricia entre sus piernas, su calor amenazando con hacerlo explotar.

Zak alargó una mano para deshacer el lacito del escote poco a poco, revelando su pálida piel con algunas pecas, como su cara. Una belleza natural, sin maquillaje porque no le hacía falta.

Despacio, sin dejarse llevar por la urgencia que sentía, metió la mano entre la tela del vestido y la piel para acariciar el nacimiento de sus pechos, las aureolas, los pezones que se levantaban como el sol bajo la palma de su mano.

Y notó que le faltaba el aliento. Sin apenas aire él mismo, apartó la tela para ver lo que sus manos estaban tocando y se le quedó la boca seca al ver esos pezones rosados que parecían suplicar su atención.

–El vestido no te hace justicia –Zak apartó la tela para descubrir su cuerpo, su ombligo, los valles y cumbres de aquel cuerpo de mujer.

Incapaz de esperar un segundo más, pasó la lengua por sus pechos, tomando un pezón en la boca y tirando suavemente de él con los dientes hasta que la oyó gemir.

–Eres preciosa…

Abby tiró el vestido al suelo y quedó ante él llevando sólo un tanga de color esmeralda.

–Tú también –le dijo, tomando su cara entre las manos.

¿Cuándo fue la última vez que se había sentido tan excitado?, se preguntó Zak.

–Levántate, Abby.

Ella se echó hacia atrás para mirarlo a los ojos y después se levantó, con un gesto tan seductor que Zak sintió que su sangre ardía.

–Quiero mirarte –murmuró, tirando hacia abajo del tanga.

Era perfecta y él quería explorar esa perfección, empezando por los pies y siguiendo hacia arriba. Pero sus pies estaban muy lejos, de modo que metió una mano entre sus muslos y pronto encontró el capullo escondido entre los rizos.

–Zak…

Zak tiró de ella.

–Ven aquí –murmuró, sentándola sobre una rodilla, con las piernas abiertas.

Sus dedos se deslizaban por los húmedos pliegues y Abby se agarraba a sus hombros, sus músculos interiores contrayéndose sobre sus dedos, tirando de ellos, su orgasmo haciendo que el deseo de Zak se convirtiera en desesperación.

–Abby…

Después de quitarse los calzoncillos con manos torpes, tiró de ella para tumbarla en la cama, pero Abby se colocó encima, el pelo rozando sus hombros, sus suspiros acariciando su cara. La fricción de su piel sobre la suya era algo que lo excitaba como nada en toda su vida. La punta de su erección rozaba su centro como un guante de seda...

–Zak, espera...

Un preservativo. Sus hormonas se detuvieron de repente. Todo en él le decía que lo olvidase.

–Maldita sea...

Se miraron a los ojos, sus alientos mezclándose.

–Acostarme contigo era lo último que tenía en mente cuando vine a la boda.

Mentira. Sencillamente no había pensado que se atrevería.

Abby se incorporó para ponerse de rodillas y cuando miró hacia abajo Zak tuvo que apretar los dientes hasta que le dolieron. No, eso no. Demasiado personal, demasiado íntimo.

–No –murmuró, aunque su cuerpo tenía otras ideas.

–Déjame –dijo Abby, poniendo una mano en su pecho.

Todo lo demás se convirtió en un borrón.

Lo único que veía era a ella, el aroma de su excitación mezclándose con la fragancia de su piel. Y cuando se inclinó para tomarlo en su boca, el mundo empezó a girar sin control.

Zak cerró los ojos. Sí... sentía el roce de su lengua, arriba y abajo.

–¡No! –exclamó.

Abby lo soltó, reemplazando su boca con la mano.

–Muy bien, como quieras.

Él dejó caer la cabeza sobre la almohada mientras ella se erguía un poco. El mundo no volvería a ser el mismo. Abby y él no podrían volver a ser los mismos después de aquella noche.

Ella estaba acariciándolo, frotando arriba y abajo mientras llegaba al final en sus manos... y tuvo que agarrarse al borde de la cama cuando la fuerza del orgasmo lo hizo temblar.

Una voz ronca musitó su nombre un segundo después y, sin poder evitarlo, Zak pasó una mano por sus hombros, su pecho, su vientre... pero Abby la apartó.

–¿Estás bien?

–Sí, muy bien –consiguió decir Zak, apartando la mirada. El sentimiento de culpa se enredaba con los últimos rastros del placer.

A medida que la neblina sensual se disipaba, sus sentidos se calmaban lo suficiente como para que pudiese pensar con claridad.

Abby había apoyado la cabeza sobre su hombro, su aliento rozando su piel mientras empezaba a quedarse dormida. Olía a lavanda y podía oír las olas en la playa, el lejano sonido de la fiesta, el molesto zumbido de un mosquito cerca de su oreja.

Aunque no hubieran completado el acto sexual, lo que habían hecho era mucho más íntimo. No sabía por qué, no podría explicarlo. Y tampoco querría hacerlo. Tal vez era porque Abby parecía haberlo disfrutado casi tanto como él.

Tendría que apartarse en un momento. No podían dejar la vela encendida y debería colocar la mosquitera...

No, no podía dormir con Abby, pensó. Entonces se dio cuenta de que la vela se había apagado y se quedó muy quieto, esperando que Abby se durmiera para ir a su habitación sin tener que darle explicaciones. Sin tener que decirle que con ella se había sentido más cerca de otro ser humano que nunca en toda su vida.

Diane era la mujer de la que había estado enamorado. La había amado, estaba seguro. Abby no era su tipo de mujer. Y las risas que oía no eran las de un diablillo sobre su hombro, diciendo que Abby no sólo lo excitaba sino que lo volvía del revés. De deseo y otras emociones que se negaba a identificar.

Zak apretó los dientes mientras miraba el techo del bungaló. No, las risas eran de la fiesta. De los invitados, que estaban pasándolo bien.

Podía hablar con Abby como no había podido hablar con nadie. Al contrario que Diane, ella no cambiaba de humor de repente y siempre decía lo que pensaba. Entendía y le preocupaban los demás, incluso era amable con Vince. ¿Qué era lo que había intuido sobre el primo de Nick, un hombre al que no había visto nunca?

¿Qué habría pensado de Diane? ¿Cómo hubiera interpretado lo que pasó aquella noche? ¿Habría visto algo que él no había visto hasta que fue demasiado tarde?

Capítulo Diez

Antes de abrir los ojos, Abby supo que estaba sola. No esperaba otra cosa y, a pesar de todo, se llevó una decepción. Mientras movía músculos que no había usado en mucho tiempo, y en los que sentía un agradable escozor, pensó en lo que había ocurrido por la noche... en el vello masculino de las piernas de Zak, en sus perversos dedos...

Pero cuando abrió los ojos lo único que vio fue la mosquitera, que Zak debía haber colocado antes de irse, y su vestido arrugado en el suelo.

Zak no estaba a su lado para revivir la noche anterior, nada de intimidades de amante o abrazos cálidos.

Nada de amor, punto.

Ni siquiera su ropa, que se había quitado de forma tan despreocupada por la noche. En realidad, no eran amantes. No lo eran en el sentido estricto de la palabra.

Porque Zak no había llevado preservativos.

En realidad, no tenía la menor intención de hacer el amor con ella.

¿Y por qué iba a tenerla? Había ido solo a la boda, él no la había invitado, lo había hecho Tina.

Abby suspiró. ¿Qué tenía aquel hombre que le tocaba el corazón? No se parecía a ningún otro que hubiera conocido salvo a su padre de acogida, Bill. Los dos hombres eran auténticos, sinceros, generosos, dispuestos a confiar en una chica a la que no conocían y darle una oportunidad.

Salvo que, al contrario que Bill, Zak había levantando una barrera alrededor de su corazón. No quería mostrar sus emociones, no quería perder el control.

–Pero lo has hecho –murmuró, recordando la pasión de la noche anterior. Había perdido el control con ella. Por una vez se había dejado llevar. Se había abierto.

¿Y al día siguiente volverían a la normalidad, fingiendo que no había pasado nada?

Abby sacudió la cabeza mientras se levantaba de la cama. No podría volver a mirar a Zak sin recordar su expresión mientras lo acariciaba. Sin recordar su magnífico cuerpo masculino, sus gemidos roncos o cómo se había estremecido cuando llegó al orgasmo.

Entonces dejó escapar un acalorado suspiro. Tenía que dejar de recordarlo.

¿Era demasiado temprano para desayunar?, se preguntó, saltando de la cama. Iba a ponerse las sandalias, pero le hacían tanto daño que tuvo que quitárselas. Sin hacer ruido para no molestar a Zak, salió del bungaló, lejos de los recuerdos de la noche anterior.

Era demasiado temprano para el resto de los invitados, que debían haberse acostado muy tarde, pero no para Zak, que estaba sentado frente al bufé.

–Buenos días.

–Buenos días –dijo ella, como si la noche anterior no hubiesen compartido un momento tan íntimo.

–¿Zumo de naranja?

–Sí, gracias. Me siento un poco mal porque anoche no nos despedimos de los recién casados.

–Yo me despedí por los dos.

–¿Ah, sí?

–Volví a la fiesta… después –Zak se aclaró la garganta–. Y me disculpé por los dos. Les dije que te dolía la cabeza.

–¿Volviste a la fiesta?

¿Por qué eso la decepcionaba tanto? ¿Porque no había querido quedarse con ella? ¿Porque sólo había sido sexo para él?

Muy bien, sólo había sido sexo. Una noche de sexo asombroso. Se habían dado placer mutuamente… aunque no hubieran llegado hasta el final.

Abby levantó su vaso de zumo y tomó un trago, pensativa.

–Creí que estarías durmiendo. Parecías tan relajado.

–Por lo visto no estaba tan relajado como creía.

–Bueno, muy bien, ¿qué fue lo de anoche? ¿Lo llamamos un revolcón?

Zak parpadeó, nervioso.

–No, no fue eso –murmuró.

Abby miró sus dedos, los mismos dedos que la habían acariciado por la noche…

Tenía la impresión de que también Zak estaba recordando, pero intentando guardar la experiencia

115

en alguna esquina de su cerebro. Y tal vez lo había hecho porque pareció llegar a una triste conclusión:

—Abby, lo de anoche fue estupendo.

—Sí, es verdad.

—Pero yo no quiero tener una relación en este momento. Es mejor que te lo diga ahora para no hacerte daño.

Demasiado tarde.

—Perdona —dijo ella entonces, levantándose—. Tengo que… ir al baño. Vuelvo enseguida.

Le escocían los ojos mientras iba hacia el bungaló. No necesitaba ir al baño, necesitaba lanzarse al mar de cabeza para que el agua salada borrase los recuerdos de la noche anterior.

Pero luego sacudió la cabeza, enfadada consigo misma. No había perdido nada porque nunca lo había tenido.

En su habitación, se quitó el vestido para ponerse el bañador negro de una pieza que había usado durante la sesión fotográfica. Con una toalla en una mano y el bote de crema solar en la otra, se dirigió a la playa. El sol era invisible todavía, levantándose poco a poco en el horizonte, el agua como un espejo.

Pero tenía que calmarse. Si Zak descubría lo que sentía por él, como hombre, como amante, tendría que irse de su casa, mudarse a otra ciudad incluso. Y no podía permitírselo porque tenía que pensar en Aurora. Quería llevarla a Queensland con ella lo antes posible. Quería que Buenas Vibraciones fuera un éxito.

¿O habría arruinado cualquier posibilidad acostándose con Zak?, se preguntó.

Se le hizo un nudo en la garganta al pensar eso. ¿En qué lío se había metido, enamorándose de un hombre que no quería saber nada del amor, que no quería una mujer en su vida?

No, no, no, ya había pasado por eso. Las cicatrices de su corazón, que tal vez no habían curado del todo, empezaban a abrirse en ese momento.

De modo que se tiró de cabeza al agua y empezó a nadar.

Apoyando las manos en las rodillas, Zak dejó de correr para tomar aliento. Pero cuando levantó la cabeza se quedó horrorizado al ver que Abby se lanzaba al agua de cabeza. ¿Qué estaba haciendo…?

–¡Abby!

Nervioso, se quitó una zapatilla mientras corría hacia la orilla. Debería haber imaginado que no necesitaba ir al baño. Lo había visto en sus ojos, el dolor, el brillo de las lágrimas.

–¡Hay medusas! –gritó.

Pero ella no debía oírlo porque siguió nadando. Diane otra vez.

–¡Hay medusas, sal del agua ahora mismo! –volvió a gritar, intentando advertirle sobre las urticantes criaturas marinas.

Pero Abby no parecía oírlo.

Le temblaban las manos mientras se quitaba la otra zapatilla y las piernas apenas lo sostenían. Pero vaciló sólo durante un segundo, aunque el pánico cerró su garganta cuando se lanzó al agua.

Se concentró en los latidos de su corazón, en respirar, en el rítmico movimiento de sus brazos, pero el pánico estaba vivo dentro de él, un depredador esperando atacar en cuanto mostrase el menor signo de debilidad.

Por fin, llegó a su lado y la agarró del brazo, apretándolo con tal fuerza que Abby hizo una mueca de dolor.

–¿Qué haces? –exclamó ella, soltándose de un tirón.

Zak tuvo que nadar hacia ella para sujetarla de nuevo, angustiado.

–Hay medusas en al agua, tenemos que salir cuanto antes.

–¿Qué? ¿Medusas?

–Tenemos que salir del agua ahora mismo –insistió Zak, tomándola por la cintura.

En cuanto hicieron pie la soltó y salió del agua para darle la espalda con la excusa de ponerse las zapatillas. No podía dejar que lo viera así, temblando, angustiado.

–Perdona, no te había oído –empezó a decir ella–. Pensé que sólo había medusas en verano…

–¿Y qué demonios hacías nadando sola?

Ahora que estaban a salvo se sentía furioso. Le gustaría aplastarla contra su pecho y besarla hasta dejarla sin aire…

–Yo no sabía… ¿qué pasa?

De repente, Zak se mareó y tuvo que dejarse caer sobre la arena.

–No pasa nada.

Abby se acercó de inmediato, poniendo una mano en su brazo.

—¿Estás bien?

—Sí, estoy bien…

—Dime qué te pasa…

—El agua no es lo mío —disgustado consigo mismo, con su debilidad, Zak se apartó.

—¿Por qué? Te he visto nadar y lo haces como un atleta.

Él cerró los ojos, pero volvió a abrirlos enseguida porque lo único que podía ver era el agua negra bajo el puente…

—Mi mujer se ahogó en un accidente de coche el año pasado. Y yo no pude salvarla.

Después se levantó y empezó a caminar.

A Abby se le encogió el corazón a ver que se alejaba, los hombros tensos, la cabeza inclinada. Su natural respuesta era ir tras él, pero el instinto le dijo que se quedara donde estaba. Ir tras él para ofrecerle… ¿qué? ¿Consuelo, compasión? ¿Una disculpa por comportarse como una niña petulante?

Tuvo que abrazarse a sí misma, helada, mientras veía su figura perderse en la distancia. No. Lo último que Zak necesitaba en aquel momento era compasión.

Su esposa.

Muerta en un accidente.

Todo empezaba a encajar en su sitio, todo tenía sentido: sus problemas con la intimidad, su obsesión con el trabajo, la mirada perdida que había visto en sus ojos tantas veces, como si estuviera recordando algo terrible...

¿Por qué Zak no se lo había contado desde el principio? ¿Tan doloroso era que ni siquiera podía hablar de ello? El trauma de no haber podido salvar a su mujer...

Y ella había despertado esos terrores alejándose de él en medio del mar.

Zak le había dicho que sólo tendrían una noche, recordó. Y esa noche había terminado.

Y Abby entonces tomó una decisión.

Cuando llegó al bungaló guardó sus cosas en la bolsa de viaje y se dirigió a los servicios. No era un sitio muy agradable. En lugar de las losetas de mármol que había en la casa de Zak, el suelo era de cemento y en lugar de sus aromas favoritos olía a lejía. Pero eso la animó a encontrar su propio apartamento lo antes posible.

Oyó el estruendo de un helicóptero cuando salía del baño y llegó a tiempo para ver a Zak subiendo al aparato mientras se colocaba las gafas de sol y unos auriculares...

Y no pudo decirle adiós.

Abby logró soportar el viaje de vuelta a Queensland, pero no pudo disfrutar del almuerzo a bordo del yate porque entablar conversación con extraños le resultaba imposible en aquel momento. Afortunadamente, Vince no se acercó, ocupado con la rubia con la que había estado bailando por la noche.

El minibús la dejó en el Centro Capricornio. No

tenía la menor duda de que Zak se habría lanzado de cabeza al trabajo y tenían que hablar sobre lo que había pasado.

Pero no estaba allí y la secretaria temporal que ocupaba el puesto de Tina le dijo que Zak se había tomado cuatro días libres por un asunto familiar urgente.

No, no era cierto, estaba segura. Esa isla emocional en la que se había exiliado estaba rodeada de cristales rotos y hasta que encontrase la forma de salir y estuviera dispuesto a hablar no habría manera de acercarse a él.

A juzgar por la cantidad de clientes que entraron en Buenas Vibraciones esa semana, el salón de masajes iba a funcionar a las mil maravillas. Su libro de citas estaba repleto.

Pero sus noches eran muy solitarias.

Cuatro días después, Abby asomó la cabeza en la oficina de Tina.

–Hola, señora Langotti. Bienvenida a casa.

La recién casada levantó la cabeza, con los ojos brillantes.

–Hola, Abby.

–¿Qué tal la luna de miel?

–Sólo han sido unos días –suspiró Tina–. Lo hemos pasado muy bien, pero es estupendo volver a casa con Danny. Por cierto, Zak y tú también lo pasasteis bien, ¿no?

–Sí, bueno…

–Y a mí me parece maravilloso. Tú eres justo lo que necesita.

–Zak no está preparado para mantener una relación…

–Abby, cariño –sonrió Tina–. Por lo que yo vi, Zak está más que preparado. Y ya era hora, además.

–Yo no sabía que hubiera estado casado. ¿Por qué no me lo habías contado?

–Porque pensé que era mejor que te lo contase Zak.

–Me ha llevado a su casa, me ha alquilado un local en su Centro… pero se le olvidó contarme un detalle importante de su vida.

–¿Y ahora todo ha cambiado?

«Sí, porque estoy enamorada de él. Estoy enamorada de un hombre que es incapaz de quererme».

–¿Qué pasó, Tina?

–El coche cayó por un puente… Zak la seguía y se lanzó al agua de cabeza, pero Diane había quedado atrapada, no podía salir. Zak no pudo hacer nada, pero se tiró de todas formas. Y estuvo a punto de morir él también.

–Las cicatrices que tiene en el muslo…

–Sí, así es –suspiró Tina–. Diane era mi mejor amiga. Los tres crecimos juntos y también yo la echo de menos.

–Lo siento.

–Sí, lo sentimos todos. Mira, tengo una fotografía –Tina abrió un cajón de su escritorio y sacó una fotografía de Zak con una mujer.

Abby no podía apartar los ojos de Diane. Podría haber sido una modelo o una estrella de cine. Esbelta y sofisticada, llevaba un vestido que debía costar un dineral. Zak y ella parecían la pareja cosmopolita que aparecía en las portadas de las revistas.

–Lo siento –murmuró–. Ojalá me lo hubiese contado.

«He hecho el ridículo más espantoso».

De vuelta en el salón, Abby mezcló aceites de cedro, jazmín y de ylang-ylang y los colocó en el vaporizador, pero en lugar de concentrarse en el próximo cliente no dejaba de ver el rostro de Diane.

Cuánto debía amarla Zak para lanzarse al agua y arriesgar su vida por ella. ¿Lo sabría Diane? ¿Sabría que tenía una joya de marido?

Claro que sí; habían sido amigos desde la infancia, según le había contado Tina. Un amor que había durado décadas. Era lógico que Zak se hubiera exiliado emocionalmente después de su muerte, una muerte tan trágica, además. Podría desearla a ella físicamente, pero allí terminaba todo.

Porque Zak seguía enamorado de su mujer.

Capítulo Once

Zak, sentado en el asiento de primera clase, dejó escapar un suspiro mientras admiraba el puente y el teatro de la Ópera de Sidney en el horizonte.

Sus padres se habían quedado sorprendidos al verlo especialmente triste y desastrado después de dos días de acampada. Pero había aprovechado esos dos días para tomar una decisión importante y después los llamó a todos para explicarles por qué iba a vender la empresa de construcción Forrester.

−¿Quiere tomar algo, señor? −le preguntó un auxiliar de vuelo.

−Whisky con hielo, gracias.

Normalmente no bebía durante el día, pero tenía que hablar con Abby y para eso necesitaba valor. La idea lo asustaba casi tanto como cuando la vio lanzarse al agua porque ella merecía mucho más de lo que él le había dado. Pero, de alguna forma, pensaba compensarla.

Porque la amaba.

El descubrimiento había llegado cuatro días antes y varias semanas demasiado tarde, pero aún tenía el poder de sacudirlo, de agarrarlo del cuello, de emocionarlo hasta el punto de tener que apoyar la cabeza en el respaldo del asiento para llevar aire a sus pulmones.

En la isla, al ver que se lanzaba al agua, había tardado un segundo en darse cuenta de que su sentimiento de culpa por la muerte de Diane no era nada comparado con la idea de perder a Abby. Su vida estaría vacía sin ella.

Echaba de menos su alegre risa, esa forma suya de levantar un hombro cuando hablaba. Abby podía animarlo con una sola mirada, un roce, una palabra, incluso cuando hacía todo lo posible por ignorarla. Le encantaba que fuera tan positiva, que nunca criticase su forma de vivir.

Salvo para animarlo a salir de sí mismo. Que era lo que necesitaba, en realidad. En resumen, había puesto su vida patas arriba, haciendo que mirase las cosas de otra manera.

Abigail Seymour, que no era la mujer indicada para él, había logrado atravesar sus defensas y meterse en su corazón.

Zak miró por la ventanilla del avión. Diane había desaparecido. La había amado una vez, pero la había perdido para siempre mucho antes de que su coche cayera por ese puente. Por fin, la verdad que había sido demasiado obstinado para admitir.

No había abandonado a su mujer, se habían ido separando con el tiempo, los dos ocupados con sus respectivas carreras. Pero Diane se había portado de manera diferente durante los meses antes de su muerte, parecía… infeliz. Y estaba borracha cuando se colocó al volante del coche.

Nunca se perdonaría a sí mismo por no haberle quitado las llaves, por no haber evitado que subiera al coche...

¿Iba a seguir castigándose a sí mismo durante el resto de su vida?, se preguntó. ¿O iba a empezar otra vez para construir algo que mereciese la pena? Con Abby.

Su corazón latía con más fuerza cuando pensaba en ella. Era como despertar de un coma... y él sabía muy bien lo que eso significaba.

«No te rindas todavía, cariño», pensó.

En cuanto el avión aterrizó en Queensland, Zak tomó el coche y fue directamente al Centro Capricornio. Aún no sabía cómo iba a decírselo, pero sabía que tenía que darle muchas explicaciones. Abby estaría dolida con él, seguramente enfadada, y esperaba que lo que tenía que decirle cambiara todo eso.

Tal vez un almuerzo o una cena romántica... un paseo por la playa. Entonces miró las nubes que se levantaban sobre el mar. No, no podrían ir a dar un paseo.

—Es su tarde libre —le dijo la peluquera del Centro cuando encontró el salón cerrado—. Y me dijo que iba a buscar apartamento.

Esa información fue como un puñetazo en el plexo solar. ¿Abby estaba buscando apartamento? ¿Quería irse de su casa? Debía estar muy dolida con él, pensó.

Suspirando, Zak se dirigió a su casa. Y, después de

sacar una cerveza de la nevera, entró en su dormitorio para quitarse la ropa porque quería darse una ducha.

Pero cuando abrió la puerta del baño descubrió que no estaba solo.

Abby. De rodillas, fregando el suelo de mármol. Abby, con un sujetador y un tanga diminuto que dejaba al descubierto un trasero que movía al ritmo de la música de los auriculares de su MP3…

No era así como había planeado hablar con ella, pensó, sintiendo que toda la sangre se acumulaba en una zona de su cuerpo.

–Abby…

Ella volvió la cabeza y, al verlo, se llevó una mano al corazón.

–¿Qué haces aquí?

–¿Yo? ¿Se puede saber qué estás haciendo? ¿Por qué estás limpiando el baño?

–No sabía que ibas a venir…

Nervioso, Zak tomó una toalla y se la ató a la cintura. Aunque el daño ya estaba hecho, claro.

–¿El otro baño está estropeado? –consiguió preguntar, tragando saliva.

–No, no. Es que había dejado aquí mi gel de baño. Acabo de ducharme y había mojado el suelo…

Estaba recién duchada y su piel era del color del coral. Salvo los pezones rosados que se marcaban bajo el sujetador.

–Tess me ha dicho que ibas a buscar apartamento –Zak no pudo evitar que sonara como una acusación. ¿Por qué demonios estaban manteniendo esa ridícula conversación, como si estuvieran pasando el rato en el porche cuando los dos estaban medio desnudos?

—Sí, bueno… en fin…

Zak se quedó donde estaba. ¿Habría encontrado un sitio donde vivir?, se preguntó. Su corazón latía con la misma fuerza que la tormenta que se aproximaba inexorablemente. Pero no podía preguntarle eso ahora.

—Lo siento —dijo ella entonces—. Me voy para que puedas ducharte…

Zak estaba duro como una piedra y cuando sus brazos se rozaron supo que no podía disimular más.

—No te vayas —le rogó, tomándola del brazo. Y, antes de que ella pudiera responder, la besó con un ansia primitiva, bebiendo su miel como un hombre moribundo… su dulzura, su promesa. La quería con la lengua, las manos y los labios, desde la boca hasta los dedos de los pies y todo lo que había en medio.

Y la deseaba ahora.

Temblando, desabrochó el sujetador y Abby dejó escapar un gemido cuando rozó sus pechos, sus pezones endureciéndose de inmediato. Pero no era suficiente.

Sin dejar de besarla, Zak la empujó suavemente hacia la encimera del lavabo, viendo cómo sus ojos se oscurecían mientras abría las piernas.

El interior de sus muslos era suave, deliciosamente caliente. Cuando pasó los nudillos por el triángulo del tanga y la encontró húmeda se le doblaron las rodillas, pero vio que sus ojos brillaban tanto como los suyos.

Mirándolo a los ojos, Abby se quitó el prendedor

que sujetaba su pelo, dejando que una cascada de rizos rojos cayera sobre sus hombros. Y luego, apoyándose en las manos, arqueó las caderas, ofreciéndose.

La respuesta que Zak necesitaba.

Un tironcito del tanga y la prenda desapareció, olvidada mientras inclinaba la cabeza para besar su cuello.

Dulce, todo en ella era dulce. Siguió hacia abajo, hacia las clavículas, saboreándola mientras ella enredaba los dedos en su pelo. El corazón de Zak latía a un ritmo frenético cuando puso las manos sobre sus pechos.

Y más abajo. Por fin estaba donde quería estar. Tomando el duro pezón entre los labios lo chupó, tirando suavemente con los dientes mientras pellizcaba el otro entre el pulgar y el índice.

Sin pensar, empujado por el deseo, se quitó la toalla con manos temblorosas.

–Sí… –musitó Abby cuando la tocó entre las piernas, donde estaba deseando tocarla. Zak metió los dedos en su húmeda cueva, pasándolos arriba y abajo hasta que Abby se apretó contra él, murmurando su nombre.

Su nombre. De repente, Zak se sintió posesivo.

Un relámpago iluminó su rostro, el rostro de una sirena bañada en plata, mientras echaba hacia atrás la cabeza, clavando las uñas en sus hombros mientras los truenos retumbaban sobre sus cabezas.

Se sentía tan vivo, tan lleno de energía, como si estuviera elevándose en el cielo. El mundo seguía dando vueltas cuando Abby lo miró.

–Zak... por favor, dime que tienes preservativos.

–Sí, aquí –sin dejar de mirarla, Zak abrió un cajón y sacó un paquetito.

–Date prisa –el corazón de Abby parecía demasiado grande para su pecho mientras Zak intentaba abrirlo con dedos torpes.

«Ahora», pensaba.

«Antes de que lo pienses mejor. Antes de que te des cuenta de que hacer el amor no es buena idea».

Casi antes de que hubiera terminado de enfundarse en él, Abby se echó hacia delante, enredando una pierna en su cintura y tomando su cara entre las manos hasta que lo único que podía ver eran sus ojos.

Suyo. En aquel momento era absolutamente suyo.

Ninguno de los dos tenía paciencia, sólo un deseo frenético, imparable. Era tan ardiente, tan grande mientras entraba en ella, llenándola del todo, descubriendo los más íntimos secretos de su cuerpo mientras ella descubría los suyos.

Era como una tormenta, todo explosiones y energía, una cacofonía de sensaciones mientras se movían al mismo ritmo, sin aliento.

–Sujétame. No me sueltes.

–Yo te sujeto, cariño.

La ternura que había en su voz la deshizo, pero siguió moviéndose hasta que no había sitio para la razón. Hasta que la pasión explotó, consumiéndolos a los dos.

Recordaba haber caído sobre su pecho y que Zak la había tomado en brazos para llevarla a la habitación. Unos tímidos rayos de sol asomaban por la ventana mientras se abrazaban, sudorosos. Unos segundos después, Abby se apoyó en un codo para mirarlo. Tenía los ojos cerrados y, por una vez en su vida, parecía relajado.

Su corazón se hinchó de amor. Sabía que tarde o temprano iba a rompérselo, pero admiró su cuerpo desnudo, largo, fuerte, masculino, con una línea de vello oscuro que se perdía en… un sexo impresionante. Sus piernas estaban enredadas con las de Zak, su piel bronceada en contraste con la suya.

Pero era su rostro lo que la fascinaba. Vería aquel rostro en sueños durante toda su vida. Sus ojos, de un azul brillante, pero que podían volverse tan remotos como un glaciar o tan misteriosos como el más profundo océano…

Y ahora sabía por qué. Zak tenía un secreto que había decidido no compartir con ella.

No quería molestarlo todavía. Necesitaba ese momento para mirarlo.

Había visto la fotografía de Diane y sabía que ella, con su pelo rizado y su estilo de vida, no tenía sitio en la de Zak Forrester. Y no pensaba cambiar, no podría hacerlo. Se sentía cómoda tal como era. Pero lo amaba.

Lentamente, empezó a apartarse.

–¿Dónde vas?

–Antes ibas a ducharte, ¿no? Imagino que ahora sí necesitas una ducha –intentó bromear–. Te espero en la cocina… cuando estés dispuesto a hablar.

Era tan difícil salir de aquella habitación desnuda, sabiendo que Zak estaba mirándola. Tan difícil escapar a su propia habitación y vestirse con dedos temblorosos.

Oyó la ducha del baño mientras cortaba verduras en la cocina… para hacer algo con las manos mientras esperaba. Sus ojos se encontraron en cuanto Zak apareció y, por un momento, se quedó como hipnotizada, tensa, recordando el brillo apasionado de esos ojos unos minutos antes.

Ahora también brillaban, pero la emoción que había en ellos era muy diferente. Zak, con vaqueros y camiseta azul, tenía el pelo mojado… pero la sombra de barba que tanto le había gustado sentir sobre su piel había desaparecido

—Debería habértelo contado.

—Sí, es verdad. ¿Por qué no lo hiciste? Tú debías saber lo que sentía por ti.

—No quería ver compasión en tus ojos. Estoy harto de compasión.

—No era compasión, era comprensión…

—No quiero nada de eso porque nadie lo entiende de verdad.

—Muy bien, pues ayúdame a entender. Háblame de Diane.

Zak se pasó una mano por el pecho.

—¿Qué quieres saber?

«Todo. Nada. ¿La querías? No, ésa es una pregunta tonta. Pregunta algo mundano».

—¿Trabajaba contigo?

—No. Era compradora para unos grandes almacenes.

—¿Y viajaba mucho?

–Sidney, Melbourne, algunos viajes a Asia.

–¿Iba sola?

–Yo tenía mucho trabajo.

Ah.

–La noche que murió yo la acusé de tener una aventura –empezó a decir Zak, apoyando una mano en la encimera–. Nunca sabré si era cierto o no. Murió antes de que pudiésemos hablar.

Eso fue una sorpresa para Abby. O tal vez no.

–Y te culpas a ti mismo por lo que pasó.

Zak dejó escapar un largo suspiro.

–¿Cuánto tiempo vas a seguir agarrado al sentimiento de culpa? Porque hasta que no te liberes de él no podrás seguir adelante con tu vida. No estás listo para tener una relación… tú mismo me lo dijiste.

–Eso fue antes…

–Has desaparecido durante cuatro días –lo interrumpió ella–. No supe una palabra de ti, Zak. Y descubrí que te habías ido porque otra persona me lo contó. ¿Crees que se puede tener una relación de esa manera? Si lo que hay entre nosotros es una relación, claro.

–Maldita sea, Abby. No te rindas tan pronto, dame tiempo…

Ella quería hacerlo, pero ¿podía confiar en que no volviera a rechazarla?

–Necesitamos espacio. Además, esta noche voy a dormir en casa de Tina. Nick se ha ido de viaje y a cambio de un cordero asado voy a darle un masaje de los míos… si Daniel nos deja. Y como esta noche estoy de humor para beber alcohol, le prometí que dormiría allí.

–Puedo ir a buscarte.

–No –dijo Abby, con firmeza–. Usa ese tiempo para ponerte al día. Imagino que tu negocio estará cayéndose a pedazos después de estos cuatro días de vacaciones.

–Voy a vender la empresa –dijo Zak entonces.

Ella lo miró, perpleja.

–Bueno, eso es… un comienzo. ¿Qué ha dicho tu padre?

–Fui a Sidney para hablar con él y con el resto de la familia. Todos lo han entendido, afortunadamente. Tengo demasiado trabajo y necesito descansar un poco.

–Sí, imagino que sí.

Después de eso, Abby pasó a su lado y se dirigió a su habitación para guardar un par de cosas en una bolsa.

Pero Zak ya se había ido antes de que ella saliera.

Capítulo Doce

Zak apagó el ordenador de su oficina a las dos de la mañana.

Abby había hecho planes y él no tenía derecho a exigir que los cambiase después de haber desaparecido durante cuatro días.

Se había dedicado a trabajar, como Abby había sugerido, pero no consiguió mucho porque no podía dejar de pensar en ella. Suspirando, cerró la puerta del despacho, pero en lugar de salir a la calle se encontró a sí mismo dirigiéndose hacia el salón de masajes.

Y, sin saber bien por qué, entró usando su llave maestra. La luz del vestíbulo iluminaba el local y el aire olía a las esencias que Abby solía usar, las esencias a las que ella misma olía… un aroma que se quedaría con él para siempre.

Su casa estaba a oscuras cuando llegó unos minutos después, otro recordatorio de que Abby se había ido… y la luz del porche no estaba encendida, esperándolo como antes.

Cuando iba a entrar en su habitación se detuvo en la puerta del dormitorio de Abby. Estaba abierta, las cortinas apartadas.

–Abby... –murmuró en la oscuridad.

Luego entró en la habitación y pasó una mano por la colcha. Aún podía oler su perfume en el aire...

–Vuelve –murmuró.

Entristecido, Zak se dirigió a su habitación y cuando miraba las sábanas arrugadas... vio una nota sobre la almohada.

Querido Zak,
Espero que no hayas trabajado hasta muy tarde. Que duermas bien, nos vemos mañana en el trabajo. Un beso,
Abby

Zak miró la firma, tan alegre y expresiva como ella. Le mandaba un beso. Pero un beso que quería darle en persona. Como quería darle tantas otras cosas.

Suspirando, se pasó una mano por el pelo, pensativo. Se le acababa de ocurrir una idea...

–¿No puedes dormir?

Abby se volvió, con una taza de té en la mano en lugar del alcohol que se había prometido a sí misma. Tina la miraba desde la puerta de la cocina, con Daniel en brazos. Al menos el niño había dormido lo suficiente como para que pudiera darle un masaje.

–No, aún no. Acabo de hacerme una valeriana con miel. ¿Quieres?

–No, gracias. Aunque debería ponerle un poco a Danny en el biberón. A ver si así podemos descansar un poco.

–Deja que lo tome en brazos –sonrió Abby–. ¿Vienes con la tía Abby?

Chupándose un dedo, Danny la miró con sus enormes ojazos.

–Eso estaría bien porque tengo que ir al baño. Vuelvo enseguida –sin esperar la aprobación del señorito, Tina puso al niño en sus brazos.

–Tómate tu tiempo –un instinto maternal que Abby no creía poseer se apoderó de ella al sentir la carita de Danny sobre su pecho–. Hola, cariño. ¿Sabes una cosa? No he tenido muchas oportunidades de hacer esto.

Por un momento, mientras mecía al niño, se vio inmersa en el sueño de tener su propio hijo, un niño de ojos azules como su padre y los mismos hoyitos en las mejillas…

–Ya estoy aquí –al escuchar la voz de Tina, Abby tuvo que disimular la desilusión–. Creo que empieza a dormirse por fin. Se te dan bien los niños, ¿eh?

–No lo sé, espero que sí.

–Por cierto, ¿qué pasa con Zak?

–Nada… bueno, no sé, no hay nada serio entre nosotros.

–¿Nada serio? Yo creo que estás equivocada.

–Hasta que Zak haya olvidado a Diane…

–Sólo necesita un empujoncito y tú eres la persona que puede dárselo. Vi cómo te miraba en la boda, Abby. Y sé que a ti no te dolía la cabeza –Tina se apoyó en la pared–. ¿Qué piensas hacer ahora?

***

137

A la mañana siguiente Zak se perdió la llegada de Abby al Centro, pero sabía que estaba en el edificio porque había olido su perfume al pasar frene a la puerta del salón, de camino a la sala de juntas.

Y en cuanto pudo colgar el teléfono salió de su oficina y se dirigió hacia allí. Abby se había puesto la bata que usaba para trabajar, una prenda que se ajustaba a su cuerpo como un pecado.

En ese momento estaba mezclando aceites y la música de fondo le recordaba a un lago tranquilo...

–Buenos días, señor Forrester.

–Me alegro de que estés tan contenta. ¿Qué...?

–¡Enseguida estoy con usted, señor Dexter! –lo interrumpió ella, girando la cabeza hacia el biombo–. No puedo hablar ahora, tengo un cliente.

Zak la tomó del brazo para mirarla a los ojos.

–¿Cuándo estarás libre?

–Tengo trabajo todo el día.

–A la hora de comer...

–Lo siento, tengo una reunión con el representante de esencias, que ha traído unas muy especiales de Asia.

Zak apoyó las manos sobre el mostrador, irritado.

–Busca tiempo para mí.

–Muy bien –Abby sacó un bolígrafo del bolso–. Como eres el jefe... –dijo luego, anotando su nombre en la agenda–. Nos veremos a las seis y media.

La paciencia no era lo suyo, pero tendría que aguantarse, pensó.

–Nos vemos aquí a las seis y media.

A las seis y veinticinco Zak apagó el ordenador. A las seis y veinte siete, Tina asomaba la cabeza en el despacho.

–¿Puedes firmar unos cheques antes de irte?

Zak miró su reloj.

–Déjalos en mi mesa. Los firmaré por la mañana.

–Es que los necesito ahora. Si no te importa…

–Muy bien, muy bien, ¿dónde están? –preguntó él, impaciente.

–En mi oficina.

Zak cerró los ojos un momento, intentando controlarse.

–Venga, vamos.

Cuando llegó al salón de masajes eran las seis treinta y cinco y la puerta estaba cerrada. Zak la empujó y asomó la cabeza… las luces estaban apagadas, pero podía ver una lucecita reflejándose en el techo, detrás del biombo.

–¿Abby? Si estás ocupada puedo volver más tarde…

–No, estoy preparada.

Sus palabras, pronunciadas con esa voz melodiosa, fueron como una antorcha sobre hojas secas. Pero cuando apareció, tan fresca como por la mañana, parecía otra Abby… o al menos lo miraba como si lo fuera.

–Hola, Zak. ¿Qué tal el día?

Le preguntaba como si fuera un cliente, pensó él.

–Bien, muy ocupado… –Zak dio un paso hacia ella, pero Abby se dirigió hacia el biombo.

–Ven, estoy calentando el aceite.

–¿Qué aceite?

–Para el masaje. Es una mezcla de aceite de lavanda, naranja y sándalo… muy bueno para el insomnio.

–Mira, tenemos que aclarar un par de cosas, por eso estoy aquí. No he venido a que me des un masaje –al pasar detrás del biombo vio que había encendido una docena de velas aromáticas–. No soy uno de tus clientes.

–Tú has pedido… has *exigido* verme esta tarde, ¿no?

–Sí, pero no quiero que me des un masaje.

–Te prometí uno, ¿recuerdas?

«Vívidamente».

–Yo voy a buscar mis aceites mientras te quitas la ropa… pero puedes dejarte puestos los calzoncillos. Túmbate sobre la camilla y tápate con esta sábana.

–Abby…

–Te aseguro que te gustará. Y esta noche dormirás como un niño.

–¿Y si no quisiera dormir esta noche?

Zak vio algo infinitamente triste en sus ojos. Algo que enfrió su sangre y contuvo sus hormonas.

–No estoy intentando seducirte. Esto no tiene nada que ver con el sexo –dijo Abby–. Quiero devolverte algo de lo que tú me has dado. ¿No lo entiendes?

Sin decir nada, Zak empezó a quitarse la ropa. La entendía, sí. A veces había que aceptar algo de los demás para poder darles algo. Y él nunca le había dado a Abby esa satisfacción.

Unos segundos después estaba tumbado en la camilla y cuando murmuró: «estoy listo», Abby volvió a su lado, frotándose las manos con unos aceites.

«No estoy intentando seducirte». Debía recordar eso, se dijo. Pero al sentir la presión de sus manos en la espalda la presión en su entrepierna aumentó. Aquello no iba a funcionar.

–Yo no…

Abby puso una mano en la base de su espina dorsal, la otra en su nuca.

–Respira profundamente. Imagina una niebla de color melocotón y piensa en un paisaje tranquilo…

Siguió masajeando su espalda, sus costados, sus hombros.

«No está intentando seducirte, esto no tiene nada que ver con el sexo». Zak fue relajándose mientras Abby lo llevaba a un estado de semisueño, semirelajamiento y semiexcitación.

Era una maravilla, sus manos parecían mágicas. Lo tocase de manera juguetona, profesional o erótica, Zak podía decir que nadie lo había tocado de esa forma. Abby era la persona más generosa que había conocido nunca. Tenía algo especial…

Y él la había alejado demasiadas veces.

Abby no dejaba de preguntarse qué estaría pensando, pero se concentró en la tarea, aplicando presión en las zonas más tensas, como sus cervicales o sus hombros, negándose a pensar en la última vez que lo tocó, que se tocaron.

Y cuando rozó la fea cicatriz bajo la nalga izquierda, recordó lo que había arriesgado y por qué. No todo el mundo haría algo así.

Terminó con un profundo masaje en los muslos, bajando por las pantorrillas, hasta los pies. Y mientras volvía a taparlo con la sábana dio las gracias por haberlo conocido, aunque fuera durante poco tiempo.

–Te quiero en mi vida, Abigail Seymour.

Esas palabras le llegaron al alma. También ella quería eso; lo quería todo, su nombre, su amor, sus hijos. Pero no podía estar con él hasta que hubiera hecho las paces con el pasado.

–No te levantes todavía, deja que tu cuerpo despierte lentamente.

Zak se dio la vuelta, tirando de la sábana.

–Tú me has cambiado. Eres única, Abby. Y muy especial. Tan especial que…

–Si estás contento con los cambios es que he hecho bien mi trabajo –murmuró ella, mientras se lavaba las manos–. Has venido a hablar, ¿no? Pues vamos a hablar.

–Tenías razón –suspiró Zak–. Me culpo a mí mismo por la muerte de Diane. De haber sabido que estaba bebida no la hubiera dejado subir al coche… y si no la hubiera seguido podría no haber muerto en ese accidente.

–O podría haber matado a otra persona, además de a sí misma.

–Mira, estoy cansado de sentirme culpable. Sólo quiero rehacer mi vida.

Zak no había mencionado la palabra amor. ¿Qué quería entonces, acostarse con ella? ¿Ser su amigo? No, eso no era suficiente. Abby apartó la mirada. Ella lo amaba, pero hasta que Zak sintiera lo mismo…

–Tienes tu Centro de conferencias y yo tengo que concentrarme en mi salón y en traer a Aurora a Queensland –Abby encendió la luz y apagó las velas. Tenía que irse de allí. Primero porque si no lo hacía se pondría a llorar y no quería llorar delante de él. Segundo, si se marchaba ahora podría llegar al coche antes de que Zak se hubiera vestido. Él no se atrevería a salir del Centro medio desnudo.

–Cierra cuando te hayas vestido, yo tengo que irme.

–Abby, no hemos terminado…

Abby tomó su bolso y se dirigió a la puerta.

–Nos vemos mañana.

Pero se había equivocado. Porque cuando salía del Centro, por el espejo retrovisor vio a Zak, sin camisa y descalzo, corriendo por el aparcamiento.

Abby estaba tumbada en su cama, mirando el techo. Estaba intentando dormir, pero era imposible.

Tenía el corazón encogido, como si un puño lo apretase, y nada podía curar eso. Quería a Zak en su vida y él había dicho querer lo mismo. ¿Por qué no podía ser así de sencillo?

O podrían tener una aventura hasta que alguno de los dos se cansara. No, ella no se cansaría de Zak. Y no, no podría funcionar porque el amor que sentía por él era para siempre. Con lo bueno y lo malo.

–Podría echarte del Centro por esa conducta tan poco profesional. Dejar a un cliente plantado en el salón de masajes…

Abby abrió los ojos al oír la voz de Zak, que acababa de entrar en su habitación. Seguía descamisado y sus pies descalzos no hacían ruido mientras se acercaba a la cama. O tal vez imaginaba que no hacían ruido porque lo único que podía oír eran los latidos de su corazón.

–No te he dejado plantado –contestó–. ¿No hay algo en tu libro de normas sobre un código de vestimenta? El director del Centro Capricornio corriendo por el aparcamiento sin camisa...

–Tú me obligas a hacer cosas que no haría en circunstancias normales –él sacudió la cabeza–. Bueno, de acuerdo, estamos en paz –Zak se sentó a su lado en la cama, su rostro iluminada por la luna–. Ven a mi habitación, Abby.

–No, no puedo.

–Bueno, como quieras. Pero tu cama es más pequeña.

Sin decir nada más, se desnudó y se tumbó a su lado. Abby no discutió porque no encontraba su voz y cuando buscó sus labios dejó escapar un gemido de rendición. Sólo una vez. Una sola vez más para explorar su boca, otra oportunidad de sentir el peso de su cuerpo y escuchar su voz ronca...

Zak se apretaba contra ella, besándola apasionadamente, disfrutando de su inmediata respuesta, tan dulce. La quería en su vida, la deseaba más de lo que había deseado nada. Y la necesitaba como respirar. ¿Por qué no se daba cuenta de eso?

Suspirando, se apoyó en los brazos para mirarla a los ojos. La luz de la luna se enredaba con su pelo, brillando como pequeños diamantes sobre su piel. Pasó una mano de su clavícula a su pecho y de allí a la curva de su cintura hasta encontrar su mano para enredar sus dedos con los de ella, mirándola a los ojos.

Luego, inclinándose a un lado de la cama, sacó un preservativo del bolsillo del pantalón y ella asintió con la cabeza, sus ojos de color peltre oscureciéndose mientras se lo ponía. Zak entró en ella, despacio, disfrutando de la sensación, tan suave, tan estrecho, tan húmedo, tan caliente, centímetros de puro placer.

Abby gemía, moviéndose debajo de él, y el sonido de sus gemidos era la música más dulce que había oído nunca. No necesitaba palabras y no ofreció ninguna. Las manos que le habían dado un masaje terapéutico por la tarde se volvieron íntimas, atrevidas, apretando su espalda con movimientos sinuosos. Se movían al mismo ritmo, como si hubieran hecho aquello miles de veces, como si formaran parte de una unidad y se hubieran separado por un momento para volver a unirse enseguida. El placer aumentó hasta llevarlo a la cima del mundo y Abby estaba allí, con él.

Cayeron juntos al precipicio y Zak explotó, deshaciéndose en pedazos, cayendo en el cálido santuario de su abrazo.

No quería moverse, quería quedarse allí para siempre, en aquella cama ridículamente pequeña, con Abby.

–Mi cama es más grande –murmuró.

Ella parpadeó y lo que vio en sus ojos lo dejó helado.

–No quiero dormir en tu cama.

–No tendríamos por qué dormir.

–No pienso ir contigo.

Lentamente, Zak se incorporó, mirando la pared. Eso era preferible que mirarla a los ojos y ver su rechazo.

–Pensé que acabábamos de compartir algo increíble.

–Ha sido increíble, pero no voy a cambiar de opinión.

«Sí lo harás», pensó él mientras se levantaba de la cama.

Y esperaba no estar equivocado.

Por una vez, Abby no estaba deseando abrir el salón de masajes. Apenas había podido pegar ojo esa noche y al ver las velas extinguidas al lado de la camilla recordó a Zak.

Recordar a Zak… no había podido dejar de pensar en él en toda la noche.

Afortunadamente no lo vio en todo el día, pero él apareció cuando iba a cerrar.

–Hola. ¿Qué tal el trabajo?

–Genial, agotador, pero eso es lo que quiero, muchos clientes. ¿Y tú?

–Te he echado de menos.

–Zak, no hagas esto –suspiró Abby, mirándolo a los ojos.

–Voy a seguir haciéndolo una y otra vez, todos los días si hace falta –dijo él, dando un paso adelante–.

Pero lo nuestro no ha terminado, ¿verdad? No puede haber terminado después de lo de anoche.

–Zak…

–¿No me dijiste una vez que era testarudo como todos los Tauro? Pues estoy dispuesto a ser más testarudo que nunca, te lo advierto.

Estaba tan cerca y olía tan bien. Abby se dio cuenta entonces de que llevaba una camisa que no había visto nunca.

–Estoy renovando mi vestuario –dijo él, como si hubiera leído sus pensamientos–. ¿Qué te parece?

Una camisa gris con rayas azules y una corbata marrón. Diferente.

–Te queda bien.

–Mañana tendremos una visita importante en el Centro y me gustaría que dejases libre una hora a mediodía.

–¿Quién es?

–Alguien que quiere retirarse y vivir aquí. Y parece muy interesado en Buenas Vibraciones, por cierto. Lo conocerás mañana. Ah, y vamos a comer juntos.

–Bueno, muy bien. Pero sobre la cena de esta noche…

–Esta noche llegaré tarde a casa. Quiero asegurarme de que todo esté listo para mañana.

–Nos vemos a las doce entonces.

Como no tenía nada que hacer, Abby decidió dar un paseo por el mercadillo que ponían todas las semanas cerca de la playa, un sitio lleno de turistas, con el sonido del océano de fondo. Poco tiempo atrás ella era una turista, ahora se sentía como si llevase allí toda la vida.

Podría llevarse Buenas Vibraciones a otro lugar de la costa, sin Zak. Pero no tenía dinero y en aquel momento no tenía energía para hacerlo. Además, eso significaría dejar sola a Aurora más tiempo del que deseaba.

Tenía que encontrar un apartamento, mantener su negocio y aprender a vivir viendo a Zak todos los días, se dijo. Sin abrirle su corazón.

Zak fue a buscarla al día siguiente, diez minutos antes de las doce.

–¿Ya ha llegado?

–No, va a llegar un poco más tarde de lo previsto –dijo él llevándola hacia el aparcamiento–. Pero antes de recibirlo tengo que hacer una cosa y necesito que vengas conmigo –añadió, abriendo la puerta de su coche.

–¿Dónde vamos?

–Espera y verás.

Unos minutos después, al ver que se dirigían a la casa, Abby lo miró, suspicaz.

–¿Por qué vamos a casa?

–Espera un momento… –Zak detuvo el coche en la entrada y señaló hacia el porche–. Mira.

Abby miró y lo que vio hizo que su corazón se volviera loco: el porche estaba lleno de tiestos y cintas amarillas atadas a los postes flotando en la brisa.

–¿Qué es esto, una fiesta?

–Abby, mírame.

Ella tenía miedo de mirarlo porque creía saber lo que estaba pasando: Zak quería demostrarle que estaba cambiando por ella, pero no era eso lo que esperaba.

–No me digas que no, por favor. Quiero que salgas del coche y vengas conmigo.

Abby salió del coche, nerviosa y cuando Zak apareció a su lado llevaba en la mano un ramo de margaritas.

–Oh, Zak…

–Ven, hay más.

–¿Más? Pero… ¡has comprado dos mecedoras!

–Una para cada uno.

–Pero si tú nunca tienes tiempo de sentarte más de cinco minutos.

–Eso va a cambiar.

Abby negó con la cabeza.

–No puedo, Zak… no puedo dejar sola a Aurora.

–Compraremos una mecedora para ella también. Ella es tu familia y yo estoy acostumbrado a vivir rodeado de parientes. Mi abuela vivía con nosotros hasta que murió. Y en casa siempre había tíos y primos. Echo eso de menos. Y te echo de menos a ti, Abby, te echo de menos en mi casa, en mi cama –Zak se acercaba a ella con la brisa en el pelo y el corazón en los ojos. No intentaba esconder sus emociones; estaban allí, en la rigidez de su mandíbula, en la fina línea de sus labios, en su voz ronca–. Quiero hacerme viejo contigo, Abby. Quiero que nos sentemos en estas mecedoras y nos demos la mano hasta cumplir los noventa años, viendo jugar a nuestros nietos.

Para disimular el temblor de sus manos Abby cerró los puños.

—Dices que me echas de menos, que me quieres en tu vida, pero yo tengo que proteger mi corazón. He vivido sin amor durante casi toda mi vida y no puedo...

—Abby, cariño —Zak tomó sus puños cerrados y los apretó contra su corazón—. Estaba llegando a esa parte pero, como siempre, tú vas un paso por delante de mí. Por favor, deja que te lo diga con mis propias palabras.

Ella esperó, con el corazón en un puño.

—Te quiero, Abigail Seymour. Cuando te vi en el mar esa mañana me volví loco. Me di cuenta de que vivía en el pasado, de que estaba viviendo la vida a medias. Que el sentimiento de culpa por la muerte de mi mujer no era nada comparado con lo que sentía por ti y que perderte sería peor que morirme.

Las emociones hacían latir el corazón de Abby al mismo ritmo que las olas. ¿La quería? Había dicho que la quería.

—No podía soportarlo, así que tuve que marcharme durante unos días para ver si recuperaba la cordura. Siento mucho haber tardado tanto... sabía que tú estabas dolida y me rompió el corazón ver la pena en tus ojos cuando te dejé en la isla. No sabes cuánto hubiera deseado tomarte por la cintura y subirte al helicóptero conmigo... pero no podía hacerlo. Tenía que recuperarme antes, pensar, convertirme en un hombre entero otra vez. Tú has hecho eso por mí. Tú has reunido las piezas de mi vida, hiciste que mirase hacia dentro cuando yo no quería hacerlo –Zak respiró profundamente, como para darse valor–. No sólo te quiero en mi cama, Abby, eso no es suficiente. Quiero vivir mi vida contigo, compartirla contigo. Cometí muchos errores con Diane… casi nunca la ponía por delante del trabajo, pero tú siempre serás lo primero, eso te lo prometo. Podemos levantar el Centro Capricornio juntos. Sé que no te merezco después de todo lo que ha pasado, pero quiero que me des otra oportunidad. Te suplico que me la des –le dijo, apretando sus manos–. ¿Quieres casarte conmigo, Abby? ¿Quieres ser la madre de mis hijos y pasar el resto de tu vida conmigo?

–Oh… –ella parpadeó, la respuesta en sus ojos llenos de lágrimas–. Es perfecto, absolutamente perfecto.

–Entonces, ¿qué dices?

–Bésame de una vez.

–Encantado.

Y en el beso estaba el amor que había visto en sus ojos, calentando sus labios y su corazón. Por fin, sin aliento, Zak se apartó.

–¿Tienes una respuesta para mí?

Abby intentaba secarse las lágrimas con una mano.

–¿De verdad necesitas una respuesta?

–Sí, quiero que me lo digas.

–Entonces la respuesta es sí. Por triplicado. Te quiero, Zak. Te he querido desde el primer día… –Abby se pasó una mano por la nariz–. No tengo pañuelo.

–Usa mi corbata.

–Pero tenemos un almuerzo importante...

–Y yo tengo un montón de corbatas.

Poco después, Zak ponía una mano en su espalda para entrar en el Centro Capricornio.

–Vamos a comer aquí mismo, en el restaurante.

–Ah, qué elegante –murmuró ella, preguntándose si estaba flotando. Aún no podía creer lo que había pasado media hora antes.

–Es un almuerzo importante, ya te lo dije.

Abby estiró las solapas de su chaqueta y se apartó el pelo de la cara.

–Estás perfecta.

El maître los recibió con todos los honores y las mesas tenían un aspecto invitador con sus manteles de lino marrón claro y sus impecables servilletas blancas.

Una mujer mayor con el pelo teñido de rosa, pantalones de color naranja y una blusa verde lima estaba estudiando la carta en una mesa cerca de la ventana. Estaba de espaldas a ellos, pero la única mujer que podía vestir así era...

–¿Rory?

La mujer se volvió con una sonrisa en los labios y Abby se llevó una mano al corazón.

–¡Eres tú! –exclamó, sintiéndose más feliz que en toda su vida–. Oh, Rory, cuánto me alegro de verte.

–Yo también, cariño –las palabras de Aurora apenas eran audibles porque Abby la estaba apretando contra su pecho.

–Tienes mucho mejor aspecto que la última vez que te vi. ¿Dónde está Maddie? ¿Cuándo has llegado? ¿Por qué no me has llamado para que fuera a buscarte al aeropuerto?

–Tu amigo fue a buscarme ayer.

–Mi… –Abby miró a Zak–. ¿Zak ha organizado todo esto? –preguntó, peligrosamente cerca de las lágrimas otra vez.

–Ayer pasamos la tarde conociéndonos y me ha alojado en una suite de lujo con servicio de habitaciones las veinticuatro horas –Rory sonrió, encantada–. Y he despedido a Maddie. Yo no necesito una cuidadora y…

–¡Pero yo no sabía que ibas a venir! No me habías dicho una palabra.

–Zak me hizo prometer que no diría nada.

–¿Pero desde cuándo os conocéis?

–Hemos tenido un par de largas charlas por teléfono…

–Oh, Zak… –de nuevo, Abby tuvo que hacer un esfuerzo para no echarse a llorar.

Había llevado a Aurora a Queensland para darle una sorpresa. Él sabía lo quería, lo que necesitaba. La conocía mejor que nadie.

–Necesito otro pañuelo –murmuró–. Nunca tengo un pañuelo cuando lo necesito.

–Ven aquí, cariño –sonrió Zak, pasándole un brazo por los hombros–. Usa mi corbata otra vez. Y la camisa también si te hace falta.

Un sollozo estrangulado escapó de su garganta; se sentía tan feliz que no podía creerlo.

–Ven aquí, Aurora, únete al grupo –sonrió, tomando a su madre de acogida, la mejor madre posible, por la cintura–. Lo siento, creo que estoy sufriendo una sobrecarga emocional.

Aurora fue la primera en apartarse.

–Bueno, vosotros dos podéis quedaros ahí abrazándoos todo lo que queráis, pero yo voy a sentarme a comer el menú lleno de calorías que Zak ha encargado para mí. Este hombre es un demonio.

Oh, si, Abby lo sabía. Un demonio, un seductor y...

–Ay, Rory, no te lo he dicho, pero este hombre que es un demonio además es mi prometido.

–Lo sé, cariño –sonrió ella–. Es el Tauro que siempre he visto en tu carta astral.

Abby no recordaba lo que había comido o si había comido en absoluto. Aurora y Zak hablaban como si se conocieran de toda la vida y era maravilloso ver a Aurora tan animada. Y Zak... en fin, por primera vez en su vida parecía vivo.

Dos horas después, a regañadientes, Abby se excusó para volver al trabajo, pero Zak le dijo que había contratado a otra masajista terapéutica para que hiciera su turno ese día.

Sí, había pensado en todo, desde luego.

Luego las llevó a casa y, mientras se la enseñaba a Aurora, Abby se quedó un poco atrás. Pero al pasar frente al dormitorio de Zak vio que sobre su mesilla había una fotografía suya, con el vestido verde esmeralda. El vestido que él le había quitado la primera noche que hicieron el amor...

Aurora y Zak estaban admirando el jardín, pero se volvieron cuando Abby llegó a la cocina.

–Ah, ahí estás –dijo su madre de acogida–. Iba a echarme una siesta.

–Si no te importa, Rory, Abby tampoco ha visto los planos para la reforma del estudio y me gustaría enseñároslos a las dos.

Abby lo miró, sorprendida.

–Pensé que ibas a convertirlo en un gimnasio.

–No, he cambiado de planes.

El estudio iba a ser convertido en una habitación de invitados, con su propia cocina y cuarto de baño.

–Pero yo no voy a hacer las reformas personalmente, he contratado a otra empresa porque ahora tengo cosas mejores que hacer –sus ojos estaban llenos de promesas–. Y Aurora podrá alojarse aquí siempre que quiera. Permanentemente, si eso es lo que decide.

–Y hasta entonces, Rory, puedes dormir en mi habitación –dijo Abby, mirando al hombre del que estaba locamente enamorada–. Porque yo me he mudado oficialmente.

Media hora después, Zak por fin pudo seducir a su prometida, pero decidieron mantener el compromiso en secreto hasta que Zak hubiese encontrado un anillo apropiado que enseñarle a todo el mundo. Aurora era la única que conocía la noticia… claro que seguramente lo habría sabido mucho antes porque les había hecho la carta astral a los dos.

Zak jugaba con su pelo mientras ella besaba su torso después de hacer el amor.

–Quiero una boda en el jardín –dijo Abby, entre besos–. Aquí, en la casa.

–Nos casaremos donde tú digas mientras lo hagamos pronto –rió Zak.

Ella lo miró con una sonrisa en los labios.

–Lo que yo quiera… ¿de verdad? Pues entonces dime una cosa: ¿cuándo supiste que te habías enamorado de mí?

–La noche que volví a casa y tú habías dejado la luz encendida. Entonces me di cuenta de que había estado esperando, que había puesto mi vida en pausa no por las razones que yo pensaba sino porque había estado esperándote. Por supuesto, entonces no lo sabía.

–Yo siempre te esperaré, Zak –murmuró Abby. Y sus besos lo calentaron de la cabeza a los pies.

–No habrá más esperas. No tendrás que dejar la luz encendida otra vez porque volveremos a casa juntos a partir de hoy –sonrió él, sobre sus labios.

Abby se apoyó en un codo para mirarlo a los ojos, esos ojos llenos de deseo y de amor, y le devolvió la sonrisa.

Estaba de vuelta en casa, en su hogar, era un hombre completo y, lo mejor de todo, era suyo. Abby suspiró, satisfecha, antes de volver a besarlo.

Misión cumplida.

DESEO

ANNE OLIVER

RECUERDO DE UN BESO

Capítulo Uno

Steve Anderson tenía que irse a dormir. Y lo último que necesitaba después de un frustrante día investigando un problema en el sistema de seguridad de un cliente era que su eterna fantasía nocturna interrumpiera su sueño.

Pero allí estaba su Honda Civic coupé, aparcado en la puerta de la casa que compartía con su hermana Cindy. Anneliese Duffield, hija de un conocido cardiocirujano de Melbourne, el doctor Marcus Duffield, era la mejor amiga de su hermana.

Y una experta en interrumpir su sueño.

Después de dejar su coche en el garaje, Steve pasó por delante del deportivo, un extravagante regalo del doctor Duffield por su veintiún cumpleaños, y volvió a arrugar el ceño, irritado por recordar ese detalle.

Apenas se habían visto en los últimos tres años. Anneliese había estado fuera del país con sus padres durante dieciocho meses y él solía viajar mucho. En las raras ocasiones en las que se habían encontrado ella siempre dejaba bien claro que no disfrutaba de su compañía. Pero Steve la había visto riendo y relajada cuando no sabía que la estaba observando… y había algo en aquella chica, además del deseo que provocaba en él, que siempre lo había turbado.

Mientras metía la llave en la cerradura se recordó a sí mismo que lo turbaba porque no tenía un ápice de sentido común. Era una niña mimada y cualquier problema que tuviera siempre era resuelto por su papá.

Pero siempre podía oler la fragancia que dejaba en el aire. Francesa, imaginaba, única e irrepetible, como si la fabricaran exclusivamente para ella. Y tal vez así era. En cualquier caso, parecía meterse bajo su piel, como una picazón imposible de rascar.

Anneliese y su hermana estaban charlando mientras compartían una tarta de queso, de modo que no se habían dado cuenta de su llegada y Steve se dijo a sí mismo que debía seguir adelante, ir a su habitación, darse una ducha. Algo. Cualquier cosa.

Pero en lugar de eso se apoyó en el quicio de la puerta para observar a Anneliese.

La luz de la cocina destacaba sus altos pómulos. Su pelo, castaño rojizo, cortado por la barbilla, enmarcaba un rostro ovalado y un cuerpo con todas las curvas en su sitio. La perfección total.

Pero eran sus ojos lo que más llamaba su atención. No eran verdes del todo y tampoco azules sino del color de las campánulas en un día nublado. Unos ojos que podían perseguirlo en sueños.

Si él lo permitía.

Irritado porque en demasiadas ocasiones no había sido capaz de evitarlo, Steve se apartó de la puerta con un brusco:

–Hola.

Anneliese volvió la cabeza, sorprendida.

–Hola, Steve –lo saludó su hermana.

–¿Me dais un poco de tarta? Estoy muerto de hambre.

Como era de esperar, el brillo en los ojos de Anneliese se enfrió y su postura se hizo más tensa. Pero al apartarse la cuchara de la boca dejó un trocito de queso en su labio inferior…

Incapaz de contener el deseo de molestarla un poco más, Steve señaló su labio con el dedo y vio cómo ella sacaba la punta de la lengua para apartarlo. No dejaba de mirarlo, como un conejito asustado.

Cindy, que no se había dado cuenta de nada, saltó de la silla, su coleta oscura moviéndose de un lado a otro, para darle un beso.

–Pues claro que puedes. Esperaba que llegases antes de que Annie se fuera. Espera, voy a buscar un plato.

Anneliese tenía el aspecto dulce e inocente de una niña y Steve tuvo que luchar contra las inapropiadas imágenes que aparecían en su cerebro.

–¿Qué tal, Anneliese?

–Bien…

Parecía tener problemas para encontrar la voz, pero su perfume flotaba por la cocina como una brisa de verano. Llevaba un elegante pantalón oscuro y un jersey de aspecto suave, seguramente de cachemir. En su pelo castaño había reflejos dorados, hechos en alguna cara peluquería, por supuesto.

Lo miraba arrugando el ceño pero, al mismo tiempo, irguió los hombros como preparándose para una pelea.

–Será mejor que me marche.

–No, por favor, seguid charlando. Parecía una conversación importante –Steve seguía mirándola, preguntándose cómo sería que Anneliese le sonriera algún día.

–Tarta de queso y fruta de la pasión –anunció su hermana, ofreciéndole un plato–. Tu favorita.

–Gracias.

–Y claro que la conversación es importante –dijo Cindy entonces–. Anneliese quiere ir sola a Surfers Paradise el miércoles y yo estoy intentando convencerla para que no lo haga.

«Pues buena suerte».

Por lo que él había visto, Annie siempre se salía con la suya. Pero estaba de acuerdo con su hermana: que una chica cruzase el continente sola no era buena idea.

Intentaba decirse a sí mismo que no era problema suyo, pero no funcionaba.

–Imagino que a tu padre no le hará ninguna gracia.

–Tengo veinticuatro años y puedo tomar mis propias decisiones –replicó ella.

Algunas personas no maduraban nunca, pensó Steve. ¿No le importaba que su madre hubiera muerto cinco semanas antes y que su padre pudiera necesitarla? La Costa Dorada de Queensland era un lugar turístico, no un sitio al que nadie fuera para contemplar su vida o curar sus heridas. Y Anneliese debería quedarse allí, con su padre, no irse a la playa.

–Algunas decisiones hay que tomarlas después de tener en consideración otras cosas –había intentado que su voz sonara neutral, pero tenía la impresión de no haberlo conseguido.

Por un segundo le pareció ver un brillo de dolor en los ojos de Anneliese, pero no tuvo tiempo de analizarlo porque Cindy intervino en ese momento:

–Tú sabes que Anneliese lo está pasando muy mal ahora mismo. Por favor, sé amable con ella.

La mirada de Steve se deslizó por las curvas de Anneliese bajo el jersey. Que fuese amable con ella… sí, podía imaginarse a sí mismo siendo amable con ella de la manera más vívida.

–Sé que tenías pensado ir a Brisbane la semana que viene y se me ha ocurrido una idea –dijo Cindy entonces–. Si no tienes mucha prisa, tú mismo podrías llevar a Annie y cuidar de ella…

Un gemido estrangulado escapó de la garganta de Anneliese, que se había quedado momentáneamente sin habla.

Como Steve.

¿Que cuidase de Anneliese como si fuera un escolta personal? ¿Ir los dos solos hasta Queensland, presumiblemente en el deportivo de Anneliese, un coche diminuto para un hombre que media más de metro ochenta y cinco?

Cindy debió intuir su respuesta porque lo miró con esa expresión con la que siempre se salía con la suya.

–Por favor, Steve. Iría yo misma, pero estoy intentando conseguir un ascenso y no es buen momento para irme de la oficina.

Steve se volvió hacia Anneliese, que parecía tan sorprendida como él, pero dirigió su pregunta a Cindy:

–¿No crees que deberías preguntarle a tu amiga qué opina sobre el asunto?

–Lo haría por mí. ¿Verdad que sí, Annie? Bueno, pues ya está.

Él dejó escapar un largo suspiro. Debía haber asentido con la cabeza sin darse cuenta porque su hermana lo miraba con una sonrisa en los labios. Aparentemente, todo estaba decidido.

–Es mi hermano mayor, Annie, tú sabes que puedes confiar en él. Steve cuidará de ti, no te preocupes.

–No estoy preocupada –Anneliese se aclaró la garganta, sus ojos volviendo al azul glacial–. Gracias de todas formas, pero no necesito un pasajero que me obligue a ir charlando durante todo el camino. Y tampoco necesito que nadie me arrope por las noches.

Steve carraspeó para aclararse la garganta.

–Yo no soy muy hablador. En cuanto al resto…

Sus ojos se encontraron y casi podría haber jurado que estaban viendo la misma imagen: dos cuerpos desnudos sobre unas sábanas revueltas, las largas piernas de Anneliese alrededor de su cintura, suspiros impacientes llenando el aire…

Ella apartó la mirada, mordiéndose el labio inferior.

«No te desconcentres», pensó Steve. Además, Cindy tenía razón: Anneliese necesitaba un guardaespaldas.

–Tengo que instalar un sistema de seguridad en Queensland, además de ver a otros clientes. Si lo que te preocupa es el espacio, yo suelo viajar ligero de equipaje. Puedo enviar el equipo que necesito por avión y… –se detuvo al oír un estruendo en el cuarto de la lavadora–. ¿Qué es eso?

–Fred, mi urraca. Cindy va a cuidar de él mientras yo estoy fuera –contestó Anneliese–. Y yo no voy a Brisbane, voy a la Costa Dorada de Queensland.

Él sonrió, desdeñoso.

–Tengo un horario flexible y Brisbane sólo está a una hora de Surfers.

Cindy apretó el brazo de Anneliese.

–Yo dormiría más tranquila si mi hermano fuera contigo. Así sabré que estás en buenas manos.

Steve metió las «buenas manos» en los bolsillos del pantalón vaquero.

–Muy bien, el miércoles entonces. Y quiero salir a las seis de la mañana –dijo Anneliese.

Steve vio muchas dudas en sus ojos, pero se limitó a asentir con la cabeza.

–Nos vemos en tu casa a las seis menos cuarto entonces. Éste es el número de mi móvil –sin dejar de mirarla sacó una tarjeta el bolsillo y la dejó sobre la mesa–. Por si cambias de planes.

Anneliese se llevó una mano a la garganta, como si de repente tuviese problemas para respirar.

–Perdonad un momento…

Anneliese no podía dejar de mirar a Steve. Sus pies se quedaron clavados al suelo durante lo que le pareció una eternidad antes de que pudiera escapar al refugio del baño.

Sin aliento, tuvo que apoyarse en la puerta.

Steve Anderson, el hermano de su mejor amiga. Peor, el hombre al que hacía lo imposible por evitar. ¿Por qué había tenido que aparecer justo en ese momento?

Desde la noche de su veintiún cumpleaños había conseguido no cruzarse con él apenas… pero no lo había olvidado nunca.

Parpadeó varias veces, pero la imagen seguía ahí: un metro ochenta y cinco de hombre, con unos vaqueros gastados y unas botas de motero.

Tenía el pelo castaño oscuro que siempre llevaba demasiado largo, los ojos marrones con puntitos dorados y la piel bronceada. Y seguía llevando aquel viejo chaleco acolchado, una cosa negra sin forma con el logo de un concesionario de coches en la espalda.

¿No se lo quitaba nunca? No, no quería pensar en él quitándose ese chaleco porque entonces empezaría a pensar en la camisa de franela que llevaba debajo y en cómo sería tocarla… tocarlo a él, el vello oscuro que asomaba por los botones desabrochados…

Intentando contener un gemido, Anneliese se inclinó sobre el lavabo para mojarse la cara con agua fría. Prefería morir antes que sucumbir a la tentación.

Cuando necesitaba un acompañante para alguna función social los hombres con los que salía la trataban con respeto, dejándola en la puerta de su casa después de un casto beso en la mejilla. Como ella esperaba. Y como ella prefería.

Steve Anderson no se detendría en el beso. Ni en la puerta.

Y tenía la horrible sensación de que tampoco ella intentaría detenerlo.

Era un hombre… peligroso.

Su voz ronca vibraba por el pasillo hasta llegar a la puerta del baño y oyó a Cindy reír.

¿No pensaba irse nunca?

Nerviosa, se arregló un poco el pelo frente al espejo, pero evitó mirar su cara atentamente porque temía lo que podría ver… unas mejillas encendidas y unos ojos brillantes que confirmarían lo que llevaba tres años intentando negarse a sí misma: por alguna inexplicable razón, Steve Anderson la atraía como ningún otro hombre. Inexplicable porque no entendía que pudiera sentirse atraída por alguien que cambiaba de pareja como de camisa.

De modo que no tenía intención de dejar que la acompañase al otro lado del país. Se iría el martes, al día siguiente, en aquel mismo instante si era preciso.

–Lo siento, Cindy –murmuró–. Me da igual que tu hermano sea una persona de confianza o que tú estés preocupada por mí.

Descubrir a la auténtica Anneliese y tomar el control de su vida era algo que debía hacer sola. Y también evitar a hombres guapísimos que la hicieran perder la cabeza mientras se buscaba a sí misma.

Sólo un par de estrellas brillaban en un cielo cubierto de nubes mientras guardaba la última maleta en el deportivo el martes por la mañana.

–Bunnykins…

Anneliese giró la cabeza y se le encogió el corazón al ver a su padre en el porche, en pijama, su pelo gris despeinado.

–Papá, hace mucho frío y no llevas puesto el batín. Venga, vuelve dentro. Te dije anoche que no me iría sin despedirme.

–Pero hija…

–Vuelve dentro, iré enseguida.

Mientras lo veía entrar de nuevo en la casa se sintió culpable y casi estuvo a punto de echarse atrás. Hasta cinco semanas antes su vida había ido sobre ruedas, su mundo era seguro. Jamás hubiera imaginado que algún día dejaría el santuario de la casa de sus padres, el único hogar que había conocido, para irse a mil setecientos kilómetros de allí, a un sitio en el que no había estado nunca.

Pero ese mundo seguro se había venido abajo.

Toda su vida era una mentira.

Sus padres, las personas en las que más confiaba, que le habían enseñado que la verdad era oro, le ha-

11

bían mentido. La habían traicionado. Habían mentido por omisión, pero era una mentira en cualquier
caso y ella debía descubrir la verdad.

Lo encontró en la cocina, haciéndose un té.

–Deja que lo haga yo –murmuró, quitándole la tetera de la mano–. Te he dejado comida para doce días,
está todo en el congelador con su correspondiente eti-
queta. He planchado tus camisas y la despensa está llena.

–Tu madre estaría tan… –su padre hizo un gesto
con la mano.

–No, papá –los ojos de Anneliese se llenaron de lágrimas mientras lo abrazaba por última vez.

Habría hecho lo que pudiera para evitarle ese dolor, pero también ella estaba sufriendo. Sufría porque
aún no podía contarle la verdad sobre su marcha y sufría porque eso la hacía sentir culpable, pero tenía que
hacer lo que tenía que hacer y tenía que hacerlo en ese
momento.

–Cuando vuelva, hablaremos –le dijo, apartándose–. Tengo que irme temprano por el tráfico, papá.
Pero tendré cuidado, te lo prometo.

–Sé que lo harás, Annie.

Parecía más convencido que ella misma y Anneliese dejó escapar un suspiro de alivio antes de darle un
beso en la mejilla. Estaba a punto de decirle «te quiero», pero por alguna razón no era capaz de pronun-
ciar unas palabras que siempre había podido pro-
nunciar sin ningún problema.

Anneliese tomó su bolso y se dirigió a la puerta, sin
mirar las antigüedades, los objetos de porcelana del salón, la antigua lámpara de la entrada. Ni siquiera el
sombrero de su madre en el perchero del vestíbulo. Es-

pecialmente ese sombrero… una de las pocas cosas que no había podido tirar cuando se deshizo de sus cosas.

Subió al coche, respiró profundamente y arrancó, pulsando el mando que abría la verja de la entrada.

¿Podría hacerlo?, se preguntó. ¿Podía recorrer sola tantos kilómetros? Ella nunca había tenido que ser independiente, pero quería serlo, necesitaba serlo e iba a empezar en aquel mismo instante.

Su corazón latía como loco, pero apretó el volante con fuerza y se concentró en mirar hacia delante…

Y fue entonces cuando vio la figura de un hombre en medio del camino. A la luz de los faros vio que era un hombre alto de pelo oscuro, con unos vaqueros gastados… y un chaleco negro. Sonriendo, Steve se inclinó para recoger una mochila y echársela al hombro.

Oh, no. No podía ser.

Anneliese pisó el freno cuando él puso las manos en el capó del coche, unas manos grandes y fuertes. Y tuvo la extraña sensación de que Steve Anderson no estaba poniendo las manos sobre el capó de su coche sino sobre su propio cuerpo.

Capítulo Dos

Steve abrió la puerta del pasajero y estaba tirando la mochila en la parte de atrás antes de que Anneliese tuviera tiempo de decirle que se fuera. Apartando la chaqueta y el bolso del asiento antes de que ella pudiese recordar dónde estaba el pedal del acelerador.

—Buenos días —sonriendo, Steve miró su reloj—. Ah, justo a tiempo. Las seis y dos minutos. Me gustan las mujeres puntuales.

—Hoy es martes.

—Ya lo sé.

—Se supone que nos íbamos el miércoles.

—Pero veo que has cambiado de idea —sin dejar de sonreír, Steve se puso el cinturón de seguridad—. Bueno, vámonos. Cuanto antes salgamos menos tráfico encontraremos. ¿O quieres que conduzca yo?

—No, tú no vas a poner las manos en mi coche —Anneliese dejó escapar un suspiro mientras pulsaba el mando para cerrar la verja de nuevo.

Steve no volvió a decir nada y eso le dio tiempo para pensar. Tal vez era mejor así, se dijo. Ya no estaba sola y su ansiedad empezaba a desaparecer. Si se mantenía en su lado y no le hablaba con esa voz tan varonil, no pasaría nada. Además, la presencia de Steve Anderson haría que dejase de pensar en todo lo que estaba dejando atrás.

Anneliese intentaba calmarse, pero salió a la carretera con un chirrido de neumáticos.

–Cuidado...

–No me digas cómo tengo que conducir.

Steve se mantuvo en silencio durante unos minutos.

–Sólo una observación: si quieres que lleguemos a la autopista de la costa antes del almuerzo deberías haber girado a la derecha en la intersección.

–Es por la costumbre –murmuró ella, furiosa consigo misma por haberlo olvidado y buscando la forma de dar la vuelta.

–Claro, ya me imagino. Todas esas fabulosas boutiques en Toorak Road.

Anneliese sintió que deslizaba la mirada por su blusa de seda color limón.

–Es el camino a la consulta de mi padre, donde yo trabajo –lo corrigió–. Pero imagino que este viaje debe ser un aburrimiento para ti. Con tanta vida social...

–No, en absoluto.

¿Estaría entre relación y relación?, se preguntó. ¿Tendría relaciones siquiera un hombre que cambiaba de novia como de camisa o serían sólo aventuras de una noche?

–¿Has acampado delante de mi casa o qué?

–No, pero tenía la impresión de que cambiarías de planes y se te olvidaría decírmelo. Raro, ¿verdad?

Anneliese sentía que le ardían las mejillas y agradeció la oscuridad. Estaba deseando desabrochar el primer botón de su blusa o encender el aire acondicionado, pero eso sería como admitir que la ponía nerviosa y no estaba dispuesta a hacerlo.

–Pero no se te olvidó, ¿no? –siguió Steve–. No tenías la menor intención de llamarme.

–Ya te dije que no necesitaba pasajero. Y aún puedes tomar un avión. Puedo dejarte en el aeropuerto…

–A lo mejor tampoco yo necesito viajar con nadie –la interrumpió él–. ¿Se te ha ocurrido pensar que sólo he aceptado acompañarte porque me lo ha pedido mi hermana? ¿Porque he pensado en tu padre?

–Muy bien, de acuerdo –suspiró ella–. Lo siento. Tal vez deberías llamar a Cindy. Dile que no se preocupe, que su hermanito lo tiene todo bajo control.

–No, es muy temprano. Pero le he enviado un mensaje al móvil antes de que abrieses la verja.

–Estás muy seguro de ti mismo, ¿no?

–Mucho, sí. Mientras tú… tú no lo estás, no lo has estado nunca. Tu rostro es como un libro abierto, Anneliese. Un libro muy bonito, por cierto.

Su mirada era tan potente, tan certera, que Anneliese hubiera querido encogerse en el asiento. Porque tenía razón. Y, en lugar de usar la máscara de frialdad tras la que solía esconderse, lo miró, furiosa.

–A lo mejor yo quiero que leas el siguiente mensaje: no quiero que vengas conmigo.

–Cierto, pero entonces tendría que preguntarme por qué.

–Deja que te diga por qué: porque eres arrogante, insoportable y… auténtico.

Oh, no, ¿había dicho aquello en voz alta? Por el rabillo del ojo vio que Steve sonreía. Sí, lo había dicho.

–No soy el tipo suave y delicado al que estás acostumbrada, ¿verdad, Anneliese?

–No me refería a eso –murmuró ella, enfadada consigo misma. Se negaba a recordar el sueño que había tenido esa noche, en el que había manos y piernas y mucha crema corporal. Y él, Steve–. No quiero compañía porque tengo un asunto personal y privado del que quiero encargarme.

–Yo sólo soy tu compañero de viaje –le recordó Steve–. Y no estamos intentando batir un récord de velocidad, por cierto. Además, podrías llamar a tu padre para decirle que voy contigo. Seguro que así se quedaría más tranquilo.

¿Quién era él para recordarle sus responsabilidades? Anneliese respiró profundamente, contando hasta diez.

–Pienso hacerlo en cuanto paremos un momento. ¿Se te ha olvidado que no se puede conducir y hablar por el móvil a la vez?

–No, qué va. Y hablando de cosas peligrosas e ilegales, ¿siempre conduces a esta velocidad?

–Cuando me presionan, sí.

Y, sin la menor duda, su papá pagaría las multas, claro.

Steve la estudió, en silencio. Lo que estaba imaginando en aquel momento sí era peligroso y sin duda también ilegal. Pero esos botoncitos de la blusa parecían estar suplicando que los desabrochase hasta el ombligo. Y cuando le quitase el sujetador para explorar el resto de su anatomía estaba seguro de que ese ombligo sería tan precioso como todo en ella…

«Para ya. Sólo es tu compañera de viaje».

Aunque si hubiera podido elegir, no lo sería.

Y ella aún no lo sabía, pero el asunto que la llevase a Surfers Paradise también era asunto suyo. Por Cindy, por Marcus y porque no confiaba en su buen juicio.

Su perfume lo envolvía en el interior de un coche tan pequeño y más cuando se inclinó un poco para encender el estéreo.

Para poner música clásica.

Debería haberlo imaginado, pero eso no auguraba un viaje muy divertido. Sintiéndose limitado, atrapado, Steve bajó la cremallera de su chaleco y cerró los ojos.

Sí, iba a ser un viaje muy largo.

Cuando abrió los ojos de nuevo seguía sonando música clásica en el estéreo, pero Anneliese había bajado el volumen. Y el paisaje había pasado de suburbano a rural. Al otro lado de la ventanilla sólo veía granjas y viñedos.

Steve comprobó el reloj y la velocidad del coche. Si sus estimaciones eran correctas debían estar en el valle de Goulburn.

—Hora de desayunar —anunció, al ver un pueblo a lo lejos—. Estaba pensando en huevos revueltos con beicon, tostadas, salchichas y un par de cafés.

—Pues será mejor que pidas cita con mi padre cuando vuelvas a casa —comentó Anneliese, burlona.

Se había puesto unas gafas de sol, de modo que no podía ver sus ojos.

—Yo hago mucho ejercicio. No me digas que tú eres una de esas mujeres que se saltan el desayuno.

—No, claro que no. Pero intento no comer muchas grasas y no me las podría quitar de encima sentada en un coche todo el día. Una dieta equilibrada…

—No hace falta que me des una charla —la interrumpió Steve. Evidentemente, ella se la sabía de memoria siendo hija de un eminente cardiocirujano—. Saldré a correr un rato cuando paremos por la noche.

Por la noche. Anneliese y él iban a dormir… cerca.

El pensamiento era tan turbador que tal vez tendría que correr más de lo normal esa noche.

–Veo que te gusta la música clásica –dijo entonces, para pensar en otra cosa.

–Sí –contestó ella, sin dejar de mirar la carretera.

–¿Y otro tipo de música? ¿Te gusta el rock, el country, el heavy metal?

–En casa sólo escuchamos música clásica.

–Ya, bueno, ¿pero te gusta otro tipo de música cuando estás sola?

–Mi madre decía que los clásicos… –Anneliese se mordió los labios, sin terminar la frase, y apagó el estéreo para poner la radio. Pero cuando empezaron a sonar ruidos estáticos la apagó.

Vaya, culpa suya, pensó Steve. «Por favor, que no se ponga a llorar». Pero se daba cuenta de que estaba disgustada de verdad y lo entendía. Su propia madre había sido siempre un conflicto para él. Claro que las circunstancias eran diferentes… Marlene Anderson había abandonado a su marido y sus dos hijos veinte años antes, pero Steve aún recordaba el dolor que había sentido.

–Oye… –empezó a decir, poniendo una mano en su brazo.

Pero al rozar la seda de la blusa tuvo que apartar la mano, como si hubiera recibido una descarga eléctrica. Bueno, decidió, eso le daba algo en lo que pensar. O no.

–Curará con el tiempo –le dijo.

La descarga seguía vibrando en su mano, en su cerebro. Sí, se sentía atraído por ella, eso ya lo sabía, pero era más potente de lo que había imaginado y había imaginado mucho. Ninguna otra mujer había conseguido… ¿qué?

En fin, ahora que lo sabía no volvería a tocarla, pensó.

—Pararemos aquí un momento y luego conduciré yo —dijo Steve cuando llegaron a la entrada de un pueblo.

Anneliese aparcó frente a la terraza de una cafetería y se sentaron bajo una sombrilla. Steve pidió el desayuno y ella café y un cruasán relleno de ensalada.

—¿Estás bien?

—Sí, gracias —murmuró ella, sin mirarlo.

No era más de lo que Steve había esperado, pero parecía tan frágil como Cindy le había dicho. Y no era sólo la muerte de su madre… veía algo más que eso en sus ojos. Veía furia, desilusión. Serios problemas personales.

—Si quieres contarme qué te pasa…

Anneliese no se molestó en contestar.

—¿Seguro que no quieres comprar algo de comer antes de ponernos de nuevo en camino? —insistió Steve cuando volvieron al coche.

—No.

—Bueno, pero luego no me pidas un trozo de mi chocolatina gigante —suspiró él, poniéndose las gafas de sol—. Yo conduciré.

—No, espera —Anneliese se mordió los labios y pareció pensárselo un momento antes de poner las llaves en su mano—. Voy a comprar agua mineral.

Steve la vio cruzar la calle mientras acariciaba las llaves, aún calientes de su mano. Tenía un cuerpazo, pensó, observando su redondo trasero y la blusa con la que no podía dejar de fantasear.

Y todo elegantemente envuelto como el llavero que tenía en la mano.

Él estaba acostumbrado a chicas alegres, abiertas, coquetas y que sabían pasarlo bien. Chicas que entendían las reglas: nada serio. Y cuando dejaba de ser divertido para alguno de los dos era hora de seguir adelante. Pero una chica como Anneliese no haría nunca algo así.

Unos minutos después, ella volvió con una bolsa en la mano y se dejó caer sobre el asiento del pasajero. Parecía diferente, más alegre quizá, como si se hubiera quitado un peso de encima. No podía ver sus ojos tras las gafas de sol, pero sus labios se curvaban en una sonrisa estilo Mona Lisa.

Tal vez se había equivocado, pensó. Tal vez Anneliese no sabía pasarlo bien porque nadie le había enseñado a hacerlo.

Y estaba seguro de que el numerito de la doncella de hielo lo reservaba para él. Tal vez con otro hombre...

–¿Nos vamos?

–Sí, claro.

El cielo empezaba a encapotarse en ese momento y las ramas de los árboles eran violentamente sacudidas por el viento.

Steve se alegraba de que Anneliese no quisiera charlar. Después de todo, ¿qué tenían en común?

Salvo lo que sentían el uno por el otro, claro. Porque Anneliese sentía algo, estaba seguro. Si se echaba un poco más a la derecha se saldría por la puerta.

Aunque él no estaba mirando.

Pero no tenía que mirar para saber cómo esa blusa se había pegado a sus pechos cuando levantó las manos para colocarse el pelo detrás de las orejas. Y no podía evitar escuchar sus gemidos cuando cambiaba de postura o cruzaba las piernas, con su perfume envolviéndolo como un abrazo.

Aquello era una tortura.

Pararon tarde para comer y, después, un accidente en la carretera provocó retenciones hasta que cayó la noche, como una manta sobre el paisaje.

Habían hecho turnos para conducir durante todo el día, de modo que Steve no había tenido nada que hacer más que concentrarse en no pensar en su proximidad. Pero el silencio en el interior del coche empezaba a ponerlo nervioso. Y eran más de las diez.

–Tenemos que parar en algún sitio para dormir. ¿Se te ocurre alguno?

–No, yo esperaba seguir conduciendo todo el día.

–De eso nada, yo tengo que dormir un rato.

–Pues entonces seguiré conduciendo yo, tú puedes dormir todo lo que quieras –sin apartar los ojos de la carretera, Anneliese abrió un mapa sobre sus rodillas.

–Muy bien –asintió él, cerrando los ojos.

Steve despertó sintiéndose vagamente desorientado. Y cuando miró el reloj comprobó que había pasado más de una hora. Algo extraño ocurría… no estaban en una autopista.

–Esperaba que estuviéramos más cerca de Moree, pero… creo que tal vez nos hemos equivocado de dirección.

–¿Nos hemos equivocado? ¿Las condiciones de la carretera no te han dado una pista? –exclamó él, mirando por la ventanilla–. ¿Por qué no me has despertado? Para un momento en el arcén.

Anneliese lo hizo sin discutir y tampoco discutió cuando le quitó el mapa.

–Íbamos en la dirección adecuada hasta ahora…

22

–No, Anneliese –suspiró él, señalando el mapa–. Has debido girar en esta intersección sin darte cuenta... deja, yo conduciré. Hay que dar la vuelta.

–No, de eso nada –replicó ella, arrancando de nuevo–. ¿Qué es ese ruido...?

–Lo que nos faltaba.

Los dos habían hablado al mismo tiempo.

–Para otra vez, por favor –suspiró Steve.

Un viento helado golpeó su cara cuando salió del coche. Y después de confirmar el problema, asomó la cabeza en el interior para darle a Anneliese la buena noticia.

–Hemos pinchado –le dijo, abrochándose el chaleco–. Menos mal que no es nada serio o estaríamos tirados aquí durante horas.

Capítulo Tres

Un pinchazo.

Una rueda pinchada.

De modo que necesitaban una rueda de recambio.

La rueda de recambio que se le había pinchado tres meses antes y de la que se había olvidado por completo.

Anneliese cerró los ojos. Sentía como un agujero en el estómago y le gustaría colarse en él y desaparecer por completo. Y ella queriendo ser independiente…

–Ayúdame a sacar tus cosas del maletero y yo la cambiaré –dijo Steve–. A lo mejor aún podemos llegar a Moree antes de la medianoche.

Anneliese apagó el motor, pero se quedó donde estaba. Y cuando abrió los ojos encontró a Steve asomado a la ventanilla, mirándola.

–Dime que llevas gato.

–Sí, lo llevo.

–Menos mal. Por un momento he pensado que…

–Pero la rueda de repuesto está pinchada.

–¡La rueda de repuesto está pinchada!

–Se me olvidó cambiarla –empezó a decir Anneliese. Aunque no le dijo que su padre consideraba una tarea de hombres encargarse del coche y, por lo tanto, ella no se había preocupado.

–¡Habías planeado recorrer mil setecientos kilómetros sin acordarte de la rueda de repuesto y sin llevar el coche al taller para una revisión, pero seguro que no se te ha olvidado traer tu colonia! –exclamo Steve, apartándose del coche.

–Para tu información…

«Olvídalo, no te va a escuchar. No quiere escucharte».

Y, además, lo que había dicho era la verdad.

Anneliese vio que le hacía un gesto para que apagase los faros mientras sacaba algo del bolsillo.

¿Qué habría hecho de estar sola?, se preguntó. Exactamente lo que estaba haciendo él: pedir ayuda por el móvil.

Pero ella había jurado tomar el control de su vida, pensó, enfadada consigo misma. ¿Por qué no había empezado a hacerlo antes de emprender el viaje? Ahora estaba sola en medio de una carretera solitaria… no, peor, estaba con Steve Anderson, que se había hecho cargo de la situación.

No podía apartar los ojos de él. Aparte del omnipresente chaleco, ¿qué tenía aquel hombre? Ninguno la había turbado de tal manera. ¿Por qué era diferente Steve? ¿Porque no la trataba como la trataban los chicos con los que salía?

Anneliese recordó entonces la fiesta de su veinte cumpleaños en el exclusivo club de campo de Melbourne. Cuando la mayoría de los invitados se habían ido, Steve apareció para llevar a Cindy a casa y, no sabía cómo, se había encontrado a solas con él en el aparcamiento…

–Feliz cumpleaños.

Su voz, ronca y masculina, resonaba en los oídos de Anneliese, haciendo que su sangre burbujease como el champán que había estado bebiendo toda la noche.

–Gracias –consiguió decir, hipnotizada por una sonrisa tan potente como sus intensos ojos oscuros.

Debería haber pasado a su lado, pero sus pies parecían pegados al suelo. Iba despeinado, con sombra de barba de más de tres días… y tenía una mancha de grasa en el brazo, como si hubiera estado reparando un coche. Con unos vaqueros rotos y una camiseta negra, parecía darle igual que hubiese un código de vestimenta en el club, aunque sólo hubiera ido a buscar a su hermana.

Y, sin embargo, el pulso de Anneliese se aceleró. Steve Anderson era el tipo de hombre que ella intentaba evitar…

–Estás sensacional esta noche.

Y Anneliese, con su elegante vestido de organza, se quedó aún más inmóvil, como una estatua.

–Gracias otra vez –respondió, después de aclararse la garganta–. Cindy está dentro.

–Siento llegar tarde… he estado intentado arreglar el coche –Steve pareció vacilar–. ¿No me vas a dar un beso?

Cuando dio un paso adelante Anneliese notó el olor a aceite, gasolina y sudor masculino.

Y, de repente, sintió pánico, no sabía por qué.

–Si me tocas, yo… –no terminó la frase. Le temblaban los labios y, sin pensar, ella misma se había echado un poco hacia delante.

–¿Qué, Anneliese?

Podía sentir la vibración de sus labios, su aliento, mientras cerraba los ojos para el asalto final.

Y luego… nada.

–No, mejor no –dijo Steve–. Porque te pasarías el resto de la noche despierta y deseando algo más que un beso.

Anneliese abrió los ojos. La boca de Steve seguía a un centímetro de la suya, pero aun así no estaba lo bastante cerca.

Nunca estaría lo bastante cerca.

Le ardían las mejillas de rabia y le habría gustado darle una bofetada en ese rostro tan arrogante, pero él dio un paso atrás.

—Y te odiarías a ti misma por la mañana.

Anneliese revivió esas emociones mientras lo miraba por el parabrisas. En las pocas ocasiones que habían coincidido, ninguno de los dos había vuelto a mencionar el incidente, pero siempre estaba ahí, entre ellos.

Y por eso a Steve no le hacía la menor gracia ir con ella en aquel viaje. Lo había hecho por Cindy, porque su hermana se lo había pedido.

Lo miró ahora, el viento moviendo su pelo demasiado largo…

A algunas mujeres les gustaba ese tipo de hombre. A muchas mujeres, por lo visto. Y por eso sabía que no se conformaría con un beso casto en la puerta de su casa.

En cuanto al «no beso» de su cumpleaños… bueno, nunca lo sabría.

Anneliese lo vio guardar el móvil en el bolsillo de los vaqueros y acercarse de nuevo al coche.

—Antes de nada, te pido disculpas —fue lo primero que dijo al entrar, llevando con él el frío de la noche—. No debería haber dicho eso de la colonia.

—Ya, bueno, no importa. ¿Qué pasa ahora?

—Que no hay cobertura —suspiró él—. Lo intentaré

otra vez más tarde, pero necesitamos una grúa así que me temo que vamos a tener que pasar la noche aquí. A menos que pase alguien que nos eche una mano…

Anneliese se dijo a sí misma que el pellizco en el estómago que acababa de sentir era porque no había cenado, que la única razón por la que sentía ese escalofrío era por el viento helado. Pero era algo más que eso.

Su irresponsabilidad los había puesto en aquel aprieto. Y ahora estaban tirados en una carretera oscura. Juntos. Solos.

—Lo siento.

—Estas cosas pasan —sonrió Steve, tocando su hombro.

Pero Anneliese estaba segura de que esas cosas no le pasaban a él.

—¿Tienes una toalla, una manta, algo para taparnos?

¿Compartir calor corporal con Steve Anderson? Su pulso se aceleró. Por un momento pensó decirle que no, pero eso sería tan tonto como viajar sin llevar una rueda de repuesto.

—Creo que hay una manta en el maletero —Anneliese salió del coche y se dirigió a la parte de atrás, luchando contra el viento.

Steve apareció a su lado enseguida, quitándose el chaleco.

—Toma, estás temblando.

Y antes de que ella pudiera evitarlo le puso el chaleco sobre los hombros, todavía caliente de su cuerpo.

No lo necesitaba, no quería respirar su aroma.

—No hace falta, estoy bien.

–Póntelo, yo no tengo frío –insistió él–. Y vuelve al coche, yo buscaré la manta.

Anneliese hizo lo que le pedía y Steve se reunió con ella un minuto después, manta en mano. Una manta de su dormitorio que parecía empequeñecer el interior del coche aún más.

–Echa tu asiento hacia atrás –su aliento le hacía cosquillas en la oreja y sus manos parecían tan grandes y masculinas sobre la manta de color rosa mientras la colocaba sobre los dos.

Anneliese se quedó completamente inmóvil y hasta su corazón pareció detenerse un momento. Era como estar tumbada en la cama con él. Sólo tendría que inclinarse un poco más para rozar sus labios y sentía la tentación de hacerlo.

–El volante te molestará –siguió él–. Y si queremos que la manta sirva de algo, lo mejor es que estemos lo más cerca posible.

–¿Más cerca? –murmuró Anneliese.

Luego se dio cuenta de que Steve esperaba que reclinase el asiento y lo hizo, quedando hombro con hombro. Sólo el freno de mano evitaba que sus piernas se rozasen, afortunadamente.

Nerviosa, cerró los ojos y empezó a contar: uno, dos, tres…

–No voy a hacerte daño –dijo Steve.

La absoluta sinceridad que había en su tono consiguió que se relajase un poco.

–Lo sé. Eres el hermano de Cindy.

–¿Sólo me ves como el hermano de Cindy?

–Como sólo te veo cuando estoy con ella…

–Ah, qué interesante.

–¿Es así como me ves tú, como la amiga de Cindy?

–cuando abrió los ojos encontró a Steve mirándola y tuvo que tragar saliva.

–Ahora no estamos con Cindy.

El corazón de Anneliese amenazaba con salirse de su pecho y tuvo que apartar la mirada. ¿Ésa era su repuesta?

Steve se incorporó un poco.

–Me he preguntado muchas veces cómo es posible que mi hermana y tú os llevéis tan bien.

–Y yo me pregunto cómo es posible que Cindy y tú seáis hermanos.

Steve sonrió… y qué sonrisa. Se le formaban arruguitas alrededor de los ojos y, teniéndolo tan cerca, podía ver un diente un poco torcido que le daba un aspecto más juvenil. Nunca se había fijado antes.

–Yo también me lo pregunto, no creas –le dijo, sacudiendo la cabeza–. A lo mejor soy adoptado.

La sonrisa de Anneliese desapareció. El minuto de relajación se había roto, dejándola helada hasta los huesos. Estaba pegada a otro ser humano y, sin embargo, nunca se había sentido más sola.

–Oye, ¿qué pasa? –también la sonrisa de Steve había desaparecido mientras alargaba una mano para tocar su cara.

La sensación de ser tocada, de tener contacto humano, logró calmar un poco el dolor, pero Anneliese se apartó, asustada de sus propias emociones. Asustada de él, de su calor, de su proximidad, de aquella potente y poco familiar masculinidad.

No quería que Steve interrumpiera lo que tenía que hacer. No quería estar con él, punto. Sólo quería llegar a su destino.

–No pasa nada, es que tengo hambre –mintió–. Voy

a tener que pedirte una de esas chocolatinas que tan sensatamente compraste esta mañana.

Steve la estudió, como intentando averiguar si había una segunda intención en esa frase.

–¿Te refieres a ésas cargadas de calorías y rellenas de caramelo?

–Sí, a ésas. Y yo tengo una botella de agua mineral, por si tienes sed.

–Trato hecho –Steve encendió la luz del coche antes de abrir la guantera–. Habrá que guardar algo para el desayuno porque sólo quedan seis porciones. Si comemos ahora…

–¿Sólo seis? ¿Cuántas te has comido?

–Me temo que el chocolate es mi debilidad –sonrió Steve, cortando una porción para ella–. ¿La compartimos?

De repente, el aire estaba cargado con todo tipo de posibilidades. Sólo tenía que alargar la mano para tocarlo, saltar sobre Steve y besarlo mientras él le devolvía el favor metiendo las manos en su blusa, bajo el sujetador y…

¡No!

Su pulso latía acelerado y, sin pensar, se pasó la lengua por los labios resecos.

–Has dicho que un trocito para cada uno y ahí hay dos.

–El chocolate se ha reblandecido y si lo parto mancharé la manta –la voz de Steve era más ronca ahora–. Venga, dale un mordisco.

Anneliese hizo lo que le pedía, pero estaba tan nerviosa que le resultaba casi imposible tragar.

–¿Agua? –murmuró, casi sin voz.

–Sí, gracias.

Fue casi un alivio cuando él apagó la luz y se quedaron en silencio bajo la manta. Pero Anneliese no pudo evitar que se le escapar un suspiro.

–¿Estás cansada? –le preguntó Steve–. Puedes dormir un rato, yo vigilaré.

Sí, estaba cansada. Pero dudaba que pudiera pegar ojo aunque quisiera y no pensaba dormir con él mirándola.

–Estoy bien –mintió.

Aunque dormir podría ser preferible a soportar aquella tensión, pensó luego. Fuera, el viento movía las ramas de los árboles, enviando hojas a la carretera. Pero dentro, bajo la manta, se estaba calentito. De hecho, entre los dos se había creado una intimidad que le daba miedo.

–Muy bien, yo he admitido la mía. ¿Cuál es tu debilidad, Anneliese?

Esa pregunta la pilló por sorpresa y tardó un momento en saber a qué se refería.

–Los zapatos rojos –contestó–. Y los ositos de peluche antiguos. No puedo pasar por delante de una tienda de antigüedades sin entrar para ver si hay alguno en una caja, preguntándome quién lo habrá abandonado… –se le rompió la voz al decirlo y tuvo que mirar por la ventanilla. Eso no era algo que Steve tuviera que saber–. Tengo sesenta y siete.

–¿Pares de zapatos u ositos de peluche?

–Ositos de peluche. Las chicas no cuentan los pares de zapatos que tienen en el armario… si lo haces le robas la alegría a ir de compras.

–Ah, ir de compras –murmuró él. No lo había dicho, pero Anneliese sabía lo que pensaba: que era una niña rica y mimada.

–Es una cosa de chicas –se defendió–. Tú no lo entenderías.

–Hay algo que no entiendo, desde luego.

–¿Qué?

–Dime por qué la única hija del doctor Duffield está tan decidida a abandonar a su padre cuando más la necesita para irse a Surfers Paradise.

Anneliese tragó saliva y tuvo que clavarse las uñas en las palmas de la manos para controlar el dolor que le producía pensar en su padre.

–Eso no es asunto tuyo.

–Llamé a tu padre la semana pasada y, aparte de su propia pena, lo noté preocupado por ti. Y no me pareció que estuviera bien de salud. Imagino que lo último que necesita ahora mismo es tener que preocuparse por tu paradero…

–Ya te he dicho que no es asunto tuyo.

–Pero es que sí es asunto mío –Steve no parecía dispuesto a darse por vencido–. Tu padre le devolvió la vida a mi padre… y de no haber sufrido un accidente hoy seguiría vivo. Marcus no merece lo que le estás haciendo.

–Ah, ahora eres una autoridad en las vidas de otras personas, ¿no? –Anneliese sacudió la cabeza, intentando controlar las lágrimas–. Tú no sabes nada.

–Entonces cuéntamelo. Explícame por qué estás tan obsesionada con comprar zapatos y osos de peluche cuando deberías estar preocupándote de tu padre.

–¡Porque mi madre me dejó! –la angustiada frase escapó de sus labios antes de que pudiese evitarlo.

–Tu madre murió, Anneliese…

–¡Cállate! –golpeando el asiento con el puño, Anneliese se mordió los labios, furiosa consigo misma. Pero era la verdad: Patricia Duffield no era su madre. Le habían mentido durante veinticuatro años.

La habían mantenido en la oscuridad, la habían engañado.

De repente, el aire dentro del coche le parecía irrespirable y tuvo que abrir la puerta.

Ella no era Anneliese Duffield.

Su verdadero nombre era Hayley Green y era adoptada.

Capítulo Cuatro

–Anneliese… –Steve intentó sujetarla, pero ya había salido del coche, quitándose el chaleco y tirándolo al suelo antes de salir corriendo.

Estaba a punto de ir tras ella, pero cuando iba a abrir la puerta lo pensó mejor. Debería darle unos minutos.

Tal vez no debería haberle dicho esas cosas, no debería haberse metido en su vida. Evidentemente estaba disgustada y era culpa suya. Pero el instintivo deseo de ayudarla ganó la batalla a otras preocupaciones, como por ejemplo que ella se resistiera.

Suspirando Steve salió del coche y, después de recoger el chaleco, miró hacia delante. La carretera estaba oscura, pero podía verla a unos metros.

–¡Anneliese, ven aquí, por favor!

–¡Déjame en paz!

No podía ver su cara, de modo que no era posible leer su expresión, pero la angustia que había en su voz era evidente.

Steve llegó a su lado en treinta segundos y la tomó del brazo. Sus ojos estaban llenos de lágrimas, vulnerables pero desafiantes, despertando emociones que solía reservar para su hermana.

–Oye, espera –murmuró, volviendo a ponerle el chaleco.

–Te he dicho que me dejes…

–Y yo he dicho que no. No quiero que te pase nada.

–No me va a pasar nada. Tú eres el problema –Anneliese lo empujó, furiosa–. Tú me haces decir cosas que no quiero decir.

Steve no pudo evitar una sonrisa.

–Pues entonces, ésa es la respuesta –le dijo, subiendo la cremallera del chaleco–. Y no pienso marcharme hasta que estés bien.

Esperó hasta que Anneliese dejó de luchar y luego la apretó contra su pecho, notando que dejaba escapar un suspiro. No sabía qué había dicho para provocar esa reacción y no dijo nada más mientras las ramas de los árboles susurraban a su alrededor.

Sólo Anneliese podía ver la muerte de su madre como una traición, algo que no había salido como ella quería. Pero estaba dolida y haber sacado todas esas emociones a la superficie era culpa suya.

–Vamos al coche –le dijo.

Ella se echó un poco hacia atrás y el viento lanzó un mechón de pelo sobre sus labios. Steve lo apartó, rozándola con la punta de los dedos para colocarlo detrás de su oreja.

Y luego, no sabría decir por qué, le pareció lo más natural inclinarse para rozar sus labios. Sólo quería calmarla, consolarla, pero al rozar su boca probó el sabor de sus lágrimas y fue él quien empezó a sentirse inquieto.

Aparte de relaciones informales y fines de semana con amigas, él no tenía otro tipo de relación con las mujeres. Ya no. Había aprendido de la manera más dura.

Pero, sin pensar, envolvió a Anneliese en sus brazos y notó que ella ponía las manos sobre su torso mientras le devolvía el beso. Lo hacía con ansiedad, con una pasión avivada por la rabia y el dolor… y a saber qué más.

El deseo de Steve se avivó también, no por rabia

sino por el calor de su cuerpo y por esos botoncitos de su blusa, mientras la urgía a abrir la boca, a ceder ante la presión de sus labios.

Pero entonces algo cambió. Anneliese no había dejado de besarlo, pero se apartó un poco como si estuviera manteniendo una guerra contra sí misma.

Steve se quedó inmóvil, dándole la oportunidad de apartarse si eso era lo que quería. Absolutamente inmóvil porque cualquier movimiento podría causarle dolor o vergüenza... o las dos cosas.

Anneliese se apartó, apretando los labios como negando lo que acababa de pasar. Pero ni siquiera las sombras de la noche podían esconder el brillo que el breve encuentro había despertado en sus ojos.

–¿Por qué me has besado? Yo no soy... yo no soy tu tipo de mujer.

No, no lo era, pero su manera de responder lo había dejado sin aliento.

–No ha sido sólo cosa mía, Anneliese, tú me has devuelto el beso.

Ella dio otro paso atrás. Aunque no podía ver su expresión, sabía que estaría colorada hasta la raíz del pelo. Pero entonces, para su sorpresa, miró hacia abajo, hacia su entrepierna.

–¿Qué pensabas hacer, tirarme en medio de la carretera para hacer lo que quisieras conmigo?

Tan gráfica acusación lo dejó helado. Ni siquiera su imaginación era tan calenturienta.

–Eres una mujer muy atractiva, pero yo puedo controlarme –respondió, con voz ronca–. Y si crees que me aprovecharía de ti, es que no me conoces en absoluto.

–Yo no te conozco... salvo como el hermano de Cindy.

–Ah, sí, claro –murmuró él. Y eso empezaba a irritarlo–. Porque sueles desaparecer en cuanto yo llego a casa.

–Eso no es verdad –dijo Anneliese. Pero los dos sabían que lo era–. Lo siento, no debería haber dicho eso.

–No importa. Disculpas aceptadas.

–Aunque sea verdad.

Con aquella prueba bajo los vaqueros ¿qué podía decir que no hubiera dicho ya? De modo que se encogió de hombros, mirando las colinas en la distancia para intentar liberarse del hechizo de sus ojos.

–Nos hemos besado… no es tan grave. De hecho, si así te sientes mejor puedes olvidarlo.

–Ya lo he olvidado, no ha pasado nada.

«Mentirosa», tuvo que reconocer Anneliese. Sus labios seguían ardiendo después del beso y el aroma de Steve parecía haber quedado grabado en su cerebro.

Ese beso la mantendría despierta y nerviosa durante un siglo. Como él había dicho tres años antes: «te pasarías el resto de la noche despierta y deseando algo más que un beso».

Sí, lo recordaba, palabra por palabra. Y lo peor era que Steve lo sabía también.

–Vuelvo al coche, aquí hace mucho frío. ¿Vienes o no?

Anneliese lo vio alejarse, los faldones de su camisa volando al viento. Ni siquiera se había vuelto para ver si lo seguía. ¿Cómo podía portarse de esa forma cuando acababan de compartir un beso tan explosivo?

Pero así era Steve Anderson. Seguramente ya se le habría olvidado y ella no quería quedarse sola, recordando. No iba a pensar en él en absoluto.

***

–Chocolate.

Steve partió lo que quedaba de la chocolatina por la mitad y le ofreció un trozo. Estaban de vuelta en la relativa comodidad del coche, él sentado tras el volante y Anneliese en el asiento que había ocupado antes y que conservaba su aroma. Y eso no era bueno para su decisión de no pensar en él.

–Pensé que era para el desayuno.

–Cómete mi parte, yo ya he tomado suficiente chocolate por un día.

Anneliese asintió, agradeciendo el gesto, ya que no tenían nada más que comer y, por el momento, no había pasado un solo coche por la carretera.

–Gracias.

Steve se aclaró la garganta.

–¿Has hablado con tu padre sobre lo que sientes por la muerte de tu madre?

Su padre. Lo recordaba en el porche, en pijama. Le había parecido más pequeño, mayor, como si de repente hubiera encogido. Su padre, el hombre que salvaba vidas, el hombre que le había dado todas las oportunidades. El padre que la quería.

El padre que le había mentido.

Marcus Duffield no era su padre.

–No.

–¿Y no crees que deberías hacerlo?

–Esto es algo muy personal. Además, ¿no crees que hablar con él del asunto empeoraría la situación?

Steve la miró, incrédulo.

–¿Y tú no crees que irte a Surfers Paradise sola lo ha dejado preocupado?

Anneliese respiró profundamente. Su hermana vivía allí. Su hermana biológica. Había tenido una hermana durante veinticuatro años y no sabía nada de ella. Y no, no iba a contarle nada a Steve por mucho que quisiera compartir su secreto con alguien. No quería mostrarse más vulnerable aún.

–No estarás embarazada, ¿verdad?

Ella se volvió, sorprendida por la pregunta. Y cuando lo miró le pareció ver una traza de amargura en sus ojos. ¿Tendría un hijo en alguna parte?

–No es que sea asunto tuyo, pero no. No lo estoy y no sería tan tonta como para quedarme embarazada. Ya hay suficientes niños abandonados en el mundo –respondió, pensando en la madre que no la había querido lo suficiente como para quedarse con ella.

¿Cómo iba a traer un niño al mundo si su vida estaba patas arriba? Pero si fuera así… tener a alguien que fuera sangre de su sangre, alguien que fuera suyo de verdad.

Ella iba a recorrer Australia para encontrar esa conexión. Pero no se había puesto en contacto con la Abigail Seymour que había encontrado en la agencia de adopción por Internet y que trabajaba en un hotel de lujo en Surfers Paradise.

Qué ironía. No se atrevía a hacerlo, a cruzar la frontera entre Anneliese y esa chica llamada Hayley.

–¿Estás diciendo que si estuvieras embarazada no tendrías el niño?

–No creo que eso sea relevante ya que no estoy embarazada –suspiró Anneliese–. Pero este viaje es importante para mí, es algo que tengo que hacer.

–Y has decidido hacerlo sola. Tu padre te quiere, pero has decidido abandonarlo.

Ella cerró los ojos, abrazándose a sí misma para controlar un escalofrío.

–No te metas en mis asuntos, Steve.

Pero él había notado la angustia en su voz y, sintiendo un abrumador deseo de protegerla, le pasó un brazo por los hombros. Ese instinto protector le había costado la felicidad una vez, pero no quería pensar en eso ahora.

Tenía que aclarar su cabeza de pasados errores y concentrarse en Anneliese, en la textura de su pelo, en su fragancia, en lo rígida que estaba bajo su brazo.

–Relájate, no voy a hacerte nada –le dijo. Aunque ese beso seguía en su cabeza y en otras partes de su anatomía.

–Lo sé –Anneliese movió los hombros, apoyándose un poco más en su brazo, aunque su voz había sonado trémula–. Y sé lo que piensas de mí.

¿Pensar? Sentir tal vez.

–¿Y qué es lo que pienso?

–Que soy una princesita, como una de esas niñas ricas que salen en la tele quejándose cuando las pillan conduciendo borrachas y esperan que sus padres lo arreglen todo –suspiró Anneliese–. Y ahora, cuando estoy intentando tomar el control de mi vida y ser independiente tienes que aparecer tú.

–No estoy intentando robarte nada, Anneliese. Venir contigo fue idea de Cindy, no mía. Además, hay independencia y hay independencia. Y una chica responsable conoce la diferencia entre una y otra.

–¿Estás diciendo que soy una irresponsable?

–No, no quería decir eso. Sé que no ha sido intencionado…

–Pero estás diciendo que soy irresponsable.

–Mira, no quiero jugar a ese juego contigo –suspiró Steve.

41

Le gustaría jugar a un juego muy diferente con esa preciosa boca que en ese momento tenía tan cerca, una boca que quería explorar a placer…

Demonios.

Arrugando el ceño, miró su reloj. Aún quedaban muchas horas para el amanecer, de modo que encendió la radio para buscar una emisora que los ayudase a pasar el tiempo, pero sólo conseguía ruidos estáticos.

Anneliese abrió la guantera y sacó una carpeta de CDs.

–Toma, pon alguno de éstos.

Steve miró las carátulas: la primera reflejaba una escena de violencia callejera y la otra un humanoide saliendo de los pétalos de una rosa de metal.

–¿Urban Plunder y Metamorphosis?

–Lo menos parecido posible a la música clásica.

–No me digas que te gusta el *heavy metal*.

–No, mucho, pero las carátulas me han inspirado.

–¿Para hacer qué? –sonrió Steve.

–Cambios, quiero vivir nuevas experiencias –respondió Anneliese. Sin embargo, cuando empezaron a sonar los estridentes acordes de la primera canción tuvo que apagar el estéreo–. Bueno, creo que tardaré algún tiempo en acostumbrarme.

Steve se preguntó por esas experiencias. O más concretamente, por sus relaciones con el sexo opuesto.

Dado su comportamiento con él, desinteresado, frío, incluso seco a veces, se preguntó si habría tenido algo más serio que una cita para cenar. Nunca le había preguntado a Cindy por la vida amorosa de su amiga porque, conociendo a las chicas, sabía que Cindy se lo contaría a Anneliese y le darían más importancia de la que tenía.

Pero su forma de besarlo, como si no pudiera cansarse... bajo esa fachada de hielo había visto una pasión desatada.

Anneliese apoyó la cabeza en su hombro y cerró los ojos. Se estaba quedando dormida como una amante, el pelo rozando su mandíbula, el aliento cálido contra su pecho.

Si no estuviera apoyada en él saldría del coche y daría un largo paseo.

Pero tenía que quedarse allí, atrapado y sin el menor deseo de moverse para no molestarla, mientras el calor de su entrepierna aceleraba su pulso.

Le había prometido a Cindy que cuidaría de su amiga y eso era lo que iba a hacer. Sólo tenía que concentrarse en pensar que Anneliese era la mejor amiga de su hermana y no pasaría absolutamente nada.

Anneliese se refugió en un sitio duro pero agradable y calentito. Steve la había secuestrado de la casa de sus padres. Había instalado un sistema de seguridad y la había encadenado a la pared donde le hacía cosas inconfesables.

—Steve, por favor... no... —Anneliese se movió, excitada, sin aliento.

Y cuando abrió los ojos se encontró con esos ojos oscuros...

—Buenos días. ¿Has dormido bien?

Ella cerró los ojos, sacudiendo la cabeza para apartar de sí imágenes y sensaciones.

—Sí, bien —contestó, apartando la manta. Hacía demasiado calor.

—Debías estar soñando.

–¿Por qué crees que estaba soñando? –preguntó Anneliese, despierta ahora y dispuesta a mentir todo lo que hiciera falta–. ¿He dicho algo?

¿De verdad quería saber la repuesta a esa pregunta?

–No, pero había algo en tu voz…

Ella no quería saberlo, de modo que se concentró en el sol asomando entre las nubes.

–¿Qué hora es?

–Las siete.

Steve apartó el brazo y giró el hombro varias veces, flexionando luego los dedos. Esos mismos dedos morenos con un suave vello oscuro en las falanges… no.

No iba a revivir cómo esos dedos la habían acariciado en sueños, desde el cuello a las rodillas y todo lo que había en medio.

Ese sueño era el símbolo de algo más profundo. Estaba claro, muy claro ahora, que se había sentido ahogada toda su vida, atada a unos padres mayores por obligación. Steve, un diseñador de sistemas de seguridad con negocio propio, representaba esas mismas restricciones. No tenía nada que ver con Steve, el hombre.

Era una campana de alarma. La muerte de su madre, el descubrimiento de su verdadera identidad y el hecho de que tuviera una hermana habían liberado algo dentro de ella. Su nueva dirección, su nueva vida, acababan de empezar; tomar la decisión de embarcarse en aquel viaje, comprar esos CDs el día anterior y el sueño lo confirmaban.

No volvería a soportar cadenas ni a dejar que otras personas gobernasen su vida.

Capítulo Cinco

A media mañana una grúa los había llevado a la ciudad de Moree, cerca del límite de Nueva Gales del Sur y Queensland, gracias a un granjero que los había visto tirados en la carretera. Y ahora estaban tomando un tardío desayuno mientras les arreglaban el neumático pinchado en un taller cercano.

La camarera, Darlene, una rubia pechugona de unos treinta años, hacía lo que podía para convencer a Steve de que probase sus famosos «bollos» recién salidos del horno. Pero, considerando que acababa de tomar un desayuno que incluía salchichas, patatas, huevos revueltos con beicon y dos cafés, Anneliese estaba segura de que la chica no tenía muchas posibilidades.

Claro que cuando volvió del lavabo, donde apenas había estado cinco minutos, descubrió que Darlene ya sabía que Steve era soltero, que tenía una empresa de seguridad y que «sólo viajaba con ella para hacerle un favor porque era la mejor amiga de su hermana».

De modo que no se sorprendió cuando le dijo a la camarera que probaría sus bollos. Lo que sí le sorprendió fue su propia reacción a ese tonto flirteo.

Cuando lo vio admirando el movimiento de sus caderas mientras se alejaba hacia la barra, Anneliese sintió que las tortitas que acababa de comer se convertían en una bola dentro de su estómago. Pero no tuvo tiempo de pensar en ello porque Steve se inclinó un poco hacia delante.

–Antes de que volvieras, Darlene estaba intentando venderme el spa de Moree: manantiales naturales de aguas cristalinas. ¿Te apetece darte un baño antes de volver a la carretera?

–¿No le has dicho a Darlene que tenemos un horario muy ajustado porque hemos perdido toda una noche? Además, lo único que me apetece es darme una ducha y dormir unas cuantas horas.

–Sólo estaba intentando darnos la bienvenida a Moree, Annie –sonrió Steve–. Se está portando tan bien como el rudo granjero de esta mañana.

–Pero él no tonteó conmigo.

–Si no te diste cuenta es que no estabas prestando atención… o que sencillamente no ves esas cosas –Steve se encogió de hombros, sin dejar de sonreír–. Pero no sabía que tuviéramos un horario ajustado. ¿No necesitabas tiempo para pensar?

Sí, pero no en una piscina con Steve. No con él a su lado medio desnudo, con su piel bronceada y sus músculos a la vista. Porque sería en eso en lo que pensara entonces.

–Pensaré lo que tenga que pensar cuando llegue a mi destino. Y no me llames Annie.

–Cindy te llama Annie y es más corto que Anneliese.

–Cindy es mi amiga –le recordó ella.

«Y tú no», pensó Anneliese, mirando su taza de café. «Y nunca podrías serlo».

–¿Quieren algo más? –les preguntó Darlene, dejando dos bollos rellenos de crema sobre la mesa.

–No, gracias, nada más –sonrió Steve.

Anneliese apretó los dientes.

No, nunca podría ser su amigo. En aquella relación había demasiadas hormonas, demasiadas emociones. Y un corazón que proteger. Porque la noche anterior, cuando se besaron, había ocurrido algo. Algo había despertado dentro de ella y sabía que no volvería a ser la misma otra vez.

Y eso le daba pánico.

Por eso decidió en ese momento que su relación con Steve sería cordial y lo más distante posible hasta que llegaran a Surfers. Al menos allí tendría su propio espacio, su propia cama… y no tendría que dormir apoyada en su hombro.

Y él se habría ido.

–De modo que no confías en mí –dijo Steve cuando Darlene se alejó.

–Que hayamos compartido un beso… –Anneliese no terminó la frase, sintiendo que le ardían las mejillas.

–Yo no estaba hablando del beso –dijo él–. Pero si cambias de opinión sobre lo que sea que te molesta, aquí estoy. Puedes contar conmigo para lo que quieras.

–Gracias.

Con un poco de suerte aquella situación terminaría en unas horas. Ella se iría al apartamento que había alquilado, se despediría de Steve y él se marcharía a Brisbane. Y no tendría que volver a verlo hasta que los dos estuvieran de vuelta en Melbourne. Y una vez allí no sería un problema.

Llevaban una hora en el coche cuando tuvieron que parar porque a Anneliese le había dado un tirón en la pierna.

–¿Qué ocurre? –Steve, medio dormido, alargó una mano para buscar sus gafas de sol.

–Nada, no te preocupes, es que necesitaba estirar un poco las piernas –Anneliese abrió la puerta del coche y salió al arcén, donde la fresca brisa y el calor del sol la animaron un poco. Pero un movimiento en la hierba, frente a ella, llamó su atención–. Oh, no…

–¿Qué?

–Hay algo en la base de ese árbol. Algo pequeño y peludo, creo que es un animal enfermo.

Steve se encogió de hombros.

–¿Y qué puedes hacer tú?

–Algo –contestó Anneliese, metiendo medio cuerpo en el coche para tomar su chaqueta, un jersey de cachemir y una toalla–. Creo que es un koala.

–Ten cuidado –Steve salió del coche para echarle una mano–. No son criaturitas encantadoras como en las películas. Tienen dientes y garras.

–Ya lo sé –murmuró ella mientras se envolvía las manos en la toalla–. Toma, tírale el jersey encima.

–¿Un jersey de cachemir? Pero se va a estropear…

–¿Alguna otra sugerencia?

Encogiéndose de hombros, Steve atrapó al animal con el jersey y lo levantó, mirándolo con cara de sorpresa. El pobre emitía un sonido similar al llanto de un niño.

–Debe tener unos siete meses y probablemente sigue necesitando la leche de su madre –dijo Anneliese.

–¿Cómo lo sabes?

–He trabajado en santuarios de fauna salvaje. Espera un momento… –Anneliese se puso la chaqueta y, después de quitarle el bulto de las manos, se lo colocó en el pecho–. Necesita calor. Tenemos que buscar un veterinario, venga conduce tú.

–Ah, veo que no son sólo los ositos de peluche lo que no puedes abandonar –bromeó él.

–A veces pienso que me llevo mejor con los animales que con las personas –Anneliese levantó una mano para taparse la nariz porque el pobre animal apestaba a orina–. Cuando estuvimos en Namibia el año pasado me hice voluntaria de un programa que intentaba salvar a los cheetas. Era un trabajo duro y sucio, pero a mí me encantaba. Fueron las mejores vacaciones de mi vida.

–¿En serio?

–Pues claro. ¿Qué crees, que mi idea de unas vacaciones es tumbarme en la playa de Waikiki? Bueno, la verdad es que también eso me gusta.

–¿Fred, tu urraca, también es una de tus mascotas recogidas?

–Sí, por supuesto. Algún día te lo presentaré. No puede volar, pero tiene mucha personalidad.

–Ah, muy bien. Me gustaría conocerlo.

Anneliese se dio cuenta de que también a ella le gustaría presentárselo porque durante aquel viaje estaba empezando a nacer entre ellos algo parecido a la camaradería.

Amigos.

Sólo amigos, se dijo a sí misma, sorprendida por ese repentino cambio de opinión. Cualquier otra cosa sería imposible.

Sin dejar de mirar la carretera, Steve alargó una mano para acariciar el bulto bajo su chaqueta y cuando sus dedos rozaron los de Anneliese, su pulso se aceleró.

Afortunadamente, él no se dio cuenta. O tal vez sí porque le pareció que apretaba el volante con más fuerza que antes. Bonitas manos, pensó. Anchas, fuertes, sensuales. Se preguntó cómo sería ver esas manos sobre su cuerpo…

Tuvo que apartar la mirada, nerviosa. Cuando creía que empezaba a gustarle eso de que fueran amigos…

–Te gustan las causas solidarias –dijo Steve unos minutos después–. Salvar a las ballenas, evitar la tala de árboles.

–Más bien es una pasión.

–¿No se te ocurrió estudiar Biología o hacerte veterinaria?

Anneliese se encogió de hombros.

–Mis padres esperaban que algún día estudiase Medicina.

–¿Por eso ayudas a tu padre en la consulta y eres voluntaria en la unidad de cardiología?

Donde había conocido a Cindy cuando su padre sufrió el trasplante.

–Sí.

–Pero no es lo que tú quieres.

–Sí, claro que sí –Anneliese intentó dotar a su tono de convicción, pero sacudió la cabeza cuando fracasó estrepitosamente–. No, la verdad es que quiero ser veterinaria. Iba a empezar a estudiar hace cinco años, en la universidad de Sidney, pero mi madre se puso enferma…

No le contó que su madre se ponía enferma cada vez que sugería que se iba de casa. O cuando estaba fuera más de dos semanas. Desde la muerte de su madre se había sentido culpable al pensar que tal vez de verdad estaba enferma en todas esas ocasiones, que no estaba intentando evitar que fuera una persona independiente.

–Aún tienes tiempo de estudiar –dijo él, al tiempo que entraban en una pequeña comunidad–. Mira, ahí hay una clínica veterinaria.

–Menos mal –suspiró Anneliese.

–Una pena lo de tu blusa… –Steve acarició la cara seda entre los dedos–. Seguro que vale un dineral –añadió, aunque parecía estar pensando algo completamente diferente y que, Anneliese estaba segura, habría hecho que se ruborizase.

Mientras salían del pueblo Steve bajó la ventanilla, pero no sirvió de nada.

–Siento mucho ser yo quien te lo diga, pero…

–Sí, lo sé, tengo que tirar la blusa –sonrió Anneliese–. Huele fatal.

Steve pensó en ofrecerle su ayuda para hacerlo, pero sabía que no debía. Ni siquiera de broma.

–Si quieres cambiarte, hemos pasado por unos servicios públicos hace un momento.

–Sí, por favor.

Cuando salió del edificio llevaba vaqueros y una camiseta de color lila que despertó una fantasía diferente, pero igualmente entretenida.

Pero en lugar de dirigirse hacia la puerta del pasajero dio la vuelta al coche y se quedó frente a la del conductor, con las manos en las caderas. Aunque no eran sus manos lo que Steve estaba mirando sino sus pechos, marcados bajo la ajustada camiseta.

Y mientras los miraba notó que sus pezones despertaban a la vida, tal vez debido a la fresca brisa, marcándose bajo la tela. Y prácticamente empezó a salivar. Estando tan cerca casi le parecía ver el color más oscuro… le pareció porque apartó la mirada un segundo después.

—Es la primera vez que te veo en vaqueros.

—Me toca conducir a mí –dijo Anneliese, abriendo la puerta.

—Como quieras –suspiró él.

Cuando salió del coche sus brazos se rozaron y le pareció notar un olor a pelo de animal…

—No lo digas, ya lo sé. Cuanto antes lleguemos a nuestro destino antes podré darme una ducha.

—¿Alguna recomendación de amigos o parientes para encontrar alojamiento en Surfers Paradise?

¿El *palazzo* Versace tal vez? Steve sintió la tentación de reservar dos habitaciones allí, o una suite con dos dormitorios, sólo por hacer una extravagancia.

Así Anneliese podría quitarse el olor a koala a lo grande. Una imagen apareció en su cerebro y no parecía querer irse de allí: una bañera enorme llena de espuma, dos copas de champán y Anneliese…

—No sé qué vas a hacer tú, pero yo he alquilado un apartamento –dijo ella entonces, destruyendo su maravillosa visión.

—¿Un apartamento?

—No sé cuánto tiempo voy a quedarme allí, pero está amueblado.

—¿Cómo se llama el edificio? –preguntó Steve, sacando el móvil del bolsillo.

—Apartamentos Pacific Paradise.

Steve llamó a Información para pedir el teléfono de la empresa, mirándola de soslayo. Estaba decidido a alquilar un apartamento, si fuera posible al lado del de Anneliese.

Las gafas de sol escondían sus ojos, pero nada lo impedía mirar los diminutos diamantes que llevaba en las orejas y que, de repente, le gustaría morder. O sus largos dedos sobre el volante, con las uñas cortas y pintadas con laca transparente, y preguntarse cómo sería una caricia suya…

Steve cerró los ojos, intentando contener la tentación, mientras hablaba con la agencia encargada de alquilar los apartamentos Pacific Paradise.

–Lo hemos conseguido –dijo Anneliese una hora después, en el aparcamiento del edificio.

Steve se sorprendió al ver que estaba sonriendo, una sonrisa auténtica, desenfadada.

–¿Lo dudabas? Tengo un gran sentido de la orientación.

–Has usado el GPS del móvil y no el mapa –le recordó Anneliese–. Ha sido mi experiencia como conductora lo que nos ha traído hasta aquí antes de lo esperado.

–Eso es verdad –dijo él, incapaz de apartar los ojos de sus labios–. Absolutamente cierto.

Quería que disfrutase de esa sensación de éxito, de haber conseguido algo, porque tenía la impresión de que no le ocurría a menudo.

Ella movió los hombros, como intentando relajarse, como diciéndose a sí misma que a partir de aquel momento todo sería facilísimo.

–Bueno, vamos –murmuró, saliendo del coche.

Steve hizo lo propio, respirando la fresca brisa del océano Pacífico.

–Yo me encargo del equipaje. Si quieres ir a decir que hemos llegado…

Pero cuando se encontraron en el vestíbulo, el con-

serje les dijo que había un problema con el apartamento de Steve y que tendría que solucionarlo e ir a
buscar la llave a la agencia.

—Bueno, primero vamos a instalarte, Anneliese.

Ella arrugó la nariz en cuanto abrió la puerta. El
apartamento olía a cerrado y no se parecía nada a lo
que había imaginado, pero cuando lo reservó no pensaba con claridad. Las ventanas del salón daban a la
piscina del edificio y a la zona de la barbacoa, rodeada de follaje tropical.

—¿Tienes a mano todo lo que necesitas para esta
noche? —preguntó Steve, dejando las maletas en el pasillo. Estaban tan cerca que podía oler su colonia y recordó la noche anterior…

Ninguno de los dos dijo nada y el silencio estaba
cargado de posibilidades. Como si eso hiciera falta.

—Lo tengo todo controlado, gracias.

—Imagino que querrás cenar algo después de darte una ducha.

Sí, claro que le gustaría. La idea de estar sola en
aquel sitio que no conocía y que le resultaba tan poco
familiar no era precisamente agradable. En lugar de
disfrutar de la libertad que siempre había anhelado,
ahora quería compañía. Incuso la compañía de Steve.
Especialmente la compañía de Steve, pensó, sintiendo
que su pulso se aceleraba.

Y por eso le dijo:

—No, no lo creo. Seguramente después de darme
una ducha me iré a la cama. Pero gracias por todo.

Steve levantó una mano para tocar su cara y al notar el roce de sus dedos sintió el absurdo deseo de cu-
brirlos con los suyos, de decirle que había cambiado
de opinión sobre la cena…

–Entonces nos vemos por la mañana –dijo él, volviéndose para señalar la cadena de la puerta–. Échala cuando me vaya.

En cuanto la puerta se cerró, Anneliese se dejó caer sobre una de las maletas. «Échala cuando me vaya». ¿Qué había querido decir, que necesitaba una cadena para alejarse de ella?

«Por el amor de Dios, no pienses tonterías. Es un experto en seguridad, nada más».

Anneliese echó la cadena en cualquier caso. Seguramente Steve se alegraba de que no hubiera aceptado cenar con él porque así tendría la oportunidad de salir a tomar una copa. Conociéndolo, no le sorprendería nada que conociese a una chica esa misma noche. Y no pensaba examinar lo que sentía al pensar que eso pudiera ocurrir.

Capítulo Seis

Otra vez.

Anneliese levantó los ojos al cielo cuando el ritmo de los golpes en la pared se incrementó. Evidentemente, sus vecinos lo pasaban muy bien haciendo el amor porque aquélla era la tercera vez que la despertaban.

Ella nunca lo había experimentado de primera mano, pero se puso colorada cuando unos suspiros femeninos se unieron al coro de golpes.

Apartándose el pelo de la cara, miró el reloj: las siete y media de la mañana. Cerrando los ojos, se preguntó cómo sería despertar al lado de un hombre... en todos los sentidos. Y ese hombre tendría el pelo oscuro, el flequillo sobre la cara cuando se inclinara para darle un beso de buenos días. Sus ojos serían castaños, con unos puntitos dorados...

Cuando oyó que se cerraba la puerta del apartamento de al lado suspiró, mirando al techo, inquieta e insatisfecha.

Porque aquel hombre había vuelto a colarse en sus sueños otra vez...

Anneliese golpeó el colchón con las manos. En realidad, llevaba tres años colándose en sus sueños. Y cuando lo veía perdía la calma, se ponía colorada y se portaba como una adolescente.

De modo que debería sentirse contenta esa mañana. Había logrado sobrevivir dos días y una noche con su dignidad intacta. Incluso había descubierto que podía mantener una conversación civilizada con él. Y apenas se había puesto colorada el día anterior.

Eran algo así como amigos, lo cual era una sorpresa. ¿Lo habría juzgado mal durante todos esos años? ¿Sería de verdad tan encantador como lo había sido con ella durante esos dos días? No, imposible.

Pero era algo más que el principio de una buena amistad. La chispa que había entre ellos se había convertido en un incendio. Ella lo sabía, Steve lo sabía. Lo había visto en sus ojos más de una vez.

Tal vez siempre había estado allí, pero nunca se había atrevido a mirarlo de cerca.

O tal vez estaba viendo lo que quería ver. Imaginando que ese beso era algo más de lo que había sido.

Dejar que Steve Anderson entrase en su vida sería un terrible error. Para empezar, no podía imaginarlo sentado en las incómodas sillas del salón de su casa, tomando un té en las frágiles tazas de porcelana de su madre. O soportando una de esas cenas benéficas del hospital en las que servían vinos europeos y sándwiches diminutos.

Pero nada de eso importaba porque su vida estaba a punto de dar un giro de ciento ochenta grados y sólo esperaba tener cierto control sobre ella cuando volviera a casa.

Y estar con Steve haría que eso fuera imposible.

Al oír el timbre saltó de la cama y buscó algo para taparse. Pero la noche anterior, después de ducharse, sólo había tenido tiempo de llamar a su padre y no había deshecho la maleta, de modo que no tenía nada a mano.

—¡Ya voy! —gritó, envolviéndose en una manta.

Cuando abrió la puerta Steve estaba al otro lado.

Con sus vaqueros de siempre, una camiseta negra y una bolsa en la mano… y su corazón dio un vuelco. Se le olvidaron las razones por las que debía mantenerlo a distancia. Quería estar cerca. Lo bastante cerca como para tocar esa barba de dos días…

–Hola.

–¿Siempre abres la puerta de esa guisa?

Anneliese se dio cuenta de que, aunque iba tapada por arriba, sus piernas quedaban al descubierto.

–Estoy tapada –murmuró, poniéndose colorada.

–Sí, bueno, eso también, pero lo que quería decir es si abres la puerta sin preguntar quién está al otro lado. ¿No te dije que echases la cadena?

–Se me olvidó. Pero no ha pasado nada y ahora es de día.

Steve dejó escapar un suspiro.

–¿Puedo entrar?

–Sí, claro. Además, veo que has traído el desayuno… voy a ponerme algo de ropa.

Mientras iba al dormitorio, Steve intentó respirar, pero estaba sudando como si hubiese corrido una maratón.

¿Cómo era posible que nunca se hubiera fijado en sus piernas? Una larga y suave carretera hasta el paraíso.

Y había abierto la puerta como si no tuviera una sola preocupación en el mundo; una invitación para cualquier extraño. Steve apretó la bolsa que llevaba en la mano, enfadado consigo mismo. Lo que hiciera Anneliese con su vida no debería importarle.

Y, sin embargo, no podía dejar de recordar su cara, su cabello despeinado, el rostro sin gota de maquillaje. Se olvidaría de las hamburguesas con beicon y las salchichas durante un mes si a cambio consiguiera un beso suyo.

Steve dejó la bolsa sobre la mesa y buscó platos en

los armarios de la cocina. Si tuviera un poco de sentido común se olvidaría del desayuno y bajaría a correr por la playa… o mejor, hasta Melbourne.

Y si Anneliese tuviera un poco de sentido común, aún sería posible.

—Debo tener hambre porque huele fenomenal —la oyó decir, a su espalda.

Steve se quedó inmóvil. Llevaba otra de esas camisetas ajustadas, como la del día anterior.

Y nada debajo.

Tragando saliva, tomó dos platos del armario y se sentó a la mesa para disimular.

—He traído ensalada de fruta, dos hamburguesas, salchichas y café —murmuró, abriendo la bolsa.

—¿No has dormido bien? —preguntó Anneliese.

—He dormido perfectamente.

Hasta que despertó de madrugada con una erección imposible y sabiendo que con lo único que iba a tener intimidad era una ducha fría. Se preguntaba cómo estaría Anneliese tres plantas más abajo, maldiciendo la ineptitud del conserje y esperando poder dormir mejor esa noche, cuando estuviera en el apartamento de al lado.

—¿Y tú?

—Genial —dijo ella. Si Steve no hubiese levantado la mirada se habría perdido aquel brillo en sus ojos verdes—. ¿Te marchas hoy a Brisbane?

—No, voy a quedarme unos días por aquí —contestó él—. Pero no te preocupes, no voy a molestarte.

—Ya.

—Mira, Anneliese, será mejor que lo sepas ahora: no voy a irme de Surfers Paradise hasta que haya comprobado que estás bien. ¿Por qué no me cuentas cuáles son tus planes?

–¿Por qué no me dejas en paz? –murmuró ella, quitando la tapa de la ensalada de fruta.

–No, lo siento.

–Aún no sé lo que voy a hacer.

–O sea, que has venido para tomar el sol e ir de compras –Steve sacudió la cabeza–. De verdad, eres increíble.

No, no era eso y le gustaría que lo supiera. Tenía que reunir valor para buscar a su hermana, pero no podía explicárselo y tal vez era mejor así. Que siguiera pensando lo peor de ella y la dejase en paz.

–Pues entonces márchate.

Steve dejó la hamburguesa sobre su plato y se levantó, enfadado.

–Muy bien, me voy.

–¿No vas a comer más?

–¿Eso es todo lo que te preocupa? Guarda el resto en la nevera y cómetelo en el almuerzo –contestó él, dirigiéndose a la puerta–. Que lo pases bien.

Anneliese se quedó mirando la puerta largo rato después de que se hubiera ido. Cinco minutos después tiró el resto del café al fregadero y arrugó el ceño mientras miraba por la ventana. Había conseguido lo que quería, ¿no? Steve estaba fuera de su vida.

Pero eso no la hacía sentir feliz o aliviada.

Esa tarde, Anneliese volvió al apartamento y, después de guardar en la nevera las cosas que había comprado, se hizo una tila. Por qué había comprado tila cuando ella no la tomaba nunca, no tenía ni idea. Pero esperó que hiciera su efecto mientras miraba la guía local en busca de un restaurante decente.

Había pasado el día paseando, pensando, reflexionando. Y fuera donde fuera no dejaba de buscar a su hermana. Se encontró a sí misma mirando a la gente para encontrar algo familiar, algún parecido… en los ojos, en el pelo, en la estructura ósea.

¿Recordaría Abigail a su madre? ¿También a ella le dolería haber sido abandonada? Anneliese se dejó caer frente a la mesa, preguntándose qué clase de infancia habría tenido su hermana y cómo habría terminado en Surfers Paradise trabajando en un hotel.

Por supuesto, esos pensamientos la llevaron a los padres que conocía. Sí, echaba de menos a su madre y su padre… se sentía tan culpable por lo que estaba haciendo. Intentaba aliviar la culpa llamándolo a menudo, pero sólo con escuchar su voz…

Suspirando, se acercó a la ventana para ver cómo el cielo pasaba del rosa a lavanda mientras las luces de la ciudad empezaban a encenderse.

Y se quedó de piedra. Steve no se había ido de Surfers, como esperaba. Allí estaba, apoyado en el coche, con su sempiterno chaleco, hablando por el móvil. Su corazón dio un salto acrobático, como era su costumbre, mientras lo estudiaba escondiéndose tras la cortina.

¿Quién mejor para dejar impreso su trasero en el coche que Steve Anderson?

Pero era absurdo pensar esas cosas, una estupidez. Después de la conversación de aquella mañana, Steve le habría perdido el respeto del todo… aunque no se había equivocado sobre el brillo de deseo en sus ojos, de eso estaba segura.

Él guardó el móvil en el bolsillo y se dirigió hacia el portal, pero no llamó a su puerta como había esperado. Pasó frente a ella y lo oyó abrir la puerta de al lado…

El apartamento de al lado.

El dormitorio donde tenía lugar la «acción».

El hombre con el que había fantaseado, aunque la hubiera tenido despierta la mitad de la noche, era Steve.

Anneliese sintió que ardía de la cabeza a los pies, pero era un calor diferente, un calor horrible y nauseabundo. Apoyada en la pared, se pasó las manos por la cara. Claro que era Steve. ¿Qué había esperado, que dejase de acostarse con mujeres sólo porque la había acompañado a Surfers Paradise? Evidentemente, no había cambiado nada.

Pero ahora sabía cómo besaba, cómo abrazaba, conocía el calor de sus manos y sus labios…

El sonido del móvil interrumpió sus pensamientos, pero dejó que sonara hasta que saltó el buzón de voz. Era Steve.

Seguramente llamaría a la puerta en cualquier momento, pero no podía dejar que la viera así. Y tampoco quería hablar con él, de modo que se concentró en colocar un pie detrás de otro para llegar al dormitorio.

Eligió un vestido de seda con estampado azul y negro, se puso unos zapatos de tacón y tomó su bolso para salir a dar un paseo.

Diez minutos después estaba rodeada de gente en la avenida Cavill. Allí era donde quería estar, en la calle, lejos de sus problemas y del hombre en el que no quería pensar.

Todas las luces estaban encendidas, pero era demasiado temprano para la gente que salía a cenar, de modo que entró en un bar, el primero que encontró. A esa hora de la tarde no estaba muy lleno y se sentó en un taburete frente a la barra.

Una hora después, aún con la primera copa en la

mano, comparaba notas con Simone, una chica de Sidney, y charlaba con una camarera que por las noches era bailarina exótica.

Más tarde, un chico muy simpático llamado Randy, jefe de casting en San Francisco, la invitó a un cóctel de color azul con una piel de limón sobre el borde de la copa.

Para entonces se sentía cómoda y contenta, aunque un poco mareada, y cuando sonó su móvil contestó inmediatamente.

–¿Dónde demonios estás? –oyó una voz que ya le era muy familiar.

–Hola, Steve –sonrió Anneliese.

–¿No has oído mis mensajes? Te he llamado seis veces. He reservado mesa en un restaurante.

–Estoy en un bar… no había oído el móvil. Y no sabía que fuésemos a cenar juntos.

–¿En un bar? ¿Estás sola?

–¿Y tú? –replicó ella.

–Dime dónde estás e iré a buscarte.

–En la avenida Cavill –Anneliese buscó a Randy con la mirada y cuando lo vio haciéndole un guiño y riéndose con unos amigos ya no le pareció tan agradable.

–¿Cómo se llama?

–No me he fijado, pero tiene un neón con una copa de cóctel verde en la puerta.

–No te muevas de ahí.

Steve cortó la comunicación y Anneliese dejó escapar un suspiro, intentando colocarse bien en el taburete. Pero, de repente, todo parecía moverse a su alrededor…

***

63

Steve guardó el móvil en el bolsillo del pantalón y corrió hacia la avenida Cavill, abriéndose paso entre los turistas y la gente que salía a cenar mientras buscaba con la mirada un neón con una copa de cóctel.

Qué típico de Anneliese ser tan egoísta y tan irresponsable. Siempre hacía lo que le daba la gana sin pensar en los demás. Ni siquiera se había molestado en contestar a sus mensajes.

Debería haberse ido directamente a Brisbane y ahora mismo estaría con sus clientes y no cuidando de una niñata mimada que se negaba a crecer.

Cuando por fin encontró el bar dejó escapar un suspiro de alivio, pero enseguida tuvo que apretar los dientes. Anneliese llevaba un discreto vestido con estampado azul y negro, pero al sentarse en el taburete sus muslos quedaban al descubierto.

Aquella pálida Anneliese no era la chica que había dejado esa mañana y tuvo que luchar contra el absurdo impulso de abrazarla y protegerla.

—¡Steve!

—Hola, princesa —bromeó él, señalando la puerta—. Vamos, el carruaje nos espera.

Anneliese inclinó la cabeza para apoyarla en su hombro y suspiró, un sonido que parecía salir de lo más profundo de su alma.

—Cuánto me alegro de que hayas venido —susurró, bajando del taburete y echándole los brazos al cuello—. Por favor, llévame a casa. Quiero irme a la cama.

Steve la tomó en brazos, preocupado. Era evidente que había bebido demasiado y la cuestión era ¿en qué cama iba a meterla?

Capítulo Siete

Steve paró un taxi y depositó a Anneliese en el asiento trasero. Olía a alcohol y no estaba en condiciones de hacer las maletas y mudarse a la suite del hotel que había reservado para los dos, pero al menos podría dejarla en el apartamento. A salvo.

Como le había asegurado a Marcus por teléfono.

Lo había llamado sólo para decirle que todo iba bien porque su irresponsable hija seguramente habría olvidado hacerlo pero, aparentemente, Anneliese lo había llamado dos veces.

–Ahora sé por qué está en Surfers Paradise –le había dicho Marcus–. Mi hija no sabe que he descubierto la razón y yo prefiero ser discreto por el momento, pero entiendo que haya ido allí. La culpa es mía, pero es su historia y si Anneliese quiere contártela lo hará. No sabes cuánto te agradezco que estés con ella, así que me quedo más tranquilo.

De modo que, por el momento, Steve parecía haber heredado la responsabilidad de protegerla. Y era un alivio saber que no era la niña egoísta y absurda que había pensado. Según Marcus, había una razón para ese viaje, aunque ella no quisiera contársela.

Y si a Marcus le parecía bien, él tenía que aceptar su palabra.

Unos minutos después apoyaba a Anneliese contra la puerta del apartamento, pero se le doblaban las

rodillas como a una muñeca de trapo y tuvo que sujetarla.

–¿Dónde tienes las llaves?

–En el bolso.

Suspirando, Steve abrió el bolso para localizarlas.
Era una escena a la que estaba tristemente acostumbrado: mujeres que bebían más de la cuenta y usaban
eso para meterse en su cama. Aunque normalmente
no tenía que llevarlas en brazos.

Cuando Anneliese apoyó la cabeza en su hombro,
Steve intentó no imaginar la escena en diferentes circunstancias: tumbándola sobre el colchón, viendo un
brillo de pasión en sus ojos mientras él se tumbaba a
su lado y la acariciaba por todas partes…

Afortunadamente, Anneliese tenía los ojos cerrados.

–Bueno, hora de irse a dormir.

Steve intentó no pensar en nada mientras le quitaba los zapatos.

–Me siento… mal.

–Así aprenderás a no beber demasiado.

–Una copa…

Sí, una copa, seguro.

–No lo creo. Seguro que has perdido la cuenta.

–No –Anneliese abrió los ojos–. Sólo una copa y el
cóctel al que me ha invitado Randy…

–¿Randy? ¿Quién es Randy?

–Pues es… no me acuerdo.

Steve encendió la lamparita de la mesilla y apartó
un mechón de pelo de su cara.

–¿Te has tomado todo el cóctel?

–Sólo un par de tragos. Era muy bonito, pero no me
gustaba el sabor.

–Voy a hacer un café –suspiró él–. Y luego voy a quedarme contigo hasta que te duermas, ¿de acuerdo?

Anneliese murmuró algo ininteligible antes de cerrar los ojos de nuevo y Steve fue a la cocina para hacer el café, intentando recordar las caras de la gente que había visto en el bar.

«Lo mato», pensaba. Claro que no había esperanza alguna de encontrarlo. El canalla había querido aprovecharse de una chica que estaba sola…

La encontró como la había dejado, en la cama con los ojos cerrados. Pero tenía que despertarla para que tomase el café.

–Anneliese, despierta –murmuró, pasándole un brazo por los hombros para ayudarla a incorporarse–. Venga, tienes que tomarte esto.

–No tienes que… quedarte –murmuró ella–. Si tienes algo que hacer… si has quedado con alguien…

–¿De qué estás hablando? Si te hubieras molestado en escuchar mis seis mensajes sabrías que tenía intención de cenar contigo.

–¿Tú y yo?

–Venga, tómate el café y luego podrás dormir.

–Hay luces alrededor de tu cara… como un halo.

Steve miró las luces de la tienda de enfrente.

–Los ángeles de la guarda siempre tienen halo –bromeó, incómodo. Nunca se había sentido menos como un ángel de la guarda y en aquel momento la deseaba de la manera menos angelical posible.

Cuando Anneliese terminó el café, dejó la taza sobre la mesilla.

–Será mejor que te quites el vestido.

–No –dijo ella.

–¿Por qué no dejas que baje la cremallera? Luego me daré la vuelta para que te lo quites tú solita.

Anneliese se mordió los labios, nerviosa.

–Bueno.

Sus ojos se encontraron mientras se acercaba y se volvieron de color esmeralda cuando se inclinó un poco hacia ella.

Torturado por no poder besarla, torturado cuando rozó su espalda con la mano, con el sonido de la cremallera, cuando rozó el sujetador…

Quería poner los labios sobre la suave piel de su espalda, bajar las tiras del sujetador y saborear la dulzura de sus pechos. Pero se apartó, mirando esa frágil belleza.

Y el brillo vulnerable de sus ojos.

Eso lo cambió todo. Anneliese necesitaba un amigo, no un amante.

–Tú puedes hacer el resto, creo –dijo con voz ronca.

A pesar del fiero control que ejercía sobre sus deseos, algunas partes de su cuerpo habían despertado a la vida al oír el frufrú de la tela. Pero se concentró en mirar las luces de la tienda de enfrente durante unos minutos.

Cuando se dio la vuelta, Anneliese estaba tumbada de lado, tapada con el edredón.

–Gracias –murmuró–. Ya estoy mejor.

Un segundo después se había quedado dormida.

Steve siguió mirándola. No estaba mejor, pensó. A saber lo que habría echado ese hombre en su bebida.

Le había prometido a Cindy y a Marcus que cuidaría de ella y no estaba haciendo un buen trabajo precisamente.

Suspirando, apagó la lamparita de la mesilla y se quitó los zapatos y el chaleco antes de tumbarse a su lado, intentando no despertarla, intentando no respirar el aroma de su perfume, intentando imaginar que apartaba el edredón y la tocaba.

Pero tenía que hacer de niñera, de modo que apretó los dientes, intentando pensar en otra cosa. En un sitio frío y desolado en alguna parte, muy lejos.

En cuanto despertó supo que algo había cambiado. Notó el sonido de una respiración a su lado y giró la cabeza, sorprendida.

Steve estaba en la cama, con una mano bajo la mejilla...

Anneliese se llevó una mano al corazón. No sabía si se podía sentir pánico y alivio al mismo tiempo.

Nunca había despertado al lado de un hombre... bueno, nunca había dormido con un hombre. Pero Steve Anderson, inspirador de tantos sueños, estaba a unos centímetros de ella. En su cama, respirando el mismo aire.

Y con el mismo aspecto que tenía en sus fantasías: la sombra de barba que le daba aspecto de pirata, el pelo sobre la frente, la luz de la mañana iluminando su anguloso rostro.

Tardó unos segundos en darse cuenta de que ella estaba bajo el edredón y él encima. Y que estaba vestido.

Y ella no.

«Ay, Dios mío, ¿qué he hecho? ¿Qué hemos hecho?».

Entonces recordó lo que había pasado por la noche. Steve no había hecho nada mientras la llevaba a la cama, no la había besado siquiera. Se había portado como un perfecto caballero, aunque ella siempre había pensado que las palabras «Steve» y «caballero» se excluían la una a la otra.

Sí, se había portado bien la noche anterior, pero con otras mujeres… Steve era el amante ideal para muchas mujeres, pero no para ella.

Entonces suspiró, diciéndose a sí misma que no quería que Steve fuera su amante. No, ella tenía cosas más importantes que hacer en Surfers Paradise, por ejemplo encontrar a su hermana.

Steve se movió entonces, pasándole un brazo por encima. Y el corazón de Anneliese se volvió loco. Un segundo después, unos ojos castaños se clavaban en los suyos.

–¿Cómo estás?

–Bien –contestó ella. Aunque no era verdad del todo.

–En ese caso, buenos días, princesa –su voz, más ronca que nunca, parecía vibrar por todo su cuerpo.

–Buenos días.

Steve no se apartó, ni siquiera se molestó en apartar la pierna. Parecía contento así, mirándola mientras el sol empezaba a levantarse en el horizonte.

–Entonces a lo mejor ahora me puedes explicar por qué ayer me diste plantón.

–Pensé que preferirías la compañía de tu amiga, ya que lo habías pasado tan bien con ella la noche anterior –contestó Anneliese, apartando la mirada.

–¿De qué estás hablando? ¿Qué amiga?

–La habitación del apartamento de al lado tiene una pared que conecta con mi dormitorio, no te hagas el tonto. Los muelles del colchón crujen… no sé si me entiendes.

Steve soltó una carcajada que hizo eco por toda la habitación y Anneliese apretó los labios, dolida.

–No era yo.

–Si eras tú, te oí entrar en ese apartamento ayer…

–Sí, ayer por la tarde, pero antes estaba en uno tres plantas más arriba. Aún no he dormido en mi nuevo apartamento.

–Ah.

Entonces no era él. Qué tonta, pensó. Sin embargo, ni siquiera esa noticia la hacía sentir mejor. Seguía queriendo taparse la cabeza con el edredón, avergonzada.

–Annie… –Steve alargó una mano para tocar sus labios, despertando miedo y anhelo al mismo tiempo.

Luego se incorporó un poco, poniendo las manos a cada lado de su cuerpo, atrapándola bajo el edredón. La miraba como diciendo: «quiero besarte y esta vez no quiero que te apartes».

Anneliese había fantaseado con él mirándola de esa manera. No como la amiga de su hermana, no como a una niña mimada.

Sino como una mujer deseable.

Él se inclinó hacia delante para buscar sus labios y Anneliese se dejó llevar, cerrando los ojos para recibir aquel beso que parecía durar para siempre. Steve llenaba su boca, invitándola a unirse a él en aquel placer que no había experimentado con ningún otro hombre.

Cuando se apartó tuvo que controlar un suspiro de desilusión, pero él no había terminado. Siguió besando su cara, su cuello, su garganta… besos suaves, húmedos, que la dejaban temblando de placer.

Y luego siguió hacia abajo: sus hombros, su cuello,

hasta llegar al sujetador. Apartó el edredón e inclinó la cabeza para besar sus pechos, cerrando los labios sobre una aureola por encima del encaje negro.

El pezón se endureció ante el suave tirón de sus labios y Anneliese sintió que se quedaba sin aire en los pulmones.

Estaba asustada.

Asustada porque era como si le robase la voluntad. Y ése era el peligro que siempre había supuesto Steve para ella. Durante unos segundos lo deseó más que nada, tanto que le dolía.

–No, espera –dijo sin embargo cuando Steve intentaba apartar el edredón.

Anneliese quería olvidarse de todo y, por una vez, vivir peligrosamente.

¿Pero sería en sus propios términos o en los de Steve? Allí, en un paraíso de arena, sol y noches tropicales, un romance podía lanzarte a la deriva.

–No he venido aquí para esto –le dijo.

–No pasa nada –Steve la tapó de nuevo con el edredón–. Debo haberme equivocado. Pensé que era lo que tú querías.

«Lo es», hubiera querido gritar ella. «Te he deseado durante tanto tiempo que no sé si este momento es real o es otro de mis sueños».

–Sólo somos amigos, ¿recuerdas? –murmuró, con voz estrangulada.

–Amigos –repitió él.

–Si no te importa, quiero darme una ducha… –Anneliese parpadeó para apartar de sí la imagen de los dos desnudos y mojados.

Steve la miró un momento, en silencio, y después asintió con la cabeza.

–Nos vamos de aquí esta misma mañana. He reservado habitación en un hotel.

–¿Y por qué has tomado esa decisión sin consultarme?

–Cálmate, princesa. Es una suite de dos habitaciones.

–Márchate tú, si quieres. Yo ya he reservado habitación en un hotel. Y no me llames princesa.

Steve saltó de la cama para ponerse el chaleco y las botas.

–¿Por qué no? Te portas como si lo fueras… una princesita mimada además. Y será mejor que me digas a qué hotel piensas ir, lo descubriré me lo cuentes tú o no.

Anneliese no tenía la menor duda y en aquel momento no le importaba.

–Un hotel que se llama Centro Capricornio.

–Muy bien, cambiaré la reserva entonces.

Capítulo Ocho

A media mañana Steve estaba en el balcón de la suite del Centro Capricornio con una lata de refresco en la mano. Era un edificio más bien pequeño, uno de ésos que ahora llamaban «hoteles boutique», con todos los lujos que se pudiera imaginar.

Uno podía pedir cualquier capricho y eso, por supuesto, era perfecto para Anneliese. Podía ir de compras, nadar, comer y recibir masajes sin salir del hotel. Con servicio de habitaciones las veinticuatro horas, uno podía hacer prácticamente todo lo que quisiera en la suite.

Y eso estaba haciendo en aquel momento: bañarse en un jacuzzi para dos. Pero sola.

Steve levantó la cabeza para recibir el sol en la cara, escuchar el sonido de las olas y sentir la fresca brisa, sin pensar en Anneliese en el jacuzzi.

Pero no se le escapaba que si fuera cualquier otra mujer estaría con ella.

Sandy… ¿o era Suzy? y él habían pasado las vacaciones de Semana Santa en uno de los hoteles mas exclusivos de Sidney y la vista desde el spa era asombrosa. La vista en el spa también había sido fantástica, claro. Cuatro días de buena comida, buen vino y buen sexo sin ataduras.

No había visto a Suzy o Sandy desde entonces.

Y ésa era la mejor manera, la única manera. Así nadie resultaba herido.

Y eso lo llevó de vuelta a Anneliese. Intentaba decirse a sí mismo que le había pasado alguna vez con otra mujer y sin duda volvería a pasarle. Pero Anneliese era la única a la que no podía olvidar y haber dormido a su lado por la noche, separados sólo por el edredón, sin poder tocarla había sido un infierno.

Su pulso se aceleró y tuvo que aferrarse a la barandilla de metal sólo con pensar en ella. Pero si se dejaba llevar sabía que habría consecuencias.

Tendría que seguir viéndola porque era amiga de su hermana... pero había otra, más inquietante, conclusión; una en la que no quería ni pensar: que con Anneliese eso no sería suficiente.

Steve sacudió la cabeza, golpeando la barandilla con la mano. Sería mucho peor que eso. Anneliese despertaba viejas heridas, viejos recuerdos. Y no pensaba volver a pasar por ahí.

Aquella chica despertaba sentimientos que nadie había despertado en mucho tiempo, ocho años en concreto. Y que Steve no había querido que despertasen jamás.

Caitlyn. Una rubia bajita de ojos azules y aspecto ingenuo que hacía que uno quisiera protegerla de todos los males del mundo. La clase de mujer a la que uno quería abrazar y no soltar nunca. Alguien que lo había hecho creer que un hogar y una familia eran una posibilidad, aunque esa noción era casi imposible para él desde que su madre se marchó, abandonando a su marido y a sus hijos por un hombre rico al que había conocido en Internet.

Caitlyn no era como su madre. Ellos no tenían mucho dinero, pero se tenían el uno al otro, ¿no? Steve dejó escapar una risa sarcástica. No podía haber estado más equivocado.

Lo que Caitlyn le había hecho aún podía enfurecerlo y, sin darse cuenta, aplastó la lata que tenía en la mano. A veces la vida era un asco.

Pero no todo era malo. Aún tenía a su hermana. Su padre había muerto un par de años antes, de modo que Cindy era todo lo que le quedaba. A veces se preguntaba si la protegía demasiado, pero era difícil olvidar ciertas costumbres.

Había cuidado de ella durante casi toda su vida y por eso mantenía la casa familiar, para darle estabilidad en un mundo loco en el que los valores familiares ya no parecían importar un bledo.

Steve respiró profundamente, recordándose a sí mismo que un hogar, una esposa y una familia eran objetivos demasiado difíciles de conseguir y no merecía la pena intentarlo, de modo que no entraba en sus planes.

Anneliese salió entonces a la terraza, una tentación vestida de amarillo y pies descalzos, su pelo castaño con reflejos dorados bajo el sol.

No se parecía nada a Caitlyn. Era alta, de pelo oscuro y esbelta. No le pedía con los ojos que la protegiera, al contrario, siempre había en ellos algo oscuro, reservado. Steve sintió que algo le apretaba el pecho hasta que no había sitio más que para el pánico.

—No sabía que estuvieras aquí, pero me apetecía tomar un poco el sol —le dijo, dejándose caer sobre una tumbona.

«Aparta la mirada, por Dios», pensó Steve. Pero no podía hacerlo.

—¿Lo has pasado bien en el jacuzzi?

La pregunta había sonado irónica aunque Anneliese no se lo merecía. Afortunadamente, ella decidió no hacer caso.

–Pues sí, muy bien. Ahora me siento casi humana otra vez.

Steve sacó el móvil del bolsillo para llamar a unos clientes y unos minutos después se dejó caer sobre la silla, satisfecho. Quedarse al lado de Anneliese no era buena idea y había prometido dejarla en paz para que hiciese lo que había ido a hacer a la costa Dorada de Queensland.

–Me voy a Brisbane dentro de una hora.

–No sabía que tuvieras que irte a trabajar tan pronto –dijo ella. Parecía decepcionada, pero no podía ver sus ojos porque se había puesto unas gafas de sol.

–Lo de hoy es sólo una reunión para conocer a unos clientes, el trabajo de verdad empieza mañana, pero sólo estaré fuera un par de horas. ¿Qué tenías planeado?

Anneliese se encogió de hombros.

–No lo sé, saldré a dar un paseo o a explorar el centro. O a lo mejor me doy un masaje.

Steve arrugó el ceño.

–Si piensas quedarte aquí mucho rato deberías ponerte crema solar.

Ella se incorporó, bajando las gafas de sol por el puente de la nariz.

–No he elegido este hotel así porque sí. Tengo planes… pero necesito tiempo.

–Muy bien, como quieras. Yo tengo que ducharme.

Una vez duchado se puso un pantalón y una camisa blanca recién planchada por el servicio de habitaciones. Pero tendría que comprar ropa si iba a quedarse allí más días de lo esperado. Y ésa era la cuestión: ¿cuánto tiempo pensaba quedarse allí Anneliese? ¿Y cuáles eran esos planes de los que hablaba y que Marcus entendía? Porque dejarla sola en Surfers no era una opción.

–Bueno, me voy.

Cuando salió al balcón Anneliese se había quedado dormida en la tumbona, con una revista sobre la cara. Pero ahora sólo llevaba un bikini estampado en azul y verde.

Él era un hombre y ella una mujer y estaba medio desnuda. ¿Qué haría cualquier hombre normal?, se preguntó. Además, Anneliese sabía que podía aparecer en cualquier momento.

Pero no hizo nada. No eran esas fabulosas piernas lo que lo dejó clavado al suelo, ni la estrecha cintura o el generoso escote. Ni el ombligo con el que siempre había fantaseado.

Era el tatuaje.

O lo que podía ver de él.

De modo que Anneliese Duffield, la niña buena, tenía más de un secreto.

Sólo era parcialmente visible por debajo del bikini y, aunque sentía la tentación de bajar un poco la prenda para descubrirlo, se contuvo.

Apretando los puños, miró el océano Pacífico delante de él mientras todas las células de su cuerpo le pedían que volviese a mirar. Le había parecido una especie de símbolo chino, pero no podía estar seguro.

Steve siguió mirando el mar durante unos segundos hasta que se calmó un poco.

–Anneliese –empezó a decir, aclarándose la garganta– ha venido el coche a buscarme. Nos vemos luego.

–¿Eh? –ella apartó la revista, mirándolo con cara de sorpresa–. Perdona, he debido quedarme dormida.

–Sí, ya lo veo.

Menos mal que tenía algo en lo que ocupar la tarde, pensó.

–Entonces nos vemos luego.

Anneliese dejó escapar un suspiro. Steve con esa camisa blanca, con esos pantalones bien planchados… había tenido que hacer un esfuerzo para disimular. Pero suspiró de nuevo, aliviada porque se iba.

Antes de que volviera tenía intención de explorar las tiendas del hotel para averiguar algo sobre Abigail Seymour.

Pero el sol empezaba a quemar de verdad y se obligó a sí misma a entrar en la habitación. Después de ducharse, volvió a ponerse el vestido amarillo y una sandalias blancas de tacón… más un sombrero y unas gafas de sol.

Seguramente parecía una famosa intentando escapar de la prensa, pero se sentía más segura con ese disfraz. Una vez en el vestíbulo, miró unos folletos del hotel mientras reunía valor para hablar con uno de los empleados. Le temblaban las manos y tuvo que agarrarse al bolso como si fuera un salvavidas. Nunca se había sentido menos preparada para algo en toda su vida.

«Cálmate», se dijo a sí misma. Tal vez Abigail no trabajaba aquel día. Y en cualquier caso, no tenía por qué decirle quién era. Podría estudiar la situación antes, incluso irse sin decir nada.

Pensando eso se dirigió al empleado que estaba detrás del mostrador.

–Perdone…

–Dígame.

–Me gustaría saber dónde puedo encontrar a Abigail Seymour. Creo que trabaja aquí, pero no sé si en las oficinas o en alguna tienda…

–Abby y Zak Forrester son los propietarios del hotel –contestó el joven–. Me temo que ahora mismo están de luna de miel, pero volverán dentro de unos días.

–Ah –Anneliese asintió con la cabeza. Abby, su hermana se llamaba Abby. Y era la propietaria del hotel.

–¿Quiere dejarle un mensaje?

–No, gracias. Hablaré con ella cuando vuelva.

Anneliese se dio la vuelta para salir a la calle. Los nervios parecían haberla dejado sin fuerzas, pero consiguió llegar hasta un banco a la sombra.

Sólo era un respiro momentáneo y durante los días siguientes tendría que reunir fuerzas para hablar con su hermana. ¿Pero qué iba a contarle a Steve? Además, mientras tanto tendrían que seguir compartiendo la suite. Podía verla como una niña mimada, pero la atracción que sentían el uno por el otro era cada día más evidente…

Su móvil sonó en ese momento. Hablando del ruin de Roma…

–Hola.

–Annie –su voz era como el terciopelo–. Mi cliente ha organizado un cóctel para esta noche y quiere que vayamos. ¿Puedes estar lista en una hora?

–¿Quieres que vaya yo?

–Por lo visto, todo el mundo va a ir en pareja.

–Pero yo no soy… tú y yo no…

–Les he dicho que he venido a Queensland con alguien y esperan que acudas. No estarás muy lejos del hotel, ¿verdad?

–No, pero tú estás en Brisbane y yo estoy aquí.

–Llegaré al hotel en diez minutos y volveremos a Brisbane en helicóptero.

–¿Y sólo tengo una hora?

Una hora para encontrar un vestido adecuado, arreglarse el pelo, maquillarse…

–Podemos llegar un poco tarde. Dime que sí, Annie.

En un cóctel podría olvidar sus problemas personales, pensó. Steve se había portado muy bien y, además, quería estar con él.

«Di que sí antes de que cambies de opinión. Antes de que Steve cambie de opinión».

–Muy bien, de acuerdo.

–Estupendo. Te veo dentro de un rato.

Anneliese guardó el teléfono, insegura de repente. ¿Querría pasar la noche con ella? ¿O de verdad era idea de sus clientes y se había visto obligado?

En cualquier caso, no iba a decir que no después de haber aceptado. Suspirando, se levantó para volver al hotel. Había visto un vestido precioso en una de las boutiques de la primera planta y si lo tenían en su talla…

Capítulo Nueve

Anneliese estaba acostumbrada a ese tipo de reunión social porque había ayudado a organizar eventos benéficos para el hospital en el que trabajaba su padre, de modo que no tenía ninguna dificultad para hablar con gente a la que no conocía.

La única persona con la que tenía dificultades era Steve Anderson, pero eso empezaba a cambiar.

Con su nuevo vestido de cóctel, una túnica de seda rosa con lentejuelas en el corpiño que brillaban bajo la luz de las lámparas, se sentía mejor que en mucho tiempo. El forro, de satén dorado, acariciaba su piel con cada paso. El único problema era que las tiras del vestido le hacían daño porque se había quemado los hombros con el sol.

Tomando un sorbo de su cóctel de champán miró a Steve, que estaba charlando con uno de sus clientes frente a las puertas que daban al jardín. Con su traje de chaqueta gris y la corbata plateada parecía un hombre de negocios; el serio empresario que nunca hasta entonces había visto.

Y era impresionante.

Él le devolvió la mirada, como si siempre supiera dónde estaba, levantando su copa a modo de saludo.

Parecía comérsela con los ojos... o tal vez eran cosas suyas.

—¿Anneliese? ¿Anneliese Duffield?

Ella giró la cabeza, sorprendida. A su lado había un hombre de unos cuarenta años, atractivo y bronceado.

–Sí, soy yo.

–Soy Dan Stewart.

–Encantada de conocerte, Dan. ¿Eres cliente de Steve?

–Trabajo en la empresa James Browning y soy auditor –contestó él–. Pero desde que Steve nos dijo que salía con la hija del doctor Marcus Duffield estaba deseando conocerte.

–Ah, ya –Anneliese tragó saliva. ¿Steve le había dicho que salían juntos? Lo miró entonces por el rabillo del ojo. ¿Cómo sería salir con él, ser su novia?, se preguntó–. ¿Cuándo te lo ha contado?

–Esta mañana, cuando nos vimos.

–¿Y dices que conoces a mi padre?

–Operó a mi abuela hace unos años, cuando estábamos en Melbourne. Tu padre siempre hablaba de «su Annie» y me alegro de conocerte por fin. Has heredado sus ojos.

Anneliese tragó saliva. Unas semanas antes ese comentario le habría hecho sonreír, aquella noche la ponía triste.

–No, no es verdad.

–Lo siento, no quería ofenderte.

–No, claro que no –Anneliese intentó arreglarlo con una sonrisa–. Creo que el cóctel se me ha subido a la cabeza. Es que no he comido mucho.

–Entonces lo que necesitas es un vaso de agua –Dan la tomó del brazo para llevarla hacia una mesa.

–Gracias.

–Y un poco de aire fresco. ¿Quieres que salgamos un rato?

–Sí, muy bien.

Salieron al jardín y se sentaron en un banco, bajo una frondosa palmera.

–No sé cuándo van a servir la cena. No deberían servir bebidas sin poner algo de aperitivo –sonrió Dan.

–Desde luego –Anneliese hizo una mueca cuando la tira del vestido rozó su hombro quemado.

–Ah, es lógico que estés un poco mareada. Estás deshidratada por el sol. Volveré enseguida y…

–Dan, ¿verdad?

Anneliese levantó la mirada al oír la voz de Steve.

Estaba inmóvil, pero sentía como si su presencia se acrecentase hasta convertirse en la sombra de una montaña. Una sombra porque no podía ver su expresión en la oscuridad. El aire, fragante de aromas tropicales, estaba cargado de tensión y, nerviosa, apretó la copa entre los dedos.

–Sí –contestó Dan–. Estaba diciéndole a Annie que se ha quemado, por eso está un poco mareada.

–No lo dudo –dijo Steve–. Ha estado tomando el sol sin ponerse crema protectora. ¿Verdad, Annie?

A ella no le pasó desapercibido el tono burlón.

–Sí, me temo que sí. Es que vengo de Melbourne y allí hace frío… así que quería aprovechar el sol.

Steve sabía que no debería haberla seguido, pero cuando la vio salir al jardín con Dan algo en su interior había estallado.

–Gracias, Dan. No te preocupes por ella, yo la cuidaré. Ahora mismo tengo que presentarle a un cliente.

–Muy bien, os dejo solos entonces –el hombre carraspeó, cortado–. Encantado de conocerte, Anneliese. Saluda a tu padre de mi parte.

–Sí, claro, lo haré –sonrió ella–. ¿Se puede saber

qué te pasa? –le preguntó a Steve cuando Dan desapareció.

Steve no estaba seguro. Sabía que su reacción había sido exagerada, pero...

–Parece que haces amigos a toda velocidad.

–Si quieres saber por qué Dan me llama Annie es porque conoce a mi padre. Y he salido un momento con él porque no había comido nada y me estaba mareando.

–Bueno, da igual. Quiero presentarte a... –Steve no terminó la frase porque al poner una mano sobre su hombro notó que daba un respingo–. Vaya, así que de verdad te has quemado con el sol.

–Pues sí –replicó Anneliese–. ¿Y cómo que da igual? Eres un arrogante.

–No quería decir eso, perdona. Quiero presentarte a una persona y luego, si te apetece, iremos a algún otro sitio para discutir esto en privado.

–¿Y cómo vas a presentarme? Porque según Dan le has dicho a todo el mundo que estamos saliendo juntos.

–Yo no he dicho eso.

–Eso me ha contado Dan –insistió ella–. Es más, por lo visto has mencionado el nombre de mi padre. ¿Por qué, Steve? ¿Es bueno para tu negocio?

–Yo no necesito a tu padre para llevar mi negocio –replicó él, enfadado–. Buenos, vamos a entrar. Luego seguiremos con esta conversación.

Eran casi las once cuando volvieron al Centro Capricornio, aunque apenas se habían dirigido la palabra.

Pero debía admitir que Anneliese sabía hacer su papel. Se había ganado a sus clientes con su sonrisa y su alegre conversación. Nadie hubiera imaginado la tensión que había entre los dos. Nadie salvo el piloto del helicóptero que los había llevado de vuelta a Surfers en completo silencio.

Subieron en el ascensor sin decir una palabra y, después de colgar la chaqueta en el respaldo de una silla, Steve se dio la vuelta.

–Annie…

–Lo sé –lo interrumpió ella, sus ojos esa interesante mezcla de verde y azul que tanto lo intrigaba–. Pero antes tengo que quitarme el vestido. Me hace daño.

Una pena, pensó él. Podrían no hablarse, pero le encantaba verla con ese vestido rosa.

–¿Quieres una copa?

–Agua mineral, por favor.

Agua no sería suficiente para él esa noche, de modo que se sirvió un coñac. Pero cuando abrió el mini-bar para buscar la botella de agua encontró una ensalada de pepino que Anneliese debía haber encargado al servicio de habitaciones y decidió utilizarla.

Dan Stewart había creído que estaba saliendo con ella, pensó, mientras abría la puerta de la terraza para dejar entrar la brisa.

Eso lo había molestado durante toda la noche. No podía negar que sentía algo por ella y tal vez, sin darse cuenta, él mismo había propagado esa idea…

¿Qué pensaría Anneliese? Cuando se lo dijo parecía enfadadísima.

¿Y cómo sería verla todos los días?, se preguntó entonces. ¿Ser amigos o amantes?

No tuvo tiempo de responder a esas preguntas porque oyó que cerraba la puerta del dormitorio y, unos segundos después, estaba a su lado, con un chaleco y un pantalón corto de color blanco.

¿Hielo sería la clave esa noche?, se preguntó. Porque no quería que esos ojos lo dejasen helado. Necesitaba calor y compañía, aunque no se hubiera dado cuenta hasta aquel momento. No tenía a nadie con quien compartir el éxito de esa noche salvo Anneliese y la necesitaba desesperadamente.

¿Amigos o amantes?

Steve señaló la mesita de cristal en la que había dejado el agua y la ensalada y se sentó, esperando que ella hiciera lo propio. Olía tan bien, esa fragancia suya empezaba a ser aditiva.

–No debería…

–Yo no quería…

Habían empezado a hablar al mismo tiempo y cuando se miraron Steve descubrió que no podía apartar la mirada. Y que no quería hacerlo. Con unos brazos que parecían pesar una tonelada, tomó su cara entre las manos.

–Annie… –sus labios eran rosados, generosos y con un poco de brillo mientras se inclinaba para buscarlos.

Quería que fuera un beso suave, ni siquiera un beso, sólo una caricia, pero ella entreabrió los labios, como una invitación. Sabía a la crema y la canela de los profiteroles que habían tomado en la cena… y a algo más profundo, más rico, que parecía calentar su sangre. Era como encontrar agua en medio del desierto.

Podía sentir su pulso latiendo bajo la delicada piel de su cuello y su propio pulso se aceleró cuando Anneliese apoyó las manos en sus antebrazos, haciendo sensuales círculos con las uñas.

Steve sintió que estaba flotando…

Pero haciendo un esfuerzo sobrehumano, se apartó.

–Llevo toda la noche queriendo hacerlo.

«Todo el año. Toda mi vida».

Ella parpadeó.

–Yo no soy tu tipo y tú no eres el mío. Y sin embargo… –Anneliese parpadeó de nuevo. Y Steve nunca se había sentido tan excitado por un simple parpadeo.

–¿Y sin embargo? –repitió.

–Nada, nada. No debería haberte acusado de usar el nombre de mi padre.

–¿Qué tal si nos olvidamos del asunto? –suspiró él–. He sacado esta ensalada de la nevera porque tiene pepino y el pepino es muy bueno para las quemaduras.

Anneliese miró el plato y tuvo que sonreír.

–Y yo pensando que querías seducirme con comida.

«No me tientes».

–Si quisiera seducirte con comida buscaría algo más elegante que unas rodajas de pepino. Venga, cierra los ojos –Steve puso unas rodajas de pepino en su frente, sobre sus párpados, en el escote y sobre sus hombros. No tenía suficiente pepino para ponerlo en sus piernas y, además, empezaba a darse cuenta de que no era buena idea–. Llamaré al servicio de habitaciones para ver si pueden traernos una crema para las quemaduras del sol.

Anneliese hizo un gesto con la mano.

–No, yo tengo. Es que no quería ponérmela porque no quería oler a crema toda la noche. Pero dime, por curiosidad, ¿qué harías para seducir a una mujer?

Él la miró, sorprendido. No podía ver sus ojos porque estaban escondidos bajo las rodajas de pepino.

–Yo no seduzco a las mujeres, al menos no como tú pareces creer. Es una decisión mutua.

–Sí, seguro.

–Annie… –Steve le quitó las rodajas de pepino de los párpados. ¿Por qué siempre se había mostrado tan fría con él? ¿Por qué siempre intentaba distanciarse? Anneliese lo deseaba tanto como la deseaba él. Pero era demasiado complicado–. Yo no intento seducir a las mujeres y tú y yo somos amigos. Tú misma lo dijiste.

–¿Pero y si…?

¿Y si fueran amantes? Steve intentó apartar de sí ese pensamiento.

–¿Qué tal si mañana salimos a cenar? Nunca hemos salido a cenar juntos.

–¿Como una cita?

Parecía tan joven, tan atractiva en ese momento, con las mejillas ardiendo y los ojos brillantes…

–Muy bien, llámalo una cita.

Y esta vez la sonrisa sí llegó a los ojos de Anneliese. Aleluya.

Pero se levantó del sofá antes de decir, o hacer, algo que pudiera lamentar después. Como por ejemplo besarla hasta que los dos perdieran el sentido.

–Necesito dormir un poco, pero nos vemos mañana a las nueve. Es una cita.

Capítulo Diez

Anneliese estaba mirándose al espejo. El vestido era tan… llamativo. Ella no solía vestir de rojo y la tela, la poca tela, se pegaba a su cuerpo abriéndose en el escote para mostrar el collar de diamantes y rubíes que llevaba al cuello.

–Has elegido el rojo por algo –se dijo a sí misma.

«Aquí estoy, cuidado Steve».

Nada de colores pastel esa noche. Steve la deseaba, estaba segura. ¿Por qué si no la habría besado la noche anterior cuando ella se había apartado por la mañana en el apartamento?

Y lo que había ocurrido con Dan… Anneliese recordaba bien la escena. Steve no estaba enfadado, estaba celoso.

Y ella lo deseaba también. Lo había deseado durante años, pero sólo ahora era capaz de reconocerlo. Y en lugar de esconderse tras la fachada de frialdad que había usado durante todo ese tiempo, había decidido dar un paso adelante. Tal vez porque la vida tenía una curiosa manera de darte una patada cuando menos lo esperabas.

Su familia era una mentira y tenía una hermana a la que estaba a punto de conocer. ¿Quién sabía lo que podría pasar al día siguiente?

Pero si Steve no quería seducirla… Anneliese sacudió la cabeza. No, imposible. Estaba hablando de Steve Anderson, famoso mujeriego.

Aunque los hombres como Steve nunca se quedaban con nadie durante mucho tiempo.

Mirándose al espejo de nuevo, sacudió el pelo para darle más volumen. Daba igual. Tal vez si hacían el amor podría olvidarse de él de una vez por todas. Y, además, se negaba a pensar en nada que no fuera el momento.

–Buenas noches, Annie.

No había oído la puerta y lo vio a través del espejo. Steve estaba a un metro de ella, con una rosa de tallo largo en la mano…

Pero de repente no podía respirar y se le doblaban las piernas, como le había pasado siempre con él.

«Cálmate», se dijo.

–Hola.

Se había cortado un poco el pelo, pero lo llevaba tan desordenado como siempre. Como si acabara de salir de la cama.

Él no parecía capaz de apartar los ojos de su vestido y Anneliese sintió que le ardían las mejillas. ¿Estaría imaginándola desnuda?

–Vaya, rojo fuego –murmuró por fin, mirándola de arriba abajo–. Siempre había pensado que los colores pastel te quedaban bien, pero ese vestido…

–Gracias.

–¿Qué tal las quemaduras? ¿Te siguen doliendo?

–No, no, ya estoy bien. Y gracias por la rosa.

Cuando Steve se inclinó para darle un beso en la mejilla, Anneliese giró la cabeza en el último segundo y sus labios se encontraron.

«Esto es lo que he estado esperando toda mi vida», pensó.

En aquel momento lo deseaba más de lo que había deseado nada en su vida. Lo conocía desde hacía años, pero no había reconocido hasta ese momento lo que quería: aquel hombre, su amistad, su apoyo, su comprensión. Y aquella noche, algo más.

Sintiéndose audaz, Anneliese pasó las manos por la pechera de su camisa, notando los fuertes músculos de su torso bajo los dedos.

–Oye… –Steve sonrió, nervioso–. ¿Dónde está el fuego?

–¿Te refieres al vestido? –preguntó ella. ¿De dónde había salido esa voz tan ronca?

La sonrisa de Steve desapareció, como si de repente hubiera recordado quién era.

–Venga, vamos –dijo, dando un paso atrás–. He reservado mesa en un restaurante que espero que te guste.

Tardaron unos minutos en llegar a la sala Skylight, en el piso setenta y ocho de una de las torres más altas de la ciudad. Anneliese no sabía si la sensación de mareo era debida a la altura o porque tenía una cita con Steve.

Cuando se abrieron las puertas del ascensor y llegaron a un salón tenuemente iluminado dejó escapar un suspiro.

–¿Llegamos demasiado tarde?

–No, llegamos justo a tiempo. Esta noche es sólo para nosotros.

–¿Has reservado todo el restaurante? –exclamó ella, sorprendida, mientras el maître los llevaba a una mesa para dos frente a un ventanal.

El aroma de las flores tropicales y la iluminación de las velas le daba un aire mágico a la sala y Anneliese se sentó, admirando la gloriosa vista de la ciudad, como una alfombra llena de luces.

Luego se volvió hacia Steve. La luz de las velas se reflejaba en sus ojos y se dejó llevar por el placer de mirar su cara.

–Nadie había hecho algo así por mí. Gracias.

–He elegido lo que vamos a cenar, espero que no te importe –sonriendo, Steve sacó una botella de un cubo de hielo–. *Voilà*.

–¡Champán francés!

Un camarero se acercó para abrir la botella y otro para servir la cena: una bandeja de gambas, langostinos, ostras Kilpatrick, cangrejo y salmón ahumado sobre una ensalada de lechuga, tomates cherry y alcaparras.

–Sé que te gusta el pescado –Steve tomó un langostino y lo mojó en la salsa antes de ofrecérselo.

Y Anneliese lo mordió, sin dejar de mirarlo a los ojos.

–Divino.

–Desde luego –rió él, ofreciéndole una copa–. Por lo que nos depare el futuro –brindó.

Anneliese tomó un sorbo de champán, preguntándose qué habría querido decir.

–¿Crees en el destino?

–No, sólo uno mismo puede forjarse su propia felicidad, así que el destino es lo que uno haga con él –Steve dejó la copa sobre la mesa y eligió una ostra–. Háblame un poco de la chica que rescata animales.

–¿Cindy no te lo ha contado?

–Cindy no me cuenta casi nada. Yo sólo soy su molesto hermano mayor, que aún está acostumbrándose a la idea de que su hermanita es una adulta.

–Puede que no te lo diga nunca, pero te quiere mucho y te está muy agradecida. Siempre has estado a su lado… algún día serás un padre estupendo.

De repente, los ojos de Steve se nublaron. Y era la primera vez que lo veía turbado por algo.

–¿No quieres tener hijos algún día?

–No –respondió él, con sequedad–. La vida familiar no es para mí.

Incluso la temperatura del salón pareció descender varios grados. Intentaba disimular, pero en sus ojos podía ver un brillo de dolor…

¿Su madre tal vez? Anneliese sabía que los había abandonado muchos años atrás. Como su madre biológica la había abandonado a ella. Porque los niños eran un problema.

–Tú no eres sólo el hermano de Cindy, eres su héroe.

Steve la miró a los ojos un momento antes de girar la cabeza para admirar las luces de la ciudad.

–Seguro que se enfadará contigo por decirme eso. Pero ibas a hablarme de tu trabajo con los animales.

–He trabajado como voluntaria en un refugio para animales durante un par años. Y sigo queriendo estudiar Veterinaria algún día.

–¿Por qué no empiezas ahora?

–Mi madre dice…

Anneliese no terminó la frase. No, ahora era libre de hacer lo que le viniera en gana.

Porque su madre ya no estaba.

–¿Estás bien? –Steve puso una mano en su brazo.

–Sí, claro.

–El tiempo cura esas heridas.

Ella asintió con la cabeza.

–Sí, ya lo sé.

Cenaron, bebieron y compartieron un pastel de frambuesa mientras escuchaban un dúo de flauta y guitarra que Steve había contratado y que, en aquel momento, estaba tocando música española.

Steve, incapaz de resistirse, levantó una mano para

acariciar su cara. Nunca había sentido esa urgencia por tocar a una mujer. Y la sentía constantemente.

Estaba descubriendo que sus ojos eran verdes cuando estaba contenta, azules cuando estaba enfadada o triste. Y él quería olvidarse de todo y llevarla a su habitación para hacerle el amor hasta que ninguno de los dos pudiera moverse. Pero la apasionada música española era lo único que iba a tener esa noche. Y cualquier otra noche.

Poco después el dúo se marchó y el camarero se acercó para servir el café antes de dejarlos solos.

Steve vio cómo los ojos de Anneliese brillaban mientras tomaba un sorbo de café y tuvo que aflojarse un poco la corbata, que parecía estrangularlo. ¿Por qué le había parecido buena idea invitarla a cenar?

–Gracias por esta noche –sonrió ella, rozando los pétalos de la rosa con sus labios.

Steve miró su escote y luego volvió a mirarla a los ojos… verdes como la hierba.

–Siempre me has recordado a una rosa. Alta, esbelta, con espinas, una delicia para los ojos.

Quería besarla. Ahora, con la luz de las velas reflejada en sus ojos, la comisura de los labios curvada en una sonrisa.

–Me gustaría verte a la luz de la luna o a la luz de la chimenea.

–Una es fría, la otra caliente –dijo Anneliese, pasándose la lengua por los labios.

–La luz de la luna entonces. Te va mejor: clásica, fresca, etérea.

Estaba ardiendo por dentro y por fuera. Y cuando miró el vestido rojo no pudo dejar de imaginar cómo sería quitárselo. Se tomaría su tiempo, deslizando las tiras sobre los hombros antes de rozar su piel con los dedos…

—Eres tan preciosa —Steve apartó el pelo de su cara para acariciar la satinada mejilla.

Cuando se inclinó para buscar su boca, Anneliese respondió dejando escapar un gemido. ¿Cómo iba a resistirse? Aquello era como una adicción. Una tortura porque no podía satisfacer su deseo. Aquel beso perfecto que invitaba todo tipo de tentaciones…

Haciendo un esfuerzo, se apartó. Aunque no deseaba hacerlo.

La sonrisa de Anneliese era algo que vería una y otra vez en sus sueños. ¿Sería posible mantener una simple aventura con ella? Después de tantos años preguntándose cómo sería, la tenía a su alcance literal y figuradamente. Y ella lo deseaba. ¿Por qué no dar el siguiente paso?

No, no podía hacerlo. Anneliese era su responsabilidad y tenía que cuidar de ella. Incluso salvarla de sí mismo.

Suspirando, tomó el chal que había dejado sobre el respaldo de la silla.

—Es hora de irnos.

En cuanto entraron en la suite Anneliese se quitó el chal y Steve la chaqueta. Pero cuando se remangó la camisa y vio esos musculosos antebrazos cubiertos de vello oscuro su corazón se volvió loco. Ella quería esos antebrazos a su alrededor…

—¿Quieres otro café? —le preguntó, con voz estrangulada.

—No, gracias —Steve encendió la televisión y se dispuso a ver una carrera de Fórmula Uno.

Anneliese suspiró. Después de una cita maravillosa se ponía a ver deportes en televisión…

Había dicho que era preciosa. La había besado como si no pudiera cansarse de ella y ahora estaba viendo la televisión. ¿Qué significaba eso? Aquel hombre era un mujeriego, le gustaban las mujeres, le gustaba acostarse con ellas. ¿Por qué no hacía algo?

Steve debió sentir su mirada clavada en la espalda porque volvió a tomar el mando de la televisión y la apagó antes de levantarse.

No dejaba de mirarla mientras se acercaba y Anneliese sintió que sus pezones despertaban a la vida bajo la tela del vestido.

Pero luego, sin tocarla, inclinó la cabeza para darle un beso en la mejilla.

—Creo que lo mejor es que nos vayamos a dormir. Buenas noches, princesa.

Atónita, Anneliese se quedó donde estaba, llevándose una mano al corazón para intentar controlar sus salvajes latidos. ¿Había estado equivocada al pensar que Steve la deseaba? No, imposible.

Y, sin embargo, cuando pensaba que iba a tomar su mano para llevarla a la habitación, le había dado las buenas noches. Eso no tenía sentido.

A Steve le gustaban las mujeres y ella era una mujer. ¿Tendría el sello de virgen estampado en la frente? ¿Sería su inexperiencia un problema?

Furiosa, decidió hablar con él.

Pero cuando empujó la puerta de la habitación se quedó helada, mirándolo mientras su pulso cobraba nueva vida. Se había quitado la camisa y estaba frente a la cama con el móvil en la mano. El fino vello oscuro de su torso se perdía bajo el elástico del pantalón…

Anneliese se mordió los labios. Nunca lo había visto sin camisa. Tenía un torso bronceado y perfectamente esculpido, como si fuera el modelo de una antigua estatua griega.

Steve dejó el móvil sobre la mesilla, se pasó las manos por el pelo y empezó a bajar la cremallera del pantalón.

—Steve…

Él se volvió, sorprendido.

—¿Ocurre algo?

—Pues… es que quería hablar contigo.

—Entra, Annie —Steve tomó la camisa y volvió a ponérsela, pero no la abrochó—. Ven, siéntate y cuéntame cuál es el problema.

Anneliese se dejó caer sobre el borde de la cama. Ahora que estaba allí, abrumada por su físico, no sabía qué decir.

—Tú eres el problema.

—¿Qué he hecho?

—No es lo que has hecho sino lo que no has hecho.

—Muy bien. ¿Qué no he hecho?

Anneliese se miró las manos, unidas en el regazo, intentando calmarse. Si no lo decía ahora lo lamentaría para siempre.

—Me besas apasionadamente, pero luego te apartas. Nunca has intentado…

Steve la miraba con expresión incrédula, como si la idea fuera completamente absurda.

—¿Lo dices en serio? —murmuró, levantándose para asomarse a la ventana.

Se había equivocado, pensó Anneliese, sintiéndose humillada. ¿Cómo iba a mirarlo a la cara? Estaba a punto de volver a su habitación cuando Steve la tomó del brazo.

—¿Por qué crees que te he besado? ¿Es que no lo sabes? Me gustas, Annie. Me gustas demasiado como para estropearlo todo con una aventura de un par de días. No debería haberte besado…

El corazón de Anneliese latía de tal forma que parecía tenerlo en la garganta.

–¿Por qué no?

–Porque complicaría las cosas –Steve señaló alrededor–. Estamos en un hotel de lujo en un sitio tropical… es fácil caer en la trampa.

–¿Estás diciendo que cuando volvamos a casa lo habremos olvidado todo?

–Sí… no, no lo sé –Steve sacudió la cabeza–. Te deseo, Annie, pero no quiero hacerte daño. Yo no tengo relaciones serias con nadie.

–¿Y si yo no quisiera una relación seria?

–Una chica como tú siempre quiere una relación seria.

–¿Una chica como yo? Hay muchas cosas que no sabes sobre mí, Steve.

Él inclinó la cabeza en un gesto de asentimiento.

–Piensa bien en lo que quieres porque a veces uno lamenta conseguir lo que desea.

Después se dio la vuelta para salir a la terraza y Anneliese observó cómo el viento lo despeinaba y movía su camisa.

Angustiada, se dio cuenta de que estaba enamorándose de él. Y, sin decir otra palabra, salió de la habitación sabiendo que aquella conversación había terminado.

Capítulo Once

La tensión entre ellos aumentó durante los dos días siguientes, pero Steve se vio obligado a admitir que Anneliese no era tan predecible como había creído.

La noche anterior se había ido a su habitación después de cenar, seguramente para evitarlo, y él sentía como si estuviera sentado sobre el filo de un cuchillo, esperando una decisión. Había dejado claro que la deseaba, pero también había dejado claro que no quería hacerle daño.

Aquella noche estaba a unos metros, en el sofá, viendo la televisión mientras él trabajaba en su ordenador portátil. Pero se negaba a levantar la mirada, ni siquiera cuando la oyó suspirar; un suspiro que le recordó sus besos.

¿Cómo suspiraría si la acariciase por todas partes?, se preguntó.

No, era ella quien tenía que elegir, él no iba a influir en esa decisión.

Anneliese se levantó entonces para ir al mini-bar, sus pantalones cortos dejando al descubierto unas largas y bien torneadas piernas. Las quemaduras del sol habían desaparecido, dejando su piel con un tono dorado, pero Steve se obligó a sí mismo a mirar de nuevo la pantalla del ordenador… aunque era incapaz de concentrarse en las cifras.

–¿Te apetece un poco de mango?

Cuando levantó la cabeza la vio con un cuenco de fruta en la mano. Llevaba una camiseta negra ajustada, con unos labios estampados en el pecho, y supo que lo que le apetecía no era el mango precisamente.

–No, gracias.

Pero le haría falta algo fresco para controlar el calentón. El aire dentro de la suite era opresivo y en la calle podía oír el sonido de un bajo. Gente, pensó, mucha gente, distracciones…

–Annie, vístete, vamos a dar un paseo –le dijo, cerrando el ordenador.

–¿Ah, sí?

–Aún no hemos salido a dar una vuelta por el paseo marítimo.

–Pero tengo que ducharme y cambiarme de ropa…

–Muy bien, yo haré lo mismo. Nos vemos aquí en media hora.

Cuando Anneliese apareció treinta minutos después con un elegante vestido blanco y un collar de diamantes y rubíes, Steve se preguntó si estaba a punto de cometer un grave error.

–Venga, vamos.

No era él el único que miraba a Anneliese cuando bajaron al vestíbulo. Un par de empleados la siguieron con mirada perpleja hasta que cruzó la puerta, casi como si la reconocieran.

Steve tomó su mano y no la soltó. Seguramente la habrían visto entrar y salir y estaban tan fascinados como él por su belleza.

El sonido de las olas se mezclaba con la música que salía de los bares, la charla de la gente y el ruido del tráfico. El aire, pesado y húmedo, olía a comida. Y la mano de Anneliese era tan suave…

¿Qué estaría pensando?, se preguntó. ¿Qué habría decidido?

–¿Dónde vamos?

–A Ocean Avenue. Me han dicho que allí hay un sitio donde la música es más importante que las copas.

Y eso era lo que quería, un sitio en el que pudiera aliviar sus frustraciones.

–¿Es sólo música o también una discoteca?

–Las dos cosas. ¿Te gusta bailar?

–Sí, mucho. ¿Y a ti?

–También –Steve miró al cielo–. Pero me parece que está a punto de ponerse a llover.

Anneliese levantó la mirada y, por primera vez, se fijo en las nubes de color rosado… y enseguida sintió la primera gota cayendo sobre su brazo.

–Venga, vamos –la urgió Steve, tirando de su mano–. Tenemos que buscar refugio.

–No, espera –mientras ella se quitaba las sandalias la tormenta se desató, haciendo que los turistas corrieran a buscar refugio–. ¡Vamos a meternos bajo ese árbol!

Pero el árbol no sirvió de nada porque en dos minutos estaba calada hasta los huesos. Soltando el bolso y las sandalias, se apoyó en el tronco intentando apartar el pelo mojado de su cara. La delicada seda del vestido seguramente se habría estropeado y debía tener manchurrones negros de máscara de pestañas por toda la cara… pero nunca se había sentido más libre en toda su vida.

Riendo, miró a Steve.

Las gotas de lluvia corrían por su cara, brillando como joyas diminutas sobre sus pestañas.

Y la risa desapareció.

Su mirada era como terciopelo oscuro y le llegaba muy dentro, calentando aquel sitio vacío en su corazón que nunca había querido reconocer que existiera.

Podía oler su piel, cálida y húmeda. Podía sentir su deseo mientras se acercaba un poco más para resguardarla de la lluvia, atrapándola contra el árbol… o casi, porque no la tocaba.

Iba a besarla y cuánto lo había echado de menos.

Veía el reflejo de cientos de luces en sus ojos oscuros y, levantando la cara, entreabrió los labios para recibir la caricia…

Nada.

Anneliese abrió los ojos. Steve seguía allí, su boca a unos milímetros de la suya, el pelo empapado.

–¿Qué?

–¿Estás segura?

Ella no contestó; sencillamente se acercó un poco más, hasta que las puntas de sus pechos rozaban el torso masculino, y le pasó los brazos por la cintura.

–Annie…

Sin esperar, Anneliese se puso de puntillas para buscar sus labios. Cálidos, dulces y húmedos de la lluvia. En la distancia podía oír la música de un bar, a su izquierda el sonido de las olas rompiendo contra la playa. Pero ella sólo podía escuchar los latidos de su corazón.

Sintió el roce de sus vaqueros mientras maniobraba para apoyarla contra el tronco del árbol y cuando levantó una pierna para enredarla en su muslo sintió la fuerza de su erección presionando contra ella.

Anneliese abrió los ojos ante el impacto de lo que estaba haciendo. Seguía apretándose contra… Steve

Anderson. Y Steve Anderson estaba apretándose contra ella.

En medio de la calle, en Surfers Paradise.

¿Qué le estaba pasando? ¿Había perdido la cabeza? Sí, decidió, tenía que ser eso.

—Relájate —dijo Steve.

Pero Anneliese aprovechó la oportunidad para tomar el bolso y las sandalias del suelo y salir corriendo hacia el hotel.

Un segundo después, él estaba a su lado.

—Annie… no pasa nada.

—Ya lo sé, no pasa nada —asintió ella. Pero no se detuvo cuando llegaron al vestíbulo y salió al recinto de la piscina. Una vez allí, dejando el bolso y las sandalias sobre la hierba, se lanzó de cabeza.

El agua fresca consiguió calmarla un poco y un segundo después, apartándose el pelo de la cara, exclamó:

—¡Sí!

Steve estaba perplejo al borde de la piscina, pero un segundo después saltó también y llegó nadando a su lado.

—¿Sí qué, Annie?

—Sí, estoy segura.

—Me parece… —sonriendo, Steve rozó sus labios, tomándola por la cintura— que estamos molestando a los demás clientes.

Los pocos clientes que quedaban en el jardín, a resguardo de la lluvia, los miraban, atónitos.

—Me doy cuenta, pero la respuesta sigue siendo sí.

¿Qué más daba que no fuera para siempre? Ella quería que ocurriera, lo quería a él. No era tan ingenua como para olvidarse de su reputación de mujeriego o de que estaban en Surfers y que cuando volvieran a casa todo cambiaría. Estaba tomando una decisión con los ojos bien abiertos.

–Perdónenme, señores, pero tengo que pedirles que salgan de la piscina –los llamó un empleado del hotel, que estaba al borde de la piscina con dos toallas.

–Sí, disculpe –dijo Steve, intentando contener la risa.

–Lo siento… –Anneliese arrugó el ceño al ver que el empleado la miraba como si hubiera visto a un fantasma.

Pero se olvidó de él cuando Steve empezó a frotarla con la toalla.

–Creo que hemos montado un pequeño escándalo. Venga, vamos.

Su primer santuario, el ascensor, era todo espejos y luces suaves.

Anneliese apoyó la cabeza en una de las paredes y cuando miró hacia arriba se quedó sorprendida al verse en el espejo del techo. ¿Esa mujer empapada que dejaba que Steve le agarrase el trasero era Anneliese Duffield?

Tal vez no, pensó. Tal vez era Hayley. Tal vez tenía otra personalidad. Porque Anneliese Duffield no estaría arqueando el cuello para dejar que la besara… disfrutando del calor de sus labios y el roce de su barba.

La escena era irreal; su vestido blanco brillaba como un ópalo, sus brazos y piernas parecían de bronce.

Y Steve… su piel parecía tan oscura, sus ojos brillantes e intensos. Potentes. Con el pelo mojado, la fuerte mandíbula y los duros ángulos de su rostro, parecía más un depredador que un amante.

Amante.

Era una palabra nueva, pero eso era lo que iba a

ser… si ella quería. Aún podía elegir. Aún podía decir que no.

La puerta del ascensor se abrió en el rellano, frente a la suite, pero Steve no se movió y tampoco lo hizo ella.

Era el momento de elegir.

Unos segundos oyó que la puerta se cerraba de nuevo.

Capítulo Doce

Steve dio un paso atrás, pero sólo para pulsar el botón que bloqueaba el ascensor. La importancia de esa acción y el brillo de sus ojos se registraron en el eufórico cerebro de Anneliese.

Sin dejar de mirarla, alargó los brazos hacia ella para acariciarla por encima del vestido.

—Seda —murmuró, deslizando una mano por su brazo, las yemas de sus dedos creando una delicada fricción que la hacía sentir tan frágil como el cristal—. Como tu piel. Me encanta tu piel —dijo luego, inclinando la cabeza para besar su brazo.

Cuando la apartó de la pared para desabrochar la cremallera del vestido el sonido le pareció tan erótico como el roce de sus nudillos en la espalda mientras le quitaba la mojada tela… hasta que la prenda cayó a sus pies.

—Esto es una sorpresa —sonrió Steve, señalando el tatuaje.

Anneliese sintió un escalofrío mientras trazaba con el dedo el tatuaje que se había hecho cuando cumplió los dieciocho años; unos caracteres chinos, su único momento de rebeldía.

—Es un secreto —murmuró, un poco avergonzada. Hasta aquel momento, nadie más que ella lo había visto.

—¿Qué significa?

–Cuerpo, mente y espíritu.

Sus miedos se derritieron ante el calor y la seguridad de aquel mundo privado dentro del ascensor… y la presencia sólida de Steve. Sabía que estaba a salvo con él; lo sabía por cómo la miraba a los ojos, por cómo la acariciaba.

Él puso las manos sobre sus pechos y cuando inclinó la cabeza Anneliese sintió que se le doblaban las piernas. Se quedó sin aliento mientras la acariciaba con la boca por encima del sujetador de satén.

–Steve…

–Annie –musitó él, buscando el broche del sujetador antes de dejarlo caer al suelo. Y luego bajó las manos hasta sus caderas para apartar la única pieza de ropa que le quedaba. Una vez más, apenas la rozó para bajarle las braguitas, dejándola sólo con el collar y los pendientes.

Steve la miró de arriba abajo con esos ojos oscuros que se deslizaban por su cuerpo como si fuera chocolate.

–Dios mío, eres preciosa –suspiró, tocando el collar con un dedo–. Los rubíes te quedan bien. Rojos como tu pelo… me encanta tu pelo y me encanta mirarte, princesa Annie.

Debería haberse sentido expuesta y vulnerable, desnuda delante de un hombre por primera vez, pero no era así. Se sentía admirada y deseada… y completamente encendida.

A través de una niebla de deseo vio cómo se quitaba el empapado jersey, mostrando su ancho torso cubierto de vello oscuro. En el espejo que había detrás de él podía ver su espalda, los músculos marcados cuando bajó las manos para tirar de sus vaqueros…

Unos vaqueros mojados que se pegaban a su cuerpo. Cuando alargó la mano para desabrochar el botón, Anneliese sintió como si estuviera borracha, aunque no había bebido alcohol. Y casi dejó de respirar cuando notó el bulto bajo sus dedos.

–No, aún no –dijo él, sujetando su mano–. Quiero verte.

Steve dio un paso atrás para explorar su cuerpo con las manos y los ojos, despacio, como si ya conociera cada centímetro, como si supiera dónde y cómo tocarla.

Mientras las yemas de sus dedos exploraban sus pechos, la curva de sus caderas, el hueco de su ombligo, Anneliese se negaba a pensar en las otras mujeres con las que habría estado. Por el momento quería aquello y no iba a pensar en nada más.

Cuando separó sus piernas sintió un calor desconocido en la parte baja del abdomen y se arqueó instintivamente contra su mano.

Él respondió pasando un dedo por su húmedo centro, muy despacio. Anneliese abrió los ojos, dejando escapar un gemido y sujetándose a sus hombros, buscando ese algo misterioso que nunca había experimentado. Podía oler el calor de su cuerpo, a unos centímetros de ella, una mezcla de hombre y cloro de la piscina.

Y luego cometió el error de seguir su mirada hacia abajo… hacia la oscura mano que cubría su pálida piel. Una piel que nunca había visto la luz del día.

Y se sintió avergonzada, expuesta. De repente, sintiendo que ardía por todas partes, cerró las piernas, pero sólo consiguió atrapar allí la mano de Steve.

Él levantó su barbilla de modo que no tenía más remedio que mirarlo a los ojos.

–No te escondas de mí. Eres la chica más guapa que he visto nunca, Annie.

Luego, sin decir nada más, volvió a separar sus piernas y Anneliese sintió unos dedos largos, húmedos, deslizándose sobre ella una y otra vez… y la deliciosa tensión se incrementó hasta que pensó que iba a perder la cabeza.

Steve volvió a buscar sus labios y ella suspiró, saboreando el beso mientras deslizaba un dedo en su interior… y luego otro, agarrándose a sus hombros para no caer al suelo.

El aire estaba cargado y podía oír sus propios jadeos. Steve no podía imaginar cuántas veces había soñado con aquello.

La pasión la guiaba, le daba fuerzas, hacía que se atreviese a olvidar sus inhibiciones, a sentir.

Ah, qué liberador era seguir su instinto, deslizar las manos por los bíceps de Steve, sentir el movimiento de sus muñecas mientras le daba placer, enredar su lengua con la suya…

Qué maravilloso era dejarle hacer con ella lo que quisiera.

Sorprendente.

–Steve… –la presión crecía hasta que sus piernas se doblaron y tuvo que agarrarse a su cuello. Estaba rompiéndose en pedazos como un frágil pedazo de cristal.

Y luego, por fin, su cuerpo cayó hacia delante, hacia el abismo. Más allá de los sueños y de la imaginación, la envió al cielo para devolverla a la tierra después.

Agotada, apoyó la cabeza en su cuello, respirando el aroma de su piel, escuchando los latidos de su corazón, sintiendo que el pulso en su sien latía como loco.

–Oh, Steve…

–Me alegro –sonrió él.

Por fin recuperó la sensación en las piernas y, al mover las caderas, notó algo duro rozando su vientre. Y cuando miró hacia abajo vio el bulto bajo los vaqueros mojados. Su pulso, que apenas se había recuperado, volvió a enloquecer. Era… muy grande.

Pero lo deseaba. Siempre lo había deseado y lo deseaba ahora. Quería que volviese a tocarla; el placer del sexo que él le había enseñado era el descubrimiento más excitante de su vida. Pero toda esa masculinidad ahí abajo…

–Sí –dijo Steve, mientras tiraba del pantalón hacia abajo–. Creo que ha encogido un par de tallas.

Anneliese no pudo evitar una risita nerviosa.

–Imagino que te refieres al pantalón.

–Al pantalón, claro –rió él. Pero no era su risa habitual y su voz sonaba más tensa que ronca–. Y no es fácil quitárselo.

–Ya me imagino –Anneliese suspiró, preguntándose cómo habían llegado a ese punto: conversar sobre cómo encogían unos vaqueros mientras estaban desnudos en un ascensor.

Y todo eso había pasado en una semana.

Tal vez era así como se comportaba todo el mundo, pensó. Y debía actuar de manera despreocupada, no dejar que viese lo inexperta que era. Lo desesperada que estaba por tenerlo dentro de ella. Porque si lo supiera podría…

Oyó el golpe de los vaqueros mojados sobre el suelo y, al verlo, orgulloso, fiero, se olvidó de todo lo demás.

–Annie…

Anneliese lo miró a los ojos; unos ojos del color de

la medianoche. Cuando tocó su cara le pareció que le temblaba la mano. ¿Sería posible?

—¿Estás bien?

Ella puso una mano sobre su duro torso.

—Nunca he estado mejor.

Era lo que quería escuchar, pero Steve dejó escapar el aliento que había estado conteniendo sin darse cuenta.

—En el dormitorio… vamos a la suite.

Pero antes de que pudiera tomarla en brazos, Anneliese se agarró a sus hombros con ferocidad.

—Demasiado lejos —musitó—. Ahora, aquí —le temblaba la mano mientras la deslizaba por su abdomen y Steve contuvo el aliento cuando agarró su miembro, explorando cada centímetro con roces sensuales y ligeros toquecitos sobre la punta.

De repente, fue como si un incendio se extendiera por todo su cuerpo. El sentido común le decía que buscase una cama a pesar de sus protestas, pero la razón lo desertó en ese momento.

Anneliese se movió para rozarse contra su muslo, para acercarse más… y a partir de entonces no pudo pensar. El deseo de perderse en ella, en Anneliese, lo ahogaba y la empujó hacia el espejo sin saber lo que hacía.

Colocándose entre sus piernas la miró a los ojos. Unos ojos que lo habían perseguido en sueños y que ahora estaban brillantes de pasión. Vio cómo se mordía el labio inferior mientras empujaba hacia delante, entrando en ella. Era estrecha, muy estrecha… y muy ardiente. Moviendo la pelvis, Steve empujó hasta el fondo una, dos, tres veces…

Y luego se detuvo.

No sabía cómo, pero encontró fuerzas para hacerlo y se apartó, hasta la última neurona que funcionaba en su cerebro gritando en protesta.

Anneliese había hecho que se olvidase de todo. Y él no olvidaba nunca ciertas cosas.

–¿Qué ocurre?

–No llevo preservativo.

La oyó suspirar mientras se inclinaba para buscar la cartera en el bolsillo del pantalón, ahora empapado. Le temblaban los dedos mientras rasgaba el paquetito y se enfundaba en el preservativo a toda prisa.

Luego, sujetando sus manos, apretó a Anneliese contra el espejo, viendo cómo subían y bajaban sus pechos mientras se apretaba contra ella. Mientras entraba en ella.

Dejó escapar un suspiro de placer cuando su húmedo pasaje le dio la bienvenida y se olvidó de todo salvo de Anneliese hasta que sintió los temblores sacudiendo su cuerpo, apretándolo más si era posible.

Entonces y sólo entonces, sin apenas respiración, el pulso latiendo en sus oídos, estalló dentro de ella.

Steve miraba a Anneliese dormida, su pelo castaño extendido como una llama por la almohada, con la primera luz del amanecer iluminando la habitación. El collar brillaba en su cuello y podía ver el nacimiento de sus pechos por encima del embozo de la sábana.

Apenas había dormido. Cuando llegaron a la habitación habían vuelto a hacer el amor de nuevo, furiosa, frenéticamente, como si no pudieran cansarse el uno del otro. No se parecía a nada que hubiera experimentado nunca.

Recordaba lo que había pasado después de esa primera vez en el ascensor, cuando sus corazones latían al unísono. Empapados en sudor, apretados el uno contra el otro, sólo quería quedarse allí, de esa forma, abrazando a Anneliese mientras la sentía temblar. Estar con ella era… perfecto.

Y eso lo complicaba todo.

Suspirando, se volvió hacia la ventana. No mirarla lo ayudaba a pensar, hacía que fuera más fácil concentrarse.

Una playa tropical, una mujer hermosa; todo eso llamaba al romance… él mismo se lo había dicho a Anneliese. Pero era un engaño. Porque después de Caitlyn no había manera humana de que volviera a enamorarse de otra mujer.

Y, sin embargo, había estado a punto de cometer un grave error. Antes de ponerse el preservativo había habido un par de segundos sin protección…

Pero Anneliese no era Caitlyn. Ella le había dicho que nunca sería tan descuidada como para quedar embarazada. ¿Estaría tomando la píldora o sencillamente había confiado en que él usara preservativo?

O tal vez nunca había hecho el amor con un hombre.

Pensar que podría haber sido virgen lo angustió. No había actuado como si fuera su primera vez, pero Anneliese estaba llena de secretos.

Y podría pensar que después de acostarse juntos iban a casarse, que eso significaba una relación permanente. Podría esperar algo que él no podía darle porque no estaba dispuesto a arriesgar su corazón por segunda vez.

Con cuidado para no despertarla saltó de la cama

y salió a la terraza para ver el amanecer sobre el océano Pacífico. Las nubes habían desaparecido y las olas golpeaban suavemente la playa, pero hacía frío a esa hora.

Anneliese era especial para él, aunque ella no lo supiera. Siempre lo había sido y siempre lo sería. Y también era algo más que una amante.

Steve se acercó a la barandilla para observar a una bandada de gaviotas sobrevolando el agua. Cuando volvieran a Melbourne, a su rutina, a su familia y amigos, ¿qué pasaría?

Había llamado a Marcus la noche antes de irse para pedirle que lo avisara si Anneliese intentaba marcharse sola. Por eso estaba en la puerta el martes de madrugada. Él le había confiado el cuidado de su hija…

Y Cindy… a su hermana no le haría ninguna gracia. Se enfadaría con él por haberse acostado con su mejor amiga.

Aunque no era sólo eso.

Una revelación lo golpeó en el pecho como un tsunami: estaba enamorándose de Anneliese. No sabía dónde le llevaría aquello y en aquel momento no quería saberlo.

Anneliese estaba allí por alguna razón que él desconocía y, aunque le gustaría saberlo, no quería meterse en sus cosas. Pero tenía la impresión de haber tomado un camino que ya no podía controlar.

Capítulo Trece

Anneliese despertó al oír la voz de Steve al otro lado de la habitación. No podía entender lo que decía, pero parecía estar hablando de trabajo.

Suspirando, enterró la cara en la almohada para respirar su aroma. Nunca se había sentido tan feliz, tan completa. Porque había pasado la noche con Steve.

Tenía que repetírselo a sí misma para comprobar que era real y, al recordarlo, sintió que todo su cuerpo ardía. Había sido como un relámpago, como una iluminación. Y se había olvidado de quién era para convertirse en una especie de ninfómana.

Pero no era sólo sexo espectacular, era el propio Steve, que era una persona cariñosa, considerada y divertida. Se había tirado con ella a la piscina, algo de lo que no le hubiera creído capaz una semana antes. Incluso se sentía apegada al inefable chaleco negro, a su pelo eternamente despeinado y al desastre de coche que conducía en Melbourne. Él no seguía la moda ni estaba interesado en tener un deportivo último modelo, aunque ella sabía que podía permitírselo.

Llevaba muchos años intentando evitarlo, pero ya no. Bostezando, Anneliese se estiró perezosamente sobre las sábanas de satén azul… y descubrió que sentía un escozor en sitios en los que no lo había sentido nunca.

Pero Steve no volvía y empezó a inquietarse. Quería tenerlo a su lado, sentir el calor de su cuerpo. Estaba deseando volver a experimentar la gloriosa sensación de estar con él.

Pero al oír el ruido de la ducha recordó que la noche anterior se habían metido en la cama sin ducharse. Ella debería hacer lo mismo.

Como su ropa no estaba allí, porque debía seguir en el ascensor, se levantó cubriéndose con la sábana. Aunque Steve había visto cada centímetro de su cuerpo la noche anterior, sencillamente no se atrevía a atravesar la suite sin taparse con algo.

Había dado un par de pasos cuando él volvió a la habitación secándose el pelo con una toalla, desnudo y recién afeitado. Le gustaría deslizar las manos por el vello de su torso, enredar los dedos en él…

Ya estaba excitado, pero intentó no fijarse en ese detalle mientras se echaba una esquina de la sábana al hombro. Aunque era imposible, claro.

A Steve no parecía molestarle ese escrutinio, al contrario; debía gustarle porque se estaba excitando cada vez más mientras lo miraba.

–Buenos días, princesa –la saludó, colocándose la toalla al cuello para tomarla por la cintura.

–Hola –murmuró ella, cortada de repente.

Steve frunció el ceño entonces.

–Annie, tú me lo dirías si lo de anoche hubiera sido la primera vez para ti, ¿verdad?

–¿Por qué?

–La sinceridad y la comunicación son cosas que yo valoro mucho. Si era la primera vez, me habría gustado que fuera especial para ti….

–Lo de anoche fue maravilloso –lo interrumpió ella. Pero no quería tener esa conversación con el playboy del año–. Voy a darme una ducha.

–Fue la primera vez, ¿verdad? Deberías habérmelo dicho.

–¿Para qué? ¿Para sentirme más incómoda?

–No… –Steve tomó su cara entre las manos para mirarla a los ojos–. No es por eso.

–No quiero hablar de ello.

–Mientras tú estés bien.

–Estoy perfectamente. Sólo voy a darme una ducha…

Anneliese escapó al cuarto de baño y apoyó la cara en las frías baldosas. ¿Estaba riéndose de su inexperiencia?, se preguntó.

No, no era eso. Se había mostrado cariñoso y comprensivo, de modo que no era el playboy que ella había imaginado. Suspirando, se quitó la sábana para mirarse al espejo.

«Tienes que olvidar tus inhibiciones si quieres mantener esta relación».

Con eso en mente, después de darse una ducha se puso un albornoz y entró un momento en la habitación para sacar algo de la mesilla antes de ir al salón, pero se detuvo en la puerta. Steve, con un traje de chaqueta, estaba tomando un café mientras anotaba algo en un cuaderno, su maletín abierto sobre la mesa.

De modo que había decidido ir a Brisbane horas después de haber hecho el amor con ella. Y, evidentemente, no tenía la menor intención de volver a hacerlo antes de irse. ¿Qué le decía eso?

¿Dónde estaba el Steve con el que había hecho el amor por la noche? ¿El hombre desnudo al que había visto menos de quince minutos antes?

Debería encontrarse cómoda con la persona que tenía delante. Era un hombre de negocios, un empresario, la clase de chico con el que ella estaba acostumbrada a salir, la clase de hombre que sus padres solían presentarle: rico, conocido, respetado, seguro.

Pero ella no quería seguridad y respetabilidad esa mañana. Quería emoción y peligro. La cuestión era hasta qué punto lo quería y si se atrevía a buscarlo.

Steve debió notar su presencia en ese momento, pero su gesto era de sorpresa, como si la viera por primera vez. Aunque enseguida sonrió, en sus ojos el mismo brillo que había visto por la noche.

Dejando el bolígrafo sobre la mesa dio un paso hacia ella y, de repente, todas sus inseguridades se esfumaron. Y por primera vez en su vida Anneliese sintió el poder de su feminidad. Brillante, hermoso, liberador. Ella había puesto ese brillo en sus ojos, esa sonrisa en sus labios. Steve había dejado a un lado el trabajo por ella.

–Hola. ¿Qué te apetece comer esta mañana? –le preguntó, señalando la bandeja que había sobre la mesa de café.

–Vamos a ver…

–Yo quería que desayunáramos juntos en la terraza, pero la mesa es muy pequeña.

Una nueva mujer, con apetito para algo más que café, había emergido de la noche anterior y Anneliese no pensaba olvidarse de ella. De modo que desabrochó su albornoz y vio cómo Steve tragaba saliva.

–¿Qué tal un poco de esto…? –murmuró, sentándose a horcajadas sobre sus rodillas.

Ansiosa de sus besos, pasó la lengua por la comisura de sus labios, exigiéndole que los abriera. Desde donde estaba sentada era evidente que le gustaba lo que estaba haciendo y se echó hacia atrás para mirarlo.

–Annie… –empezó a decir Steve, pasando las manos por sus hombros–. Porque eres Annie, ¿no?

–No estoy segura –rió ella, echando la cabeza hacia atrás–. Nunca había sentido nada así.

–¿Así cómo? –murmuró él, besando su cuello.

–Viva, feliz –Anneliese lo besó de nuevo, notando que estaba excitado–. Y tú también, por lo que veo.

–Annie… voy a llegar tarde –Steve cerró el albornoz, como cerrando una puerta a la tentación.

–¿Tarde para qué?

–Tengo una cita. Y no hagas pucheros o tendré que volver a besarte y entonces me meteré en un buen lío –contestó él, colocándose la corbata–. Bueno, si prometes no moverte, te doy un trocito de cruasán.

–No, gracias –sonrió Anneliese. Pero entonces se le ocurrió algo–. ¿Han traído el desayuno del servicio de habitaciones?

–Sí, claro.

–Y habrán usado el ascensor.

–Sí.

Anneliese dejó escapar un gemido. Habían dejado la ropa en el ascensor y más marcas en el espejo de las que quería recordar.

–Qué horror.

–Annie…

–Tomate el día libre –susurró ella, buscando sus labios de nuevo–. Podemos ir a hacer surf… o de compras. Y después –sonrió luego, bajando la mano para acariciarlo por encima de los pantalones.

–Tengo un helicóptero esperando en media hora –dijo Steve, con voz ronca.

–Llama para decir que no puedes ir. Tú eres el jefe, ¿no? Diles que ha ocurrido algo urgente y tienes que cancelar la cita –sugirió Anneliese, más animada al notar que su resolución empezaba a flaquear–. Y que tienes que lidiar con ese asunto urgente inmediatamente…

Steve alargó una mano para buscar su móvil mientras con la otra tiraba del cinturón del albornoz.

–Si no antes –dijo con voz ronca, acariciando un rosado pezón con el dedo y viendo cómo se levantaba.

Anneliese se mordió los labios para disimular un gemido. Aparentemente, ella no era la única que podía jugar.

En menos de un minuto Steve había cancelado el viaje en helicóptero, la reunión y todos sus planes para aquel día.

¿Cuándo había sido él tan irresponsable?

No tuvo tiempo para pensar en ello porque Anneliese empezó a desabrochar los botones de su camisa con manos ansiosas.

El móvil cayó sobre la alfombra sin hacer ruido y Steve aprovechó que tenía las dos manos libres para abrir el albornoz. Y no tuvo tiempo para más porque cuando miró hacia abajo ella estaba desabrochando la cremallera de su pantalón…

Pero si seguía por ahí iba a terminar allí mismo, lo cual sería una lástima para los dos.

–Espera…

Tomándola en brazos, consiguió recorrer unos metros. Nunca había deseado a una mujer con tanta urgencia. Su corazón latía como el sonido de una bomba a punto de detonarse… y si no la hacía suya en aquel momento no sabía qué podría pasar. De modo que la tumbó sobre la alfombra y se colocó sobre ella… para apartarse un segundo después, con los dientes apretados. La mesilla del dormitorio estaba demasiado lejos.

–¿Esto es lo que quieres? –Anneliese metió la mano en el bolsillo del albornoz para sacar un preservativo–. Es el último, así que será mejor que lo usemos bien.

Steve tuvo que sonreír.

–¿Desde cuándo eres una experta?

Un segundo después entraba en ella dejando escapar un gruñido de placer. Y, por un momento, dejó que una extraña sensación lo envolviera…

Era como estar en casa y, mientras se perdía en ella, se preguntó si algún día encontraría la manera de recuperar el sentido común.

Después, mucho después, acariciando su estómago, sintió que la deseaba de nuevo. Pero ya no tenían preservativos y, en cualquier caso, los preservativos no eran al cien por cien seguros. Y lo único que no podría soportar era que Anneliese quedase embarazada.

–Annie, tienes que empezar a tomar la píldora.

–Sí, bueno… iré al ginecólogo cuando volvamos a Melbourne.

–No –dijo Steve–. No sabemos cuánto tiempo vamos a estar aquí. Lo haremos hoy mismo.

Anneliese se quedó callada un momento. ¿Quería decir que iba a quedarse en Surfers con ella?

¿O quería asegurarse de que no hubiera un embarazo porque aquello era algo temporal? No estaba segura y tampoco quería preguntar.

Steve se apoyó en un codo para mirarla a los ojos.

–No puedo dejar de tocarte –murmuró–. Si nos quedamos aquí mucho rato volveré a hacerte el amor y los dos sabemos que eso no es posible sin antes pasar por la farmacia. ¿Qué tal si vamos a la piscina a refrescarnos un poco?

Anneliese sonrió al recordar el chapuzón de la noche anterior.

–¿Crees que nos dejarán?

–Pronto lo descubriremos –dijo él, incorporándose y tirando de su mano.

Diez minutos después bajaban a la piscina, con Anneliese asombrada por su recién descubierta feminidad y admirando las atléticas piernas de Steve en bañador.

El vestíbulo estaba lleno de tiendas. El aroma a champú y laca de uñas del salón de belleza se mezclaba con el olor de las velas aromáticas del centro de masajes.

Una joven salía del centro en ese momento.

Y el corazón de Anneliese se detuvo. Salvo los ojos y el corte de pelo parecía estar mirándose en un espejo. Y vio que la joven dejaba escapar un gemido… ¿o había sido ella? Oía el tráfico en la calle, los latidos de su propio corazón.

La imagen en el espejo tenía los ojos de color gris, el pelo una masa de rizos sujeto en la coronilla con una goma de colores. Llevaba un pantalón blanco y olía a flores.

Abigail Seymour Forrester.

Su hermana.

Capítulo Catorce

Anneliese dio un paso atrás, usando unas piernas que no parecían sostenerla. ¿Quién era aquella mujer que la miraba con cara de sorpresa? No la conocía. Debería sentir algo, pero no sentía nada, sólo un dolor en el pecho, donde estaba el corazón, como si alguien le hubiera clavado un cuchillo y estuviera sangrando.

Aquella mujer era la prueba de que su vida había sido una mentira. Su familia era una mentira. Hasta aquel momento había esperado que todo fuera un error, o despertar de pronto y descubrir que había sido un sueño.

—Yo soy…

—¡No! —la interrumpió Anneliese, odiando a Abigail por destrozar su sueño. Odiándose a sí misma por la confusión y el dolor que veía en el rostro de la otra mujer.

Angustiada, soltó la mano de Steve y corrió de nuevo hacia el ascensor.

Cuando llegó a la habitación se tiró sobre la cama y empezó a llorar. ¿Qué le pasaba? Había ido a Surfers para encontrar a su hermana y cuando por fin la encontraba lo único que sentía era dolor. Un recordatorio del rechazo de su madre.

Las esperanza que había puesto en aquel reencuentro por los suelos porque Abigail ya no querría verla ahora.

***

Steve estaba al otro lado de la puerta, mirándola como si la hoja de madera pudiera darle alguna respuesta. No había sabido qué hacer, si seguir a Anneliese o quedarse para disculparse con su hermana… porque era evidente que aquella mujer era hermana de Annie. Y ahora no sabía si entrar a hablar con ella o esperar un poco.

Aquello respondía a todas sus preguntas; ésa era la razón del viaje a Surfers Paradise, claro. La razón por la que los empleados del hotel la habían mirado de esa forma tan rara.

Abby Seymour Forrester, ése era el nombre de la otra chica. Se había casado con el propietario del hotel y esperaría hasta que Anneliese quisiera hablar con ella. Eso era todo lo que sabía.

Pero las respuestas despertaban más preguntas

Por ejemplo, por qué él no sabía que Anneliese tuviera una hermana. Había reservado habitación en el Centro Capricornio para verla y, sin embargo, no se había puesto en contacto con ella ya que, evidentemente, el encuentro había sido fortuito.

Y el dolor que había visto en los ojos de Annie le había encogido el corazón hasta que su dolor era el suyo.

Nervioso, empujó la puerta y dio un golpecito con los nudillos.

–¿Puedo entrar?

Ella no contestó, pero tampoco le dijo que se fuera, aunque Steve no pensaba hacerlo.

–Annie…

Le gustaría tumbarse a su lado y abrazarla, besarla hasta que se le pasara la pena, pero se limitó a sentarse a su lado.

–¿Quieres contármelo?

–Te debo una explicación.

Animado y agradecido de que al menos quisiera contárselo, Steve apretó su mano.

–No me debes nada, pero si quieres contármelo te escucho. Abigail es tu hermana, ¿verdad?

–Sí, lo es. Pero yo no lo supe hasta hace unas semanas –Anneliese levantó la cara para mirarlo–. Yo no me llamo Anneliese Duffield. Mi nombre es Hayley y soy adoptada. Abigail es mi hermana biológica.

¿Adoptada? Steve se quedó estupefacto.

–Los padres que te criaron y te quisieron te han hecho quien eres, cielo. Tú eres Anneliese, siempre serás Anneliese para mí. ¿Cuándo te enteraste?

–Una semana antes de marcharme estaba ordenando las cosas de mi madre para que mi padre no tuviera que hacerlo y encontré un documento oficial en una caja… yo siempre había creído que nací muchos años después de que mis padres se casaran y ellos me dejaron creer que así era. Durante toda mi vida mantuvieron en secreto las circunstancias de mi nacimiento.

–Imagino que debió ser terrible para ti descubrir algo así.

–Al principio no me lo podía creer.

Steve sólo podía imaginar la angustia y el dolor que debió sentir al descubrirlo.

–Y no se lo dijiste a tu padre.

–No, él estaba lidiando con la muerte de mi madre… no se lo he contado a nadie, ni siquiera a Cindy.

¿Por qué tanto secreto?

–No entiendo que no lo descubrieras antes. ¿Nunca has tenido que pedir una partida de bautismo para nada?

–Todas esas cosas las hacía mi padre. Es un hombre muy anticuado…

Steve asintió con la cabeza. Siempre lo habían hecho todo por ella y, al hacerlo, habían cometido un grave error.

El recuerdo de Caitlyn y lo que había intentado hacer tenía un siniestro paralelismo con la situación de Anneliese. ¿Habrían pagado sus padres una fortuna por la adopción de aquella niña?

–¿Cómo te enteraste de lo de tu hermana?

–Estuve investigando en Internet. Ella había puesto un anuncio en una agencia de adopciones porque quería encontrarme.

–Y ahora mismo te está esperando abajo, nerviosa y sorprendida.

Anneliese sacudió la cabeza, con los ojos llenos de lágrimas.

–No, no puedo bajar ahora…

–Mírame, Annie –Steve apretó su mano–. Claro que puedes. Te has llevado una sorpresa, eso es todo. Ella está esperando abajo y seguramente tan nerviosa como tú. Tarde o temprano tendrás que verla –añadió, intentando animarla–. Ella no se va a marchar y es algo que sólo tú puedes solucionar. Confía en mí.

Cuando miró sus ojos empañados se le encogió el corazón. Se estaba enamorando de ella, pensó.

Anneliese se incorporó un poco para apoyarse en su pecho, su salvavidas en medio de la tormenta, su ancla en un desierto de arenas movedizas. Contándole su historia, que no le había contado a nadie, sentía una nueva confianza, una nueva dimensión en su relación con él.

–Sí, tienes razón. Y creo que estoy preparada para hablar con mi hermana –dijo por fin. Sabiendo que Steve estaría ahí para apoyarla.

Media hora después estaba sentada en otra habitación del hotel, esperando. Pero se levantó de un salto cuando se abrió la puerta y Abigail entró, cerrando tras ella. Se miraron la una a la otra y Anneliese se llevó una mano al pecho.

–Abigail.

–Abby –sonrió la joven, dando un paso adelante–. Todo el mundo me llama Abby.

–Siento mucho lo de antes.

–No pasa nada. Para mí también ha sido una sorpresa enorme.

–Yo soy Hayley –el nombre le sonaba raro, pero alargó una mano para tocar la cara de su hermana–. Mi nombre es Anneliese ahora y he venido a buscarte.

A buscar a su verdadera familia.

Abby dio otro paso adelante y cuando se fundieron en un abrazo, Anneliese experimentó un millar de emociones, pero ninguna más abrumadora que el cariño y el alivio.

–¿Sabes una cosa? Cuando era muy buena, nuestra madre me dejaba darte el biberón.

–Nuestra madre –repitió Anneliese. Esa palabra le rompía el corazón, debatiéndose entre la persona que la había criado y quien la había traído al mundo–. Tú la conociste.

–Sí, pero ya ha muerto. Nos quería mucho… no nos hubiera dado en adopción de no haber tenido más remedio –respondió Abby–. Y yo era demasiado joven como para hacer nada cuando te apartaron de mi lado.

–¿Tienes un pañuelo?

–Nunca se tiene cuando hace más falta, ¿verdad? –Abby sonrió, entre lágrimas–. Menos mal que yo he venido preparada –dijo luego, sacando un pañuelo de papel–. Esta noche tienes que venir a mi casa. Tenemos un millón de cosas que contarnos.

–Ah, pero Steve…

–Steve también está invitado, por supuesto.

–Una cena fantástica –sonrió Steve mientras tomaban una copa en el amplio salón de la casa de Abby y Zak. La madre adoptiva de Abby, Aurora, que era deliciosamente excéntrica, se había retirado a su habitación poco antes.

–Me alegro de que os haya gustado. A los dos nos encanta cocinar.

La pareja compartió una sonrisa de complicidad.

–Bueno, contadme cómo fue vuestra boda –dijo Annie.

–Muy sencilla –respondió Abby–. Un bonito vestido y un almuerzo en la playa con Aurora y la familia de Zak. Nos daba igual cómo nos casáramos mientras estuviéramos juntos.

–¿Cuánto tiempo tardaste en saber que Zak era el hombre de tu vida?

–¿Tú crees en el amor a primera vista? –rió Abby–. Pues fue algo así. Aunque luego tardé algún tiempo en convencerlo.

Steve veía charlar a las dos hermanas preguntándose cómo las experiencias de la vida creaban la personalidad de alguien. Eran parecidas, pero muy diferentes. Abby había crecido en casas de acogida, Anneliese había disfrutado de una familia adinerada.

Abby era un revoltijo de azules y pies descalzos, Anneliese la elegancia personificada. Mientras el pelo de Abby era rizado y natural, el peinado de Anneliese siempre era perfecto.

A él siempre le habían gustado las chicas alegres y despreocupadas, todo lo contrario que Anneliese Duffield. Y, sin embargo, nunca había sentido por nadie lo que sentía por ella.

Steve consiguió que uno de sus deseos se hiciera realidad esa noche; la luz de la luna iluminando el cuerpo de Anneliese sobre la cama, su fría luz pintándola de plata, dándole ese brillo etéreo que tan bien le iba a su personalidad.

Había otra Anneliese que encendía su sangre como ninguna otra mujer. Pero no aquella noche. Aquella noche quería ser tierno, dulce, comprensivo. Ella no necesitaba palabras y él tampoco. Sonriendo, levantó uno de sus brazos y empezó a besarlo despacio, del hombro a la muñeca…

Sus ojos se oscurecían de deseo mientras la exploraba y Steve se tomó su tiempo haciéndole el amor con las manos, con la boca, prestándole atención a sus pechos y viendo cómo se arqueaba hacia él.

Cada parte de su cuerpo tenía su propio sabor, su propia textura, cada curva una fragancia diferente.

Cuerpo, mente y espíritu.

Steve puso los labios sobre el tatuaje mientras acariciaba sus muslos, sus pantorrillas, sus preciosos pies. Y cuando no pudo esperar más se deslizó dentro de ella con un suspiro que pareció envolverlos a los dos.

La entendía. Entendía su dolor, pero también su fuerza, sus debilidades. Anneliese no se parecía a ninguna otra mujer que hubiera conocido nunca.

La semana siguiente fue un remolino de descubrimientos para Anneliese. Estaba descubriendo una vida que no recordaba, pero que veía a través de los ojos de su hermana. Y, por las noches, lo compartía todo con Steve.

Lo amaba. Lo había amado siempre y saber eso era un tesoro que guardaba en su corazón.

Steve no volvió a mencionar el regreso a Melbourne o qué sería de su relación cuando volvieran a casa, pero Anneliese no dejaba de hacerse preguntas que le impedían conciliar el sueño. A veces, cuando despertaba también él estaba despierto y le habría gustado preguntarle por qué, pero no le salían las palabras.

De modo que se volvían el uno hacia el otro y hacían el amor.

Pero algo más la había mantenido despierta durante las últimas noches: debería haberle llegado el periodo porque ella nunca tenía retrasos. Su ciclo era muy regular…

Pero seguramente no tenía importancia. Debía ser por los recientes acontecimientos, pensaba.

Steve no veía un futuro y una familia con ella y Anneliese mantuvo escondida esa pena. No quería anhelar lo que no podía tener y sabía que él nunca hacía promesas que no pudiera cumplir.

–Cuando volvamos creo que deberíamos salir juntos durante un tiempo –le dijo Steve durante el desayuno.

Había solucionado todo lo que tenía que solucionar en Brisbane y pensaban volver a casa en un par de días. En avión, porque el coche de Anneliese había sido enviado a Melbourne en tren.

Pero al fin decidía sacar el tema del que no habían hablado abiertamente.

–¿Quieres decir que saldremos a cenar y luego me dejarás en la puerta de mi casa?

Steve alargó una mano para apretar la suya al otro lado de la mesa.

–Muchas cosas pueden pasar frente a una puerta, Annie. Será divertido, así podremos ver cómo nos va en el mundo real. Y sorprender a Cindy. Pero sobre todo a tu padre –luego hizo una pausa–. No se lo has contado, ¿verdad?

–No –contestó Anneliese–. ¿Por qué te interesa tanto lo que piense mi padre?

–Porque él pensaba que iba a cuidar de ti, no que me acostaría contigo.

–Eso es cosa mía.

–Estás disgustada por la situación, pero es normal. Annie, es algo temporal… se te pasará.

Ella asintió con la cabeza, no muy convencida. Además, estaba nerviosa y, por primera vez, deseaba que Steve se fuera. Una pena que hubiera elegido precisamente ese momento para establecer una relación.

–Estás nerviosa esta mañana, princesa –Steve arrugó el ceño–. ¿Es que no quieres que salgamos juntos?

–Sí, claro que sí –murmuró ella.

¿Pero y si las circunstancias cambiasen?

–¿Entonces qué te pasa?

–Nada –Anneliese consiguió sonreír–. Es que Abby y yo hemos quedado para salir de compras y aún no me he arreglado.

–Muy bien, de acuerdo –rió él, inclinándose para besarla.

Anneliese se preguntó si aquélla sería la última vez que se besaran y, sin pensar, se agarró a su cuello como si no quisiera soltarlo nunca.

Steve arrugó el ceño de nuevo, sus ojos oscureciéndose mientras se echaba hacia atrás.

–¿Seguro que no te pasa nada?

–Seguro –sonrió ella, señalando la puerta–. Venga, márchate de una vez.

Anneliese estaba sentada frente a la mesa del salón, mirando la cajita que había comprado en la farmacia. No podía estar embarazada, era imposible.

«Vamos, hazlo», le decía una vocecita.

«Demuéstralo».

Cinco minutos después tenía la prueba.

Anneliese miró la barrita con el punto rosa. El mundo que conocía acababa de desaparecer para siempre. Y ella pensando que su vida se había complicado unas semanas antes…

Capítulo Quince

Como por arte de magia, saber que estaba embarazada despertó de inmediato una ola de náuseas. Anneliese se dejó caer sobre el borde de la bañera, llevándose una toalla mojada a la cara. Se había enamorado de un hombre que no quería tener hijos y estaba embarazada…

Sin pensar, se llevó una mano al abdomen. Recordaba sus palabras: «la vida familiar no es para mí». Y el dolor que había visto en sus ojos. Si le contase por qué decía eso, tal vez…

Un golpecito en la puerta la sacó de aquel lugar oscuro y solitario en el que se encontraba de repente.

–¿Lista? –sonrió Abby cuando Anneliese la dejó entrar.

–Sí, sólo… voy a peinarme un poco.

Nerviosa, ni se molestó en mirarse al espejo. Pero no podía irse de compras con Abby porque tenía mucho en qué pensar, de modo que debía buscar una excusa…

Pero cuando volvió al salón su hermana tenía en la mano la cajita del Predictor.

–¿Buenas noticias?

Anneliese se dejó caer sobre una silla.

–Estoy embarazada.

–¿Pero es una buena noticia?

–Steve no quiere tener hijos.

–Cariño, seguro que sí… con la mujer adecuada –dijo Abby, apretando su mano–. Y tú eres esa mujer… lo sé por cómo te mira.

–No, no es verdad –suspiró Anneliese–. Pero yo quiero a este niño. Nada ni nadie cambiará eso.

–Tienes que decírselo a Steve.

–Sí, lo sé, pero no puedo contárselo ahora… está trabajando. Tendré que esperar hasta esta noche.

Abby volvió a apretar su mano.

–Así tendrás tiempo para…

El móvil de Anneliese empezó a sonar en ese momento, interrumpiendo la conversación. Una voz desconocida le dijo que su padre estaba ingresado en la UCI de un hospital de Melbourne aquejado de un dolor muy fuerte. Aún no sabían la causa, pero la mantendrían informada.

–Mi padre está en el hospital –murmuró, recordando la última imagen de su padre en el porche. No le había dicho que lo quería cuando se despidieron pero, pasara lo que pasara, él era el hombre que la quería de manera incondicional. Y jamás se lo perdonaría a sí misma si…

–Tengo que irme a casa. Voy a llamar a Steve, pero tengo que reservar un vuelo… –empezó a decir, nerviosa.

–Tú llama a Steve y haz la maleta, yo me encargo de todo lo demás –la interrumpió Abby, intentado tranquilizarla.

No pudo hablar directamente con Steve, pero le dejó un mensaje en el contestador y la propia Abby la llevó al aeropuerto unos minutos después.

–Lamento mucho que esto termine tan bruscamente. Ahora que empezábamos a conocernos –suspiró Anneliese, con los ojos llenos de lágrimas.

–No será mucho tiempo. Por ahora, cuida de tu padre y de tu niño. Yo iré a Melbourne en un par de semanas para volver a verte.

Unas horas después, Anneliese tomaba un taxi desde el aeropuerto de Tullamarine para ir directamente al hospital. Afortunadamente, su padre estaba ya fuera de peligro.

Gracias a Dios.

De hecho, cuando llegó a la habitación su padre estaba tan alegre como para bromear con las enfermeras. Su rostro se iluminó como la avenida Cavill al verla y Anneliese corrió a la cama para abrazarlo.

–Papá…

–Hola, bunnykins.

–Te quiero, papá –qué alegría le daba poder decirlo otra vez–. ¿Pero una indigestión?

–Sí, hija –sonrió Marcus Duffield–. Ya me conoces, Annie, no sé ni cocer un huevo. Ahora estoy bien, sólo un poco cansado.

–Trabajas demasiado. Es hora de retirarte y disfrutar de la vida.

–La verdad es que lo estoy pensando –dijo su padre–. De hecho, cuando salga de aquí mañana creo que voy a pasar una semana en ese spa tan lujoso que han abierto cerca de casa.

–Me parece una buena idea. Papá…

–Anneliese, cariño.

Pero los dos habían hablado al mismo tiempo.

–Tú primero.

–Sé que has encontrado el documento de adopción…

Ella asintió con la cabeza.

–Sí, estaba recogiendo las cosas de mamá…

–Lo sé, hija –de repente, su padre parecía muy cansado–. No sabes cuánto lamento que tuvieras que enterarte de ese modo. Deberíamos habértelo contado hace años.

–¿Por qué no lo hicisteis?

–Porque pensamos que podríamos perderte y cuanto más tiempo pasaba más difícil era hablarte de ello –Marcus Duffield sacudió la cabeza–. Y ya sabes cómo era tu madre, tú eras toda su vida, todo su mundo.

Anneliese recordaba las veces que había tenido que volver de un campamento o de un viaje porque de repente su madre se había puesto enferma y cómo se recuperaba milagrosamente en cuanto ella estaba de nuevo en casa. Su madre la había querido mucho, tal vez demasiado.

–No me hubierais perdido, papá. Yo te quiero muchísimo. Pero tengo otra familia de la que no sabía nada… una hermana.

–Me gustaría conocerla algún día.

–Y lo harás. Se llama Abby y tiene pensado venir a Melbourne dentro de un par de semanas. No pasa nada, papá –sonrió Anneliese–. Todo va a salir bien.

Pero cuando llamó a Steve más tarde desde su casa para contarle que todo iba bien, se preguntó si sería cierto. Dos días más tarde, Steve volvería a casa como habían planeado, de modo que tenía dos días para pensar cómo iba a darle la noticia.

***

–Yo también tengo que darte una noticia –anunció Cindy, llenando dos copas de champán. Anneliese le había contado lo de su adopción y estaban sentadas en el sofá del salón, compartiendo un helado y escuchando a Robbie Williams–. Por fin he conseguido el ascenso que tanto deseaba.

–Ah, eso hay que celebrarlo. Enhorabuena.

–Y la celebración es doble porque he decidido alquilar un apartamento para estar más cerca de la oficina, así que me voy a independizar. Una buena razón para tomar champán, ¿no te parece?

–La verdad es que no me apetece mucho –dijo Anneliese, intentando encontrar una excusa para no beber alcohol–. Tuve una mala experiencia en Surfers.

–¿Ah, sí?

–Pero no pasa nada, prefiero seguir con el helado.

–Bueno, cuéntame, ¿te has llevado bien con Steve?

Anneliese tuvo que hacer un esfuerzo para respirar.

–Sí, muy bien –murmuró–. Pero hablando de Steve, ¿tú sabes lo que tiene en contra de la familia y los niños?

–Caitlyn –suspiró su amiga–. La bruja más bruja que haya pisado la tierra.

–¿Qué pasó?

Cindy dejó escapar un suspiro.

–Steve conoció a Caitlyn hace nueve años, a los veintitrés, y se enamoró como un loco. Según él, iban a casarse. Entonces estaba intentando levantar su empresa, pero Caitlyn se quedó embarazada y fue entonces cuando descubrió que lo había utilizado… como donante de esperma.

Anneliese abrió mucho los ojos, atónita.

–Dios mío.

–Pensaba vender el niño a una pareja acomodada que no podía tener hijos.

Una pareja acomodada, como sus propios padres.

–Pero eso no tiene sentido. Si había planeado quedarse embarazada para vender al niño, ¿por qué se lo dijo a Steve?

–No, no le contó lo del niño, ése era un secreto que tenía bien guardado. Pero Steve descubrió la sórdida historia y se quedó desolado. Le ofreció la mitad de su negocio a cambio del niño, pero Caitlyn se negó porque, según ella, nunca ganaría el dinero que iba a darle esa pareja. La ironía es que durante estos años mi hermano ha ganado diez veces esa cantidad –suspiró Cindy–. Cuando Steve amenazó con llevarla a los tribunales por la custodia del niño Caitlyn decidió abortar, se marchó de Melbourne y ahora seguramente estará destrozando la vida de otro. Afortunadamente, no hemos vuelto a verla.

–Es horrible –Anneliese se tapó la cara con las manos.

–Y por eso mi hermano tiene problemas en sus relaciones con la mujeres –terminó Cindy–. Yo soy la única persona que siempre ha estado con él. Pero ya está bien de Steve. Dentro de una hora he quedado con las chicas del trabajo para salir a tomar una copa. ¿Quieres venir con nosotras?

–No, esta noche no, estoy cansada después del viaje y del hospital…

–Ah, claro, es verdad.

El ruido de la puerta sorprendió a Anneliese. Como tenían la música alta no la había oído… y no estaba preparada para encontrarse con Steve.

Ni para el pellizco que sentía en el estómago cada vez que lo veía.

Con un traje gris y una corbata marrón, estaba como para desmayarse. Pero cuando sus ojos se encontraron experimentó una docena de emociones. Incluso a unos pasos de ella podía oler su colonia y le quemaban los dedos con el deseo de tocarlo.

—Hola —sonrió Cindy, levantándose del sofá—. No te esperábamos hasta mañana.

—He conseguido terminar antes con las reuniones —Steve no lo dijo en voz alta, pero Anneliese entendió: «para verte, Annie».

Sien embargo, estaba nerviosa; el intercambio de miradas y el nuevo escenario la tenían desconcertada.

—Hola, Steve.

—Hola, Anneliese. ¿Cómo está tu padre?

—Bien, se va a poner bien.

—Me alegro mucho.

Había pensado ir a verla en cuanto hubiese dejado la maleta en casa. Por eso no la había llamado por teléfono, para darle una sorpresa.

—Hemos estado de compras —dijo Cindy—. Pero iba a llevar a Anneliese a casa ahora mismo.

Perfecto.

—No hace falta, la llevaré yo.

¿Cuántas horas de sueño había perdido la noche anterior pensando en ella?

Pensando en lo que sentía estando con ella.

Pensando en qué iba a hacer con ella.

—Hemos recorrido juntos mil setecientos kilómetros, Annie. Imagino que nos podemos aguantar cinco kilómetros más sin ningún problema.

—Sí, por supuesto —Anneliese se aclaró la garganta.

—Bueno, así me da tiempo a arreglarme —dijo Cindy—.

Y, por cierto, esta noche no dormiré aquí. Voy a quedarme en casa de Lisa.

–Muy bien –murmuró Steve–. Llámame si cambias de planes.

Anneliese estaba esperando en la puerta cuando salió con las llaves del coche en la mano. Su perfume, ese aroma que ya le resultaba tan familiar, hizo que tuviera que controlarse para no besarla allí mismo.

Pero en cuanto estuvieron en el coche la abrazó.

–Annie…

–Has vuelto antes de lo que yo pensaba.

–¿Te estás quejando? –sonrió Steve, buscando sus labios.

Luego se apartó para mirarla a los ojos y en ellos vio la misma fragilidad que había visto esa mañana en Surfers.

–No, no…

–Bueno, vámonos.

Anneliese tragó saliva, buscando un tema de conversación que le devolviese la tranquilidad.

–Por favor, dime por qué conduces este cacharro cuando podrías tener cualquier coche.

–Porque éste es el que yo quiero.

–Sólo tiene dos asientos.

–Me viene genial para ir a trabajar. Pero no te preocupes, también tengo el Audi de mi padre.

Ella asintió con la cabeza, pensativa.

–Pero esto de salir juntos así es… ridículo. ¿No somos demasiado mayores para eso?

–Podría ser divertido.

Unos minutos después Steve detenía el coche en una calle lateral, flanqueada por árboles.

–Cindy no va a dormir en casa. ¿Por qué no volvemos allí?

–En mi casa tampoco hay nadie.

–Ah, pero en la mía hay una chimenea de verdad, de las antiguas, y sigo teniendo esa fantasía de verte a la luz de las llamas –sonrió Steve.

–Pero no tengo… –empezó a protestar Anneliese.

–¿Camisón?

«Te prometo que no vas a necesitar uno», le decían sus ojos.

142

Capítulo Dieciséis

Anneliese se frotó los brazos mientras Steve encendía la chimenea. Pero no hacía frío en la habitación, era un frío que sentía por dentro.

Una vez más con Steve. Una vez más entre sus brazos antes de decirle adiós.

–¿Y si Cindy volviera a casa?

–No volverá, tranquila. Tenemos toda la noche –sonrió él, poniendo un CD de música romántica en el estéreo–. Ven aquí, Annie. Eres preciosa a la luz de la chimenea… como yo imaginaba.

Anneliese desabrochó los botones de su camisa y, sin poder evitarlo, se inclinó hacia delante para poner los labios sobre una piel que ya conocía bien. Una piel que amaba.

No necesitaban palabras porque se movían al unísono. Como mirándose en un espejo, los dos se quitaron la ropa y Steve sacó un preservativo del bolsillo del pantalón.

Si él supiera, pensó Anneliese.

–Annie…

Ella admiró cada centímetro de su masculina belleza, el cuerpo atlético de un hombre excitado. Desnudo, sin secretos.

Sin secretos.

Cuando se tumbaron juntos sobre la alfombra sus ojos se volvieron de color chocolate.

–Steve… ahora… –susurró Anneliese–. No me hagas esperar.

–Me encanta cuando Anneliese Duffield pierde el control –dijo él, con un brillo travieso en los ojos–. Me encanta saber que yo te hago perder el control.

Después de ponerse el preservativo se colocó sobre ella y Anneliese suspiró al notar la punta de su erección entre sus piernas. Y de nuevo se enterraba en ella como un cuchillo caliente en un bloque de mantequilla. Los dos dejaron escapar un gemido de placer al unirse y Anneliese levantó las caderas para recibirlo más profundamente.

–¿Dónde… has aprendido a hacer eso? –logró decir Steve, sin aliento.

–¿Quién está perdiendo el control ahora? –rió ella, empujando de nuevo, sabiendo que sería la última vez.

Steve se apartó lenta, deliberadamente, deslizando su miembro por ese punto tan sensible antes de volver a entrar de nuevo, apoyando un brazo en el suelo para no pesarle demasiado.

Estaba ardiendo, pero había un brillo burlón en sus ojos mientras Anneliese levantaba las caderas para estar más cerca.

–No es justo –murmuró.

–Todo es justo, princesa –sonrió él, empujando de nuevo.

Anneliese dejó que fuera despacio. Soportó la deliciosa tortura y le dijo que lo quería con los ojos.

Pero al día siguiente todo habría terminado.

La primera luz del día empezaba a iluminar la habitación y cuando Steve miró hacia el otro lado de la cama su corazón dio un vuelco porque Anneliese no estaba allí…

Pero al oír el ruido de la ducha dejó escapar un suspiro de alivio.

Ninguna mujer había dormido en esa habitación hasta aquel momento. Él siempre dormía solo. Lo había hecho durante los últimos ocho años.

Pero Anneliese era diferente.

Ella le hacía recordar cosas que había querido apartar de su mente y su corazón, cosas que ya no quería sentir otra vez después de Caitlyn.

Demasiado tarde.

Porque estaba enamorado de Anneliese.

Le encantaba su ingenuidad y lo exuberante que se había mostrado al descubrir el sexo, como si todo un mundo nuevo se hubiese abierto ante ella. Su lealtad hacia sus padres, incluso en detrimento de su propia felicidad, a Cindy, a Abby. A él.

Pero ese sentimiento despertaba también inseguridades y miedos. Caitlyn había arruinado su percepción de lo que deberían ser un matrimonio y una familia y Anneliese no merecía eso porque sabía de corazón que ella nunca lo engañaría.

¿Podría arriesgarse otra vez?, se preguntó. Había dado un gran paso la semana anterior y esperaba le gustase. Una sorpresa que quería guardar durante un par de semanas más.

Y tenía un par de ideas para el juego de seducción al que iban a jugar antes.

Anneliese estaba mirándose al espejo. Apenas había dormido, contando las horas, los minutos, que le quedaban con Steve. Se había levantado temprano y había llamado a un taxi, que estaba esperando en la puerta en ese momento.

Mirándose al espejo por última vez, respiró profundamente y se dirigió a la habitación.

–Hola –sonrió Steve–. ¿Ya estás vestida?

Anneliese se inclinó para darle un último beso.

–¿Puedes venir un momento al salón? Tengo algo que decirte y prefiero decírtelo allí.

Él la miró, sorprendido.

–¿Por qué tengo la impresión de que no es algo que yo quiera escuchar?

En lugar de contestar, Anneliese se dirigió al salón y se quedó de pie frente a la chimenea… donde ya sólo quedaban cenizas.

Qué apropiado, pensó.

Steve apareció un segundo después, llevando sólo un pantalón de chándal. Ojalá se hubiera puesto algo más de ropa, así no tendría que ver ese torso bronceado, pensó.

–Bueno, ¿qué tienes que decirme?

Anneliese respiró profundamente, haciendo un esfuerzo para mirarlo a los ojos.

–Estoy embarazada. Voy a tener un hijo tuyo.

Silencio.

Lo observó, esperando una señal, algo, pero era como si se hubiera convertido en piedra… salvo su nuez, que se movía arriba y abajo convulsivamente.

–¿Desde cuándo lo sabes? –le preguntó por fin.

–Desde hace un par de días.

–¿Cómo ha podido ocurrir? ¿No habías empezado a tomar la píldora?

–Ocurrió antes de que empezase a tomarla. Puedes creerlo o no –Anneliese vio un brillo de recelo en sus ojos–. Haz lo que quieras.

–¿A quién más se lo has contado?

–A nadie. Pero no tienes que preocuparte, puedo encargarme yo sola del niño. Lo siento, pero…

–¿Por qué te disculpas? Los dos somos responsables.

Sí, desde luego. Y tendrían un eterno recordatorio del tiempo que vivieron en Surfers Paradise.

–Sé que esto es lo último que quieres.

–¿Es lo último que tú quieres?

–No, yo quiero este niño –contestó Anneliese, llevándose una mano al abdomen–. Lo quiero ya y nadie me lo va a quitar.

Steve bajó la mirada hasta esa mano protectora, contando cada latido de su corazón. Querría alargar la suya para tocarla, tocar el sitio donde estaba su hijo, pero no podía moverse.

–Embarazada –murmuró–. Dios mío.

–¿Quién está embarazada?

Cindy entraba en el salón en ese momento comiéndose una manzana y se quedó sorprendida al verlos.

–Yo –contestó Anneliese.

–Oh, Annie… –su amiga se acercó para abrazarla–. ¿Por qué no me lo contaste anoche? Yo podría… ¿quién es el padre? –entonces se fijó en la ropa tirada en el suelo–. ¿Se puede saber qué está pasando aquí?

–Annie y yo… –empezó a decir Steve.

–¿Tú? –exclamó Cindy–. ¿Cómo has podio hacer algo así? ¡Mi mejor amiga!

–No es asunto tuyo. Los dos somos adultos, no necesitamos tu aprobación.

Cindy se volvió hacia Anneliese, enfadada.

–¿Tú estás bien?

–Sí, sí, estoy bien –mintió ella–. Pero no puedo hablar ahora mismo. Te llamaré después… tengo un taxi esperando.

Lo único que quería era irse a casa y no pensar en Steve. Él no la quería. No quería a ese niño.

Pero sólo había dado un paso hacia la puerta cuando Steve la detuvo.

–Espera –dijo, tomándola del brazo–. Tenemos que hablar.

–Sí, pero no ahora. Sé que Caitlyn te hizo esto… –empezó a decir Anneliese–. Sé que es por su culpa por lo que no crees en las relaciones de pareja.

Cuando mencionó el nombre de Caitlyn fue como si lo hubiera golpeado. Steve apretó los dientes, un músculo marcándose en su mandíbula.

Anneliese sólo había visto esa expresión una vez, mientras estaban tirados en la carretera, cuando le preguntó si quería tener hijos.

–¿Por qué dejas que esa mujer siga envenenando tu vida?

A solas en su oficina, Steve no dejaba de darle vueltas a la cabeza. Ni siquiera los preciosos colores del río Yarra o el reflejo del sol sobre la torre Eureka lo sacaban de su ensimismamiento.

Odiaba a Caitlyn por empañar la imagen del matrimonio, pero ella no era responsable de su vida. La vida era lo que uno hacía de ella. ¿No se lo había dicho él mismo a Anneliese?

Iban a tener un hijo, pensó entonces, con el corazón acelerado. Iban a ser padres. La vida le había dado otra oportunidad.

Sin dudar un segundo más, Steve tomó el móvil.

–¿Dígame?

La voz de Anneliese sonaba como música en sus oídos. Steve se dejó caer sobre el sillón y cerró los ojos para imaginarla en la cama, con la cabeza apoyada sobre su pecho...

–Annie...

–Hola, Steve –dijo ella, con tono frío, impasible.

Él esperó, con el pulso latiendo en sus oídos.

–Tenemos que hablar. Voy a ir a verte.

–No estoy en casa.

–¿Dónde estás?

–Sola, en un sitio seguro.

¿Y tenía que darse por satisfecho con eso?

–No puedes huir de tus problemas, tienes que quedarte para solucionarlos y eso significa que tenemos que hablar...

–Como tú mismo has dicho, es mi problema. Yo lo arreglaré.

–No quería decir eso y tú lo sabes –Steve hizo una pausa mientras contaba los latidos de su corazón.

–Sé que no, pero ahora no quiero hablar.

Anneliese colgó antes de que él pudiera decir... ¿qué iba a decirle?, se preguntó, sacudiendo la cabeza. Antes de que pudiera poner el dolido corazón a sus pies y decirle lo que sentía de verdad.

Tirando el teléfono sobre el escritorio, miró al techo, enfadado. Había esperado muchos años para encontrar el amor. Un amor de verdad, sincero, profundo.

Anneliese.

No podía perderla. Y no la perdería.

Diez minutos después volvía a tomar el teléfono para hacer una de las llamadas más importantes de su vida.

Capítulo Diecisiete

Mientras su padre se recuperaba, Anneliese había aprovechado la oportunidad para alojarse en Dreamscape, la casa familiar cerca de Dromana, donde podía visitarlo a diario y disfrutar de la soledad y la paz del jardín rodeado de eucaliptos.

Aquella mañana estaba leyendo algo sobre el embarazo en Internet, pero se detuvo un momento para estirarse. No podía dejar de pensar en Steve. Sabía que él nunca rechazaría al niño, pero no quería que su apoyo consistiera en una pensión alimenticia, quería su apoyo personal. Quería verlo abrazando a su hijo y que la mirase a ella con amor en los ojos.

¿Era un sueño imposible?

No había sabido nada de él en dos días.

Aquel niño podría curar las heridas de Steve si estuviera dispuesto a abrirle su corazón, pero no sabía qué hacer para que se lo abriera.

Anneliese se llevó una mano al abdomen. Protegería a ese niño con todas sus fuerzas, pensó. Nada sería más precioso para ella.

Pensó entonces en su madre, en sus dos madres, y entendió mejor que nunca cómo la habían querido.

El teléfono sonó en ese momento.

–Annie.

–Steve –su ritmo cardíaco se incrementó–. ¿Cómo has podido localizarme?

–He ido a ver a tu padre esta mañana y él me lo ha dicho. Estoy en la puerta.

¿Estaba allí? Anneliese miró el viejo jersey que llevaba puesto. No se había molestado en arreglarse el pelo y no tenía maquillaje para esconder sus ojeras.

–Déjame entrar, Annie.

¿Quería decir que la dejase entrar en casa o en su vida? No lo sabía, pero sospechaba que era esto último.

–Muy bien –suspiró, resignada, antes de colgar el teléfono.

Cuando abrió la puerta y se encontró frente a unos familiares ojos castaños recordó otra veces que se había mirado en ellos. Riendo, apasionada, enamorada.

Steve tuvo que tragar saliva. Nunca había visto a Anneliese de esa manera, sin arreglar, con un viejo jersey y un pantalón de chándal negro, el pelo sujeto con una cinta.

Parecía menos remota, más real y absolutamente adorable.

Nervioso, movió los hombros bajo la chaqueta de ante marrón. Llevaba su discurso preparado, pero en aquel momento no sabía qué decir.

–Entra –murmuró Anneliese.

Pero, en lugar de hacerlo, Steve tiró de su mano y depositó un beso en sus labios.

–Te he echado de menos.

–Sólo han pasado dos días.

–Sí, lo sé, pero… tú querías saber sobre Caitlyn.

–Cindy me lo contó todo, no tienes por qué…

–Sí tengo que contártelo yo –la interrumpió Steve–. Pensé que podría cerrar mi corazón, que podría no arriesgarme otra vez, pero tú… tú estabas ahí, al fondo, recordándome que había algo más en la vida y que si me arriesgaba tal vez tendría la suerte de conseguir un premio. Hubo un momento, cuando cumpliste veintiún años... ya estaba loco por ti, pero tuve que ser grosero contigo para protegerme.

Anneliese sonrió.

–¿En serio?

–No quería que me rechazaras otra vez, pero eras como una droga. Soñaba contigo cada vez que aparecías en mi casa... –Steve sacudió la cabeza–. En la vida no hay garantías, pero yo estoy dispuesto a arriesgarme, Annie. Y quiero que tú te arriesgues conmigo. Por nosotros y por nuestro hijo.

Los ojos de Anneliese se empañaron.

–Pero...

–Tendremos que vivir juntos porque pienso ser parte de la vida de mi hijo.

«Vivir juntos». Esas palabras fueron como un jarro de agua fría. Ella conocía a mucha gente que mantenía una relación como pareja de hecho con otra persona, pero no era lo que quería para su hijo. Pensó entonces en la infancia de Abby, que podría haber sido la suya. Un niño merecía lo mejor de sus padres y eso significaba comprometerse.

Vivir juntos sin casarse, sin arriesgarse... era como evitar el compromiso y se le rompió el corazón. ¿Eso era lo que quería Steve?

–No, lo siento... lo de vivir juntos como pareja de hecho no es lo que yo quiero.

Él asintió, como si hubiera esperado el rechazo, y sacó el móvil del bolsillo de la chaqueta.

–Ya me lo imaginaba. Ven conmigo –tomando su mano, Steve la llevó al jardín.

–¿Qué hacemos aquí?

Anneliese no veía nada ni oía más que el sonido del viento que llegaba de la bahía de Port Phillip... y el ruido de un helicóptero.

Un helicóptero que se acercaba.

Tanto como para que el torbellino que desencadenaba el movimiento de las aspas enredase su pelo, lanzándolo sobre su cara. Anneliese hizo pantalla con la mano para mirar hacia arriba y vio que se abría la portezuela y algo caía del cielo... eran pétalos de rosa.

Y luego algo más pesado... patucos de niño, miles de ellos.

Poco después el helicóptero desapareció, devolviendo la tranquilidad a la escena.

Pero no había nada tranquilo en los latidos de su corazón mientras Steve tomaba su mano y la llevaba hasta la alfombra de pétalos de rosa. Anneliese quería reír, quería llorar. No entendía nada.

–¿Qué significa esto?

Él la soltó para tomar del suelo un par de patucos de color rosa.

–¿Una niña? –sonrió, inclinándose para tomar unos de color azul–. ¿O un niño? O tal vez gemelos.

El corazón de Anneliese hacía una loca danza dentro de su pecho.

–Viviremos aquí –siguió Steve–. No está lejos de la ciudad y a unos minutos de la playa. Es genial para un niño y...

–Es la casa de mis padres. Sólo he venido para estar sola unos días.

–Pero nos vamos a quedar, juntos –dijo él, sacando un documento del bolsillo. Toma, es para ti.

–¿Qué es esto? –murmuró Anneliese, tomando el papel con manos temblorosas.

–Es la escritura de Dreamscape.

–Se la compré a tu padre la semana pasada. Sólo faltan tu firma y la mía.

–¿Mi firma? –Anneliese tenía la boca seca y su corazón era una bola de hierro que parecía intentar salirse de su pecho.

–Está a nombre de los dos, naturalmente. Es nuestra casa, Annie.

–Pero no lo hemos hablado. No hemos hablado de nuestros planes para criar al niño juntos…

–Yo no sabía lo del niño cuando le hice a tu padre la oferta por la casa. La compré porque quiero casarme contigo. Porque te quiero.

Anneliese no podía dejar de mirarlo, intentando grabar aquel momento en su memoria. Desde las arruguitas alrededor de su boca a cómo el viento movía su pelo o el aroma de su colina.

–Vengo de ver a tu padre –siguió él–. Le he pedido permiso para casarme contigo y me lo ha dado. ¿Qué dices, Annie?

Ella levantó una mano para tocar su cara.

–¿De verdad le has pedido permiso a mi padre?

–Sé que tú eres una chica muy tradicional –Steve metió la mano en el bolsillo de la chaqueta para sacar una cajita de terciopelo y abrió la tapa.

Anneliese parpadeó al ver el anillo que había dentro: un rubí del tamaño de una uña flanqueado a ambos lados por un diamante de color rosa.

Él tomó su mano y se aclaró la garganta antes de preguntar:

–¿Quieres casarte conmigo, Anneliese Duffield?

Para su sorpresa, y sin duda para la de Steve, Anneliese se puso a llorar.

–No sé qué decir –sollozó, echándose en sus brazos.

–Yo esperaba una respuesta más decisiva –rió él.

–Te quiero, Steve –murmuró Anneliese, sorbiendo las lágrimas–. Perdona, deben ser las hormonas. Y, por supuesto, la respuesta es sí.

Se quedaron allí, en medio del jardín, abrazados, hasta que Steve se apartó un poco para poner el anillo en su dedo.

Unas semanas antes había estado perdida, sola. Y ahora tenía una hermana, un hijo en camino y a Steve Anderson. Que ya no era el playboy del año.

Anneliese aceptó el pañuelo que Steve sacó del bolsillo como si hubiera intuido que iba a necesitar uno. Como si la conociera mejor que nadie.

–Por el futuro, Annie –murmuró, poniendo una mano sobre su abdomen, cálida, protectora–. Lo que hagamos con este matrimonio dependerá de los dos.

–Y podemos hacer que sea maravilloso estando juntos. Sigo queriendo estudiar, claro. Llevo mucho tiempo soñando con hacerlo.

–Me parece muy bien.

–¿Y piensas conducir todos los días hasta tu oficina? Está a casi una hora de aquí.

–Puedo trabajar desde cualquier parte. También podríamos buscar algún sitio más cerca de la oficina y de la universidad más adelante, pero Dreamscape siempre estará aquí, un sitio para relajarnos… –Steve metió la mano bajo el jersey–. O para hacer lo que queramos.

Riendo, la tomó en brazos para llevarla al interior de la casa y lograron llegar al dormitorio antes de sucumbir a la pasión.

Horas después, Anneliese despertó al sentir una caricia en el brazo. Steve estaba sentado en la cama, mirándola. El sol de la tarde llenaba el dormitorio con una luz mortecina mientras las primeras gotas de lluvia caían sobre el tejado.

–Tenemos que hablar sobre la boda.

–Tan espectacular como tú quieras –sonrió Steve, con los ojos llenos de amor por ella y por el niño–. Nos complementamos bien, ¿verdad?

Anneliese puso una mano sobre su torso. En eso estaba totalmente de acuerdo.

–Enséñame otra vez lo bien que nos complementamos.

–Será un placer, princesa.

DESEO

ANNE OLIVER

ASUNTOS DE DORMITORIO

Abby Seymour llegó a la Costa Dorada de Australia con la intención de abrir un negocio, pero pronto descubrió que la habían estafado. La habían dejado sin dinero y necesitaba ayuda urgentemente.

El adusto empresario Zak Forrester, intrigado por la bella Abby, le ofreció un sitio en el que alojarse, pero viviendo juntos resultaba imposible controlar la atracción que había entre ellos.

Zak estaba dispuesto a compartir cama con Abby, pero insistía en que ella nunca podría ser su esposa…

RECUERDO DE UN BESO

Descubrir que su vida había sido una mentira fue el golpe más duro para

N.º 564

Anneliese Duffield. Ahora debía reconstruir su historia y encontrar a su verdadera familia… pero un hombre se interpuso en su camino.

El guapísimo empresario Steve Anderson se sentía obligado a proteger a la mejor amiga de su hermana, aunque ella hubiera levantado una barrera entre los dos.

Siempre había habido una gran tensión sexual entre ellos aunque él había dejado claro que no tenía intención de sentar la cabeza. Pero Annelise acababa de descubrir que estaba embarazada.

DESEO

EMILY McKAY
BUSCO MARIDO

Wendy Leland necesitaba un marido rico y con éxito para mantener la custodia de su sobrina, y lo necesitaba ya. Sin embargo, cuando su jefe, rico, exitoso y atractivo le ofreció convertirse en su marido temporal, ella se mostró reacia. Jonathon Bagdon le gustaba demasiado y sabía que resistirse a la tentación resultaría difícil.

MICHELLE CELMER
CHISPAS DE PASIÓN

Cuando Sierra Evans dio a sus gemelas en adopción, no esperaba que la tragedia las dejara a cargo de su tío, un millonario *playboy*. Ahora quería proteger a sus hijas… aunque eso significara hacerse pasar por la niñera perfecta con un gran secreto.
Coop Landon sabía cuándo alguien mentía. Y estaba más que dispuesto a descubrir lo que Sierra se proponía, especialmente cuando la seducción era la estrategia perfecta.

N.º 563

CHARLENE SANDS
EL ORGULLO DEL VAQUERO

Clayton Worth estaba dispuesto a rehacer su vida casándose con una mujer que pudiese darle un heredero. Sin embargo, un año de separación no había matado el deseo que sentía por Trish, que pronto sería su exmujer.
Trish había vuelto al rancho como madre de un bebé, a pesar de que su negativa a darle hijos era lo que los había separado. Creían que todo había terminado entre ellos... pero sus corazones tenían otras ideas.

BIANCA

CATHY WILLIAMS

UN HOMBRE IMPOSIBLE

El atractivo magnate neoyorquino, Matt Strickland, buscaba a
la niñera ideal para su hija y Tess Kelly no cumplía ninguno
de los requisitos del anuncio. La sensatez, la severidad y las
cualificaciones académicas no eran precisamente sus puntos
fuertes, pero estaba dispuesta a enseñar a su jefe a divertirse.
Un desafío que pondría a prueba su
relación…

EL HEREDERO ESCONDIDO

Sarah Scott no había querido enamorarse de un mujeriego incapaz de comprometerse, pero la experta seducción de
Raoul la dejó indefensa. Sin embargo,
cuando él desapareció de su vida, el
legado de Raoul siguió vivo… Sarah estaba embarazada del heredero Sinclair.
Cinco años después, Sarah tenía que
esforzarse para llegar a fin de mes trabajando como limpiadora en una oficina.

N.º 499

Estaba fregando el suelo cuando sus ojos se encontraron con los
de su nuevo y elegante jefe, el hombre al que nunca había podido
olvidar y el padre de su hijo: Raoul Sinclair.

¡YA EN TU PUNTO DE VENTA!

DESEO

*Sabía que no era recomendable sentirse atraída
por su jefe, lo que no sabía era cómo evitarlo*

DOCE NOCHES DE TENTACIÓN

BARBARA DUNLOP

N.º 236

La única mujer que le interesaba a Matt Emerson era la mecánica de barcos que trabajaba en sus yates. Incluso cubierta de grasa, Tasha Lowell lo excitaba. Aunque una aventura con su jefe no formaba parte de sus aspiraciones profesionales, cuando un saboteador puso en su punto de mira la empresa de alquiler de yates de Matt, Tasha accedió a acompañarlo a una fiesta para intentar averiguar de quién se trataba. Tasha era hermosa sin arreglarse, pero al verla vestida para la fiesta, Matt se quedó sin aliento. De repente, ya no seguía siendo posible mantener su relación en un plano puramente profesional.

JULIET LANDON
Una noche en el paraíso

Aunque la corte de la reina Isabel I en Richmond era famosa por ser el escenario de numerosas relaciones ilícitas y corazones rotos, la bella Adorna Pickering conservaba su inocencia. Solo un hombre tenía el poder de derribar la barrera de su timidez... sir Nicholas Rayne. Con su oscura reputación, Nicholas representaba todo lo que Adorna sabía que debía evitar. Pero ¿cómo podría quedarse indiferente si con solo rozarla la volvía loca de deseo?

ANNE HERRIES
Una institutriz muy especial

La heredera Sarah Hardcastle había ideado un plan para escapar de las indeseadas atenciones de cierto cazafortunas. Oculta en la

campiña inglesa, y provista de una nueva identidad como la recatada institutriz señorita Goodrum, esperaba llevar una vida tranquila.

Pero su bien planeada farsa peligró cuando conoció al tutor de su alumno, lord Rupert Myers. Seductor incorregible, Rupert poseía el atractivo y encanto necesarios para hacerla sonrojarse hasta el nacimiento de su severo escote... ¡y la determinación de descubrir lo que ocultaba debajo! Sarah iba a necesitar de todo su ingenio para resistir sus pícaras mañas y guardar intacto su secreto...

No. 86

ALLY BLAKE
CITA PARA UNA BODA

Hannah estaba deseando volver a casa para la boda de su hermana, pero apenas podía considerarlo unas vacaciones porque para investigar un nuevo programa de televisión..., ¡su jefe había decidido ir con ella!

Hannah no quería que el pícaro Bradley Knight fuera su acompañante en la boda. Y más aún cuando descubrió que él había reservado la suite del ático para que la compartieran...

N.º 480

STACY CONNELLY
LAS REGLAS DE LA PASIÓN

Allison Warner trabajaba para Zach Wilder como ayudante temporal, pero no había esperado que su jefe fuera irresistible. No tenía la menor duda de que Zach la deseaba, pero después de un desengaño amoroso no sabía si podía arriesgar su corazón con un hombre que no estaba interesado en una relación seria. Zach no tenía intención de cambiar su forma de pensar; el trabajo lo era todo para él y un romance sería un obstáculo que lo alejaría de su objetivo. Sin embargo, ¿por qué iba a negarse a sí mismo una pequeña diversión después de la jornada laboral? Hasta que las reglas cambiaron de repente...